Fantastic Oriental Heroes
劍神
검신

검신 10

청산 新무협 판타지 소설

초판 1쇄 찍은 날 § 2004년 8월 20일
초판 1쇄 펴낸 날 § 2004년 8월 30일

지은이 § 청산
펴낸이 § 서경석

편집장 § 문혜영
편집 § 장상수 · 김민정 · 정은경 · 최하나
마케팅 § 정필 · 강양원 · 이선구 · 김규진 · 홍현경

펴낸곳 § 도서출판 청어람
등록번호 § 제1081-1-89호
등록일자 § 1999. 5. 31
어람번호 § 제2-0416호

주소 § 경기도 부천시 원미구 심곡1동 350-1 남성B/D 3F (우) 420-011
전화 § 032-656-4452 팩스 § 032-656-4453
http://www.chungeoram.com
E-mail § eoram99@chollian.net

ⓒ 청산, 2003

ISBN 89-5831-211-4 04810
ISBN 89-5505-930-2 (SET)

청산 新무협 판타지 소설

10

완결

검신(劍神)의 길

劍神

검신

FANTASTIC ORIENTAL HEROES

도서출판 청어람

■ 목차

■ 제93장
검(劍), 검(劍), 검(劍)

하나의 몸에 두 개의 영혼이 담겨 있다는 것은 세상의 법칙에 어긋난다. 그러나 천마혈경의 마법은 그것을 가능케 만들었다.

주화령의 마성과 혼재된 풍요원이 쌍검을 뽑아 들었다. 하나는 극검마왕이 남긴 보광검이며, 다른 하나는 주화령이 전해준 태아검이다. 천하의 보검과 신검을 양손에 쥐자 그녀의 전신에서 칼날 같은 예기가 안개처럼 뿜어져 나왔다.

"호호호, 환유성, 보광검으로 네놈의 심장을 찌르겠다. 네놈의 검에 쓰러진 극검마왕을 위한 복수지. 태아검으로는 네놈의 목을 베겠다. 그래서 내게 천마혈공을 전수해 준 화령 언니의 영혼을 위로해 주겠다."

환유성은 냉담하게 말을 받았다.

“그 두 자루 검은 모두 내 반검에 의해 패한 검들이다. 그 검을 쥐었다면 너도 마찬가지지.”

“천만에! 내 몸에 깃들어 있는 천마의 힘이 실린 검은 무적이다.”

“틀렸어. 스스로 단련해 얻은 힘이 아니라면 네 것이 아니다.”

“닥쳐!”

풍요원은 꼿꼿하게 떠오르며 냅다 보광검을 내려쳤다.

“구겁파천황!”

극검마왕의 절기인 황극검법이었다. 아직 수련이 미숙해 극검마왕과 같은 오묘한 변화는 없었지만 위력만큼은 가공할 정도였다. 보광검의 예리함을 극한까지 살린 검기가 주변 삼십 장 이내를 온통 뒤덮었다.

“……!”

환유성은 내심 놀라움을 금할 수 없었다.

그는 천마혈경을 수련한 주화령과 두 번씩이나 격돌한 바 있었다. 청해호에서 첫 번째 대결을 펼쳤을 때는 거의 백중지세였다. 두 번째 대결은 중산왕부에서 벌였지만 그는 어렵지 않게 그녀를 압도했다. 하기에 주화령의 천마혈공이 풍요원의 몸에 스며들어 있다 해도 그 이상은 아닐 것이라 생각했었다. 그러나 풍요원이 펼친 패검의 위력은 그 누구보다 강했다.

환유성은 마치 오행대연공과 같은 가공할 힘에 짓눌린 듯 가슴이 답답해졌다. 그는 상대를 경시했던 마음을 지우며 반검을 펼치는 데 전력을 다했다.

“만상검환무(萬象劍幻舞)!”

츠츠츠!

검두를 추듯 그의 반검이 유연하게 허공을 가로질렀다. 그는 다양한 검을 터득했기에 패검을 상대하는 데 있어 가장 효과적인 검법인 환검으로 맞섰다.

콰콰쾅—!

두 남녀의 검이 맞닿기도 전에 엄청난 폭발음이 터져 나왔다. 잔잔한 동정호의 수면이 수십 길 높이로 용솟음쳤다. 호반의 모래가 자욱하게 피어오르며 어마어마한 모래안개를 형성했다.

허공 높이 솟아오른 풍요원은 유연한 몸놀림으로 허공을 딛고 섰다.

"죽어라!"

그녀는 태아검을 휘둘러 천마혈경의 마검식인 구겁천마검법을 연출했다.

환유성은 검강이 날아들기도 전에 전신이 에이는 듯한 예기를 느껴야 했다. 과거 주화령이 펼쳤을 때보다 두 배는 강력했다. 더군다나 허공 가득히 퍼지는 악귀들의 형상과 광포한 귀곡성까지 더해져 마검의 위력을 배가시켰다.

환유성은 비로소 천마혈경의 무서움을 절감할 수 있었다.

주화령은 숱한 사내의 정혈을 빨아들여 속성으로 천마혈공을 수련했지만 진정한 극마지경(極魔之境)에 미치진 못했다. 강함은 있되 심오함에서 부족했던 것이다.

그러나 풍요원은 태음절맥을 치유한 천년지재였다. 그녀는 천마혈경의 속성을 모두 파악했기에 주화령이 삼 년을 수련한 것보다 더 높은 단계에 올라 있었다.

진정한 마검을 접한 환유성의 전신 모공이 활짝 열렸다. 그의 정신력과 전의가 무섭게 타올랐다.

'내가 접했던 검 중 최강의 검이다!'

그는 심신검 삼위일체가 되어 풍요원의 마검과 격돌했다.

콰— 콰쾅—!

그들의 일검 일검이 부딪칠 때마다 천지가 진동하고 동정호의 수면에 만경창파가 솟아올랐다. 막 여명을 밝히던 태양조차 빛을 잃었고, 주변 백 장 이내는 비산하는 검기에 연이어 폭발했다.

순식간에 그들의 검은 십여 초를 교환했다.

풍요원은 공력과 신법에서 앞섰다. 그녀의 쌍검에 부딪칠 때마다 환유성은 손아귀가 터지는 듯한 충격을 느껴야 했다. 눈에 보이지 않을 만큼 빠르게 이동하는 그녀의 귀환미류보법(鬼幻迷流步法)은 너무도 현란해 방향을 분간할 수조차 없었다.

차차창—!

그들의 검이 교차할 때마다 수십 번의 금속성이 울려 퍼졌다.

풍요원의 강력한 마검에 환유성은 조금씩 수세에 몰리기 시작했다. 천하의 절기들을 연파하며 중원제일검에까지 추앙되어지던 그의 검이 빛을 잃고 있었다.

환유성이 유일하게 앞서는 것은 상대의 변화를 순간적으로 파악할 수 있는 심안이었다. 덕분에 그녀의 쌍검이 연속적으로 쏟아내는 패검과 마검의 공세 속에서 그는 더 이상 위축되지 않을 수 있었다.

"호호호, 환가야! 네놈이 결국 내 손에 죽는구나!"

풍요원의 입에서 주화령의 득의에 찬 음성이 터져 나왔다. 그녀의 영상이 더욱 짙어지며 얼굴에는 사악한 요기마저 피어올랐다.

검막을 뚫고 파고드는 검기에 환유성의 몸 여러 곳이 베어졌다. 고통에 무관심한 그였지만 풍요원의 검에 의한 상처는 몹시 쓰라렸다. 부상 부위의 고통 때문이 아니라 검에 대한 그의 자존심이 베어졌기 때문이다.

'검의 한계… 그래, 내 검의 한계를 이제야 깨닫게 되었군.'

그는 눈을 반개하며 양손으로 반검을 거머쥐었다.

만상석부를 나온 이후 그의 검은 모든 것을 격파했다. 극검마왕의 패검고 두 개의 악마지공, 오행대연공과 철나한불멸대진 등등, 그 어떤 것도 그의 반검의 적수가 되지 못했다. 물론 몇 번의 위기를 겪기도 했지만 그때마다 그는 한 단계씩 상승한 무도로 상대를 격파할 수 있었다.

검선 단계에서도 최고 수준에 이른 그의 검과 무도의 마지막 전 단계인 초극무도에 이른 그의 심안은 당대 최강이다.

신비의 암흑마국왕 앞에서 유일하게 벽을 느꼈지만 정식으로 검을 맞댄 적은 없었다. 그런 그가 풍요원이 펼치는 마검과 패검 아래 한계를 느낀 것이다.

'요원의 검은 내가 지니지 못한 것을 지녔다. 그것은 바로 모든 것을 멸할 수 있는 극강의 패(覇)다.'

이것이 그가 찾아낸 유일한 결점이었다.

쾌검, 환검은 최고의 단계에 이르렀고 심검 또한 터득했지만 그의 검은 패검과는 다소 거리가 멀었다. 패검은 호전적인 심성을 지녀야만 극한어 이를 수 있는데, 성격상 그의 검은 패검에 미칠 수 없었다.

　그가 강한 상대를 찾아 비무를 펼치는 것은 검도에 의한 의지 때문이지 결코 싸움을 즐기는 성격 때문은 아니다. 사소한 시비나 쓸데없는 싸움을 기피하려는 그의 권태로움을 씻어내지 못하는 한 그는 결코 패검의 극한에 오를 수 없다.

　하기에 그의 뇌리 속에서 패검에 대한 추구는 아예 지워져 있었던 것이다. 한데, 고금 최강의 대마녀로 변모한 풍요원의 쌍검에서 그는 비로소 패검의 위력을 실감하게 되었다. 극강의 패검은 모든 것을 말살한다.

　빛살 같은 쾌검, 무궁한 변화의 환검, 무형의 심검마저 능가하는 것이다.

　결국 세상을 지배하는 것은 힘이다.

　환유성은 혼신의 진기를 반검으로 운집했다. 검을 쥐어본 후 처음으로 패검을 시도해 보기로 마음먹었다. 만상검식은 어떤 형태로도 변환이 가능했기에 그의 의지가 실현된다면 패검도 가능할 것이다.

　그러나 결과는 예측할 수가 없다. 힘의 격돌에는 타협이 없다. 패와 패가 부딪친다면 둘 중 하나는 꺾일 수밖에 없다. 대등한 힘이라면 동시에 파괴될 것이다.

　“만상패극(萬象覇極)!”

　환유성은 만상검결 속에서 찾아낸 패검의 변화만을 응집해 극강의 패검을 발출했다. 순간 그의 전신이 불타오르며 눈부신 섬광이 폭발하듯 사위로 확산되었다.

　“오냐, 결판을 내자!”

　환유성의 패검을 감지한 풍요원도 극한의 천마혈공을 운기해 동시에 쌍검을 내려쳤다.

"구겁파천폭!"

콰류류류—!

핏빛의 검강이 하늘과 땅을 온통 붉은빛으로 물들였다.

사나운 폭풍이 대지를 휩쓸고 수백 수천의 번갯불이 세상을 강타한다. 동시에 지상에서 뿜어지는 환유성의 패검이 벼락처럼 그녀의 쌍검과 부딪쳤다.

상상도 할 수 없는 빛의 충돌!

붉고 푸른 두 줄기의 빛이 교차하는 순간 세상이 정지되었다. 모든 소음이 사라진 채 너무도 눈부신 광휘만이 존재한다. 마치 혼극 속에서 태초의 세상이 창조된 듯 형형색색의 빛줄기가 폭발하며 사위로 비산하였다.

이윽고 수천 개의 우레가 동시에 터지듯 세상의 종말 같은 굉음이 터져 나왔다.

꽈— 꽈꽝—!

동심원을 그리며 확산되는 대폭발의 위력에 동정호의 수면이 끓어오르며 십 장 높이의 파도가 아득한 수평선을 향해 몰아쳐 갔다.

지상은 참혹하게 파헤쳐져 마치 화산이 터진 듯 백 장 넓이의 구덩이가 패었다. 이백 장 밖의 모래둔덕은 흔적도 없이 소멸되었고, 삼백 장 밖의 수림마저 뿌리째 뽑혀 흉물스럽게 뒤집혀졌다.

도저히 인간의 힘이라고는 믿을 수 없는 통천가공할 격돌이 아닐 수 없었다.

쏴아아……!

수백 장 밖까지 밀려 나갔던 동정호의 물이 다시 밀려왔다. 두 남녀의 격돌에 의해 파여진 구덩이는 삽시간에 작은 호수를 이루었다.

"크흐윽!"

물을 흠뻑 뒤집어쓴 풍요원은 덜덜 떨면서 호수 속에서 기어나왔다.

내장 조각까지 섞인 핏물이 연신 입을 통해 흘러나왔다. 혈강지체를 이루지 못했다면 그녀는 극강 패검의 격돌로 인해 산산이 부서졌을 것이다.

겨우 호수가로 기어나온 그녀는 바닥에 털썩 엎어지며 가쁜 숨을 몰아쉬었다.

"헉…헉… 죽었어. 놈이 마침내 죽었다."

그녀는 바닥에 꽂힌 보광, 태아 두 자루 보검을 바라보며 감격에 겨운 미소를 지었다. 패검끼리 충돌하는 순간 그녀는 심한 내상과 더불어 손아귀가 터지며 검을 놓치고 말았지만 상대를 능가할 힘을 확신한 것이다.

그녀는 힘겹게 일어나 앉으며 두 자루 검을 검집에 꽂았다. 그녀는 피로 물든 손아귀를 살피며 환희에 젖었다.

"해냈어… 언니, 내가 해낸 거야! 우리의 원한을 갚았어. 그 귀신같은 놈을 우리가 죽인 거야."

그녀는 자신도 모르게 주르륵 눈물을 흘렸다.

시원스런 복수를 했다는 통쾌함에 혈관의 피가 요동친다. 하지만 승리의 기쁨도 잠깐뿐, 그녀는 가슴이 에이는 비통한 심정을 금할 수 없었다.

"가가……."

본래의 풍요원으로 돌아온 그녀는 고개를 떨구며 어깨를 들먹였다.

그녀의 어린 가슴에 평생 씻을 수 없는 애증의 흔적을 가슴 깊이 새긴 그가 아닌가. 그녀에게 애타는 순정을 일깨워 준 첫사랑이기에 그녀는 비탄에 잠길 수밖에 없었다.

"내 손으로… 내 손으로 가가를 죽이다니, 흑흑……."

한데, 무거운 발자국 소리가 천천히 그녀를 향해 다가서고 있었다.

철벅… 철벅……!

너무도 놀랍고 무서운 마음에 깜짝 놀라 고개를 든 풍요원은 그만 경악하고 말았다.

환유성은 죽지 않은 것이다.

온몸이 피투성이가 되어 있었지만 그는 분명 살아 있었다. 여전히 손에 반검을 쥔 채 그녀를 향해 다가서는 그의 모습은 흡사 피를 뒤집어쓴 저승사자와 같았다.

"아악!"

비명을 내지른 풍요원은 새파랗게 질린 채 털썩 주저앉았다.

환유성은 오장육부가 뒤집히고 경맥이 뒤엉키는 치명상을 입었지만 그의 의지와 정신력은 여전히 깨어 있었다. 풍요원의 마공절학에 전신을 강타당해 십여 장을 튕겨져 나갔지만 그는 끝내 검을 놓치지 않았다.

그의 손에 검이 쥐어져 있는 한 그는 깨어난다.

여명을 등지고 섰기에 그의 긴 그림자가 그녀를 그늘 속에 묻었다. 그녀는 그의 손에 쥐어진 반검과 그를 번갈아 보았다. 죽음의 공포에 사로잡힌 그녀는 전신을 와들와들 떨었다.

“네가… 네가 어떻게……?”

환유성은 아무런 대꾸도 하지 않고 반검을 천천히 치커들었다. 천하의 보검도 아니고 검날마저 드문드문 빠진 평범한 검이지만 여명의 빛을 받은 반검은 너무도 찬란한 빛을 발했다.

풍요원은 기력이 소진되기도 했지만 너무도 심한 공포에 사로잡혀 꼼짝도 할 수가 없었다. 반검이 서서히 하강한다. 절대쾌검이 아니더라도 그녀의 목을 베는 일은 어렵지 않다.

풍요원은 두 손으로 얼굴을 가리며 절규하듯 외쳤다.

“살려줘, 가가!”

그녀의 날카로운 비명 소리가 터지는 순간 환유성의 눈빛에 심한 파문이 일었다.

잠시 기다려도 그의 반검이 날아들지 않자 풍요원은 두려움에 젖어 슬며시 고개를 쳐들었다. 그의 반검은 그녀의 눈앞에 멈춰져 있었다.

“아……!”

겨우 안도한 그녀는 몸을 뒤로 물리며 그를 올려다보았다.

환유성은 심연처럼 깊은 눈으로 그녀를 응시하다 천천히 반검을 거두었다.

풍요원은 순간적으로 심한 혼란에 빠지고 말았다. 자신의 마음속에 그가 존재하듯 그의 마음속에도 자신의 영상이 스며들어 있음을 절감한 것이다.

환유성은 아무런 말도 하지 않고 돌아섰다. 워낙 감정을 드러내지 않는 성격이라 그의 표정만 보고는 얼마나 심한 부상을 입었는지 짐작할 수 없었다.

그가 몸을 돌리는 순간 풍요원의 얼굴에 주화령의 영상이 깃들었다.
사악한 미소를 지은 그녀는 자신의 손으로 심장을 찍으며 입으로 주문
을 외웠다.

"우욱!"

환유성은 울컥 피를 토하며 꼿꼿하게 쓰러졌다. 심장 부위를 움켜쥔
그는 고통을 이기지 못하고 모래 위를 데굴데굴 굴렀다. 그의 입에서
연신 피가 뿜어져 나왔다.

"오호호!"

몸을 일으킨 풍요원은 요사한 웃음을 터뜨리며 그에게 다가섰다.

"환유성, 내 손으로 죽이고 싶은 마음에 네 몸속에 독고가 심어져 있
다는 사실을 깜빡했구나. 난 화령 언니보다 독고를 더 잘 다룰 수 있
지. 널 죽일 수는 없어도 죽음보다 더 극심한 고통을 안겨줄 수는 있
어."

그녀는 태아검을 뽑아 들었다. 공력을 주입시키지 않아도 절로 예기
가 뿜어진다.

"내 손으로 반드시 네 몸을 베고 싶었는데… 이제야 그 소원이 이루
어지는구나."

환유성은 심장이 찢어지는 극심한 고통에 젖어 전신을 부들부들 떨
고 있었다. 이를 악물었지만 절로 신음 소리가 흘러나온다.

"죽어라!"

풍요원은 독한 마음을 먹고 태아검을 번쩍 치켜들었다.

이 순간만은 그녀의 정신을 지배하는 주화령의 마력이 우선이었다.
그녀의 태아검이 환유성의 목을 향해 뻗어 나갔다. 결국 환유성의 최

후인가. 한데, 이때였다.

"멈추시오, 풍 성주!"

다급한 외침과 함께 하나의 그림자가 날아들며 지강을 발해 태아검의 검극을 돌렸다.

파악—

검극이 틀어진 태아검은 환유성의 목을 비껴 모래밭을 깊이 베었다.

"윽!"

풍요원은 검을 통해 전해지는 강한 진기에 몸을 휘청거리며 비틀비틀 뒤로 물러섰다.

환유성의 옆으로 내려선 인물은 어깨가 꾸부정한 노인이었다. 소매며 장삼 자락까지 약병이 든 주머니로 가득한 노인은 바로 의독성수였다.

그는 허연 거품을 뿜은 채 혼절해 있는 환유성을 얼른 품에 안았다.

"풍 성주, 자신을 구해준 은인을 해칠 셈인가?"

풍요원은 결정적인 순간에 나타난 훼방꾼이 의독성수라는 사실에 무척 놀라워했다.

"의독성수……?"

의독성수는 환유성의 상세를 살피고는 급히 약을 처방해 그의 코끝에 뿌려주었다.

풍요원은 태아검을 치켜들며 사납게 외쳤다.

"어서 그자를 내려놓아라!"

"성주는 과거 노부와의 약조를 생각해 주게. 내 청령산에서 성주를 치유하면서 한 번은 늙은이의 목숨을 살려주기로 하지 않았던가?"

“그거야 당신 목숨이지 환유성의 목숨이 아니야!”

“그래, 하지만 당시 성주를 치유할 불사회천단을 만들면서 누군가의 보혈을 섞었다고 말하지 않았던가?”

풍요원은 가볍게 미간을 찌푸렸다.

“보혈……?”

“그래, 그 보혈이 바로 환유성의 피일세. 만년인형설삼의 영기가 스며든 환 아우의 보혈이 있었기에 불사회천단을 제련해 성주를 구할 수 있었던 것이지. 어찌 본다면 성주와 환 아우는 피로 엮인 운명이라 할 수 있네.”

너무도 엄청난 비밀에 풍요원은 그만 할 말을 잃고 말았다.

피로 엮인 운명…….

그의 보혈이 스며든 불사회천단을 복용한 후 태음절맥을 치유한 그녀로서는 그 질긴 악연을 부정할 수가 없었다. 그녀의 얼굴에 서린 요사한 기운이 순식간에 사라졌다. 과거의 애뜻함이 치밀어 오르며 주화령의 마법을 잠시 씻어낸 것이다.

“가가의 피로 내가 살아났단 말인가. 가가의 피로……?”

“틀림없는 사실일세. 듣자니 악중뇌가 천마성의 군사가 되었다면서? 그자가 보는 앞에서 환 아우가 만년인형설삼의 영기를 흡입했으니 그자가 증명해 줄 수 있는 일일세.”

“…….”

“풍 성주, 환 아우와 성주 사이는 기묘한 인연으로 엮어져 있네. 환 아우는 성주의 원수이자 은인일세. 우선은 신세를 갚아야 하지 않겠나?”

의독성수가 간곡히 말하자 풍요원은 처연한 표정이 되어 태아검을 거두었다.

"가요. 내 마음이 바뀌기 전에 어서 데리고 가요!"

그녀가 피를 뿜듯이 외치자 의독성수는 겨우 안도하며 환유성을 고쳐 안았다.

"성주도 어서 피신하게. 이곳은 태양천의 관할 지역일세. 심한 부상을 입었으니 태양천 고수들을 만나면 위험해질 걸세."

"흥, 환유성 외엔 누구도 내 천마절기를 당할 수 없어요. 이제 성수와의 은원도 해소됐으니 다음에 만나면 성수의 목도 내 검으로 벨 겁니다."

풍요원이 차가운 눈빛을 발하자 의독성수는 어색한 미소를 지으며 한 걸음 물러섰다.

"히힛, 겁나는군. 혈강지체를 이룬 성주에게는 내 독술도 통하지 않으니 말일세."

이때 동정호 수면을 차며 두 명이 날아왔다. 붉은 장포를 걸친 두 노인은 폭풍마왕과 벽력마왕이었다.

"아이구, 저놈들한테 걸리면 뼈도 못 추린다."

의독성수는 환유성을 안은 채 쏜살같이 몸을 날렸다. 저편에서 소추가 달려오자 그는 얼른 몸을 날려 소추의 안장 위로 내려앉았다.

"가자, 인석아. 어서!"

두두두—

둘을 태운 소추는 삽시간에 호변을 따라 멀어져 갔다.

풍요원 옆으로 내려선 두 마왕은 소추를 타고 멀어지는 의독성수 쪽을 응시하며 미간을 찌푸렸다.

"저 늙은이… 혹시 의독성수 아닌가?"

"그런 것 같은데. 저 찢어 죽일 놈이 여기는 어쩐 일이지?"

두 마왕을 대한 풍요원은 긴장이 풀어지며 위태롭게 비틀거렸다.

"으음…!"

폭풍마왕이 급히 그녀를 부축해 안았다.

"성주, 성주, 대체 어찌 된 일이오?"

"가요… 어서 가요."

벽력마왕은 양손에 벽력동발을 쥔 채 주변을 쓸어보았다.

"환가 놈은 어떻게 된 거지?"

폭풍마왕은 노회한 마왕답게 상황 판단이 빨랐다.

"성주의 승리가 아닌가? 놈이 이겼다면 성주께서 여태 살아 계실 수는 없었을 테니까."

"하면 환가 놈이 죽었단 말인가?"

"의독 늙은이가 누군가를 안고 달아나는 것 같은데 아마도 환가 놈인 듯하군."

폭풍마왕이 호수 저편을 응시하자 벽력마왕은 벽력동발을 힘껏 마주쳤다.

"젠장, 조금만 빨리 왔더라면 의독 늙은이와 놈을 확실히 죽일 수 있었는데."

폭풍마왕은 안색이 하얗게 변한 풍요원을 내려다보며 고개를 저었다.

"믿을 수가 없군. 성주의 천마절기는 천하 최강이거늘 놈에게 이런 부상을 당하시다니……."

"그러게 말일세. 놈은 극검마왕과 대결할 때보다 몇 배는 더 강해진 것이 틀림없네."

두 마왕은 둥실 떠올랐다.

"성주의 마공절학은 더 강해질 것이네. 태양천의 괴멸도 멀지 않았어."

두 마왕은 거대한 체구답지 않게 날렵하게 수면을 차며 순식간에 사라져 갔다.

제94장

독계(毒計) 대 심계(心計)

　육반산 자락에 위치한 위지세가의 상황은 여전히 첨예한 대치 국면이었다.

　태양천 오대전주와 오백 정예들은 벽소군과 백 장 거리를 두고 진형을 갖추었다. 벽소군은 오십여 월영궁 제자들만 대동한 채 위지세가 앞에 서 있었다.

　간밤에 내린 진눈깨비는 아침 햇살에 거의 녹아 희끗희끗한 잔설만 남기고 있었다.

　잠시 후 문이 열리며 악중뇌와 악중요가 걸어나왔다. 월영궁 제자들이 일제히 파쇄궁노를 당기자 벽소군이 손을 저었다.

　"대기하고 있어. 내 지시가 있을 때까지 절대 발사해서는 안 된다."

　그녀는 차분한 걸음걸이로 악중뇌를 향해 다가섰다.

악중뇌는 멀리 진세를 갖추고 있는 태양천 정예들을 둘러보며 쥐눈을 번들거렸다.

"강무영이 두 늙은이와 일천탕마멸사대를 이끌고 태양천으로 귀환하나 보구나. 하지만 아무리 서둘러도 닷새는 걸릴 거리니 그들이 당도했을 땐 이미 태양천 놈들은 모두 까마귀밥이 돼 있을 게다."

"악 군사, 당신의 교활함은 정말 끔찍할 정도로군요. 하지만 난 이미 당신의 술책을 간파했어요. 소천주와 소공녀, 태청성검과 무상은 지난밤에 이미 천을 향해 달려갔습니다."

"크흐흐, 그랬더냐? 그렇다 해도 반나절을 앞당겼을 뿐이지. 결과는 변함이 없다."

"천마성주와 그 휘하들의 마공이 아무리 뛰어나도 태양천을 손쉽게 격파하지는 못할 겁니다. 비록 당신의 계책으로 주력 정예들이 이곳으로 빠져나왔지만 천후의 무공은 대단합니다. 천후가 달리 십절로 불리겠어요?"

악중뇌는 뒷짐을 진 채 느긋하게 그녀 앞을 거닐었다.

"카하핫, 십절이 아니라 백절이라도 천마성주를 감당할 순 없다. 성주의 마공절기는 과거 천마대제에 버금갈 정도다. 머지않아 그마저 능가하겠지."

벽소군은 불안한 마음을 애써 감추며 맑은 음성으로 말을 받았다.

"악 군사는 스스로 사도제일뇌라 자부하는 사람입니다. 그렇다면 천하를 제패하는 데 천시와 지리, 인화가 갖춰져야 한다는 것은 알고 있겠지요?"

"그렇다. 삼중악이 규합되었으니 인화요, 위지세가의 터전이 자리했

으니 이는 지리다. 게다가 성주는 고금 최강의 천마절기를 터득하셨으
니 이는 천시다."

"인화와 지리는 인정하지요. 하지만 천마성 역시 과거 천마제국처럼
천명을 받지 못했습니다."

"뭐라? 천명을 받지 못했다고?"

악중뇌의 표정이 일그러지자 악중요가 따분한 표정으로 소리쳤다.

"웬 잔소리가 길어? 빨리 저 계집이나 사로잡자고. 나보다 똑똑한
건 참을 수 있지만 예쁜 것은 못 봐주겠어. 어서 저 계집의 얼굴 껍데
기를 홀랑 벗기고 싶단 말이야!"

"입 닥치고 있어!"

악중뇌는 일갈하여 그녀의 입을 다물게 하고는 벽소군을 직시했다.

"오냐, 어디 네 재주와 지식을 시험해 보겠다. 뇌가 두 개인 쌍뇌천
기자와는 도저히 재주를 겨룰 수 없지만 뇌가 하나라면 천하 누구에게
도 뒤지지 않는 지략이 내 머리 속에 있다."

벽소군은 그가 자신의 의도대로 감정을 드러내자 가볍게 손을 모아
보였다.

"그렇게 자신한다면 한 가지를 겨룰 때마다 위지세가의 인질들을 풀
어주어야 합니다."

악중뇌는 흔쾌히 수락했다.

"좋다! 한데, 넌 무엇을 걸겠느냐?"

"소녀가 모르거나 재주에서 패한다면 소녀의 팔다리를 하나씩 베십
시오."

워낙 자신만만한 태도라 악중뇌와 악중요는 눈을 커다랗게 떴다.

"네 사지를 베라고?"

"그렇습니다."

악중요는 눈알을 데굴데굴 굴리다 입맛을 쓱 다셨다.

"호호호, 재미있군. 정말 재미있겠어. 우리는 위지세가의 오대당주를 걸고 넌 네 팔다리와 목을 걸겠단 말이지?"

악중뇌는 앞으로 나서려는 그녀를 홱 밀치고는 쥐눈을 가늘게 떴다.

"오냐, 그럼 먼저 왜 천마성이 천시를 받지 못했나를 말해 보아라."

"소녀는 천마성주가 누구인지 알고 있습니다."

"그래?"

"천마성주는 불립마제의 딸인 풍요원입니다. 기적적으로 태음절맥이 치유되었는데, 이는 과거 불립마제와의 약조를 지킨 의독성수 덕분입니다. 풍요원은 천산 어딘가에서 중산왕의 딸인 화옥군주 주화령을 만났습니다. 소녀의 부군과 소천주에 의해 치명상을 입어 거의 죽어가는 상황이었겠죠. 주화령은 천마혈경의 마법을 통해 자신의 모든 마력을 전수해 풍요원을 순식간에 절대마녀로 만들어놓았습니다."

벽소군이 마치 옆에서 본 듯 천마성주의 내력을 소상히 말하자 악중요는 입을 딱 벌린 채 악중뇌를 쳐다보았다. 악중뇌의 쭈글쭈글한 두피가 징그럽게 꿈틀거린다.

벽소군은 그의 표정을 통해 자신의 추측을 확신하며 맑은 음성으로 말을 이었다.

"천마혈경의 마공절기는 확실히 공포스럽습니다. 하지만 주화령과 중산왕은 그 무서운 혈경을 손에 쥐고도 결국은 비참한 최후를 맞았습니다. 그들 부녀는 소녀의 부군에 의해 죽게 되었으니 그것은 그들이 천시를 얻지 못했기 때문입니다. 풍 성주 역시 패자의 마공을 얻었을 뿐입니다. 한데, 어떻게 천시를 얻었다고 말할 수 있겠습니까?"

그녀의 논리정연한 언변과 정확한 분석에 악중뇌는 달리 반박할 말이 없었다. 그는 담장 위의 마병을 향해 신경질적으로 외쳤다.

"오대당주 중 한 놈을 데려와라!"

심한 고문으로 거의 초주검이 된 위지세가의 집형당주가 짐짝처럼 벽소군 앞에 내팽개쳐졌다. 벽소군이 지시하자 월영궁 제자 둘이 집형당주를 부축해 태양천 진영으로 데려갔다.

악중뇌는 분연히 소매를 떨쳤다.

"노부는 분명 약속을 지켰다!"

"고맙습니다, 악 군사."

"이제 노부가 묻겠다. 지금쯤이면 태양천은 괴멸되었을 것이다. 만일 너라면 어떻게 방비했겠느냐?"

벽소군이 지체없이 대답했다.

"태양천의 문상은 악 군사만큼이나 지혜로운 분이십니다. 아마 악 군사는 태양천의 정문과 동서 측면을 동시에 공격할 계책을 세웠을 겁니다. 아군의 병력이 다수일 때는 상대의 수비력을 흩뜨리는 것이 병법의 기본 전략이죠. 남궁 문상도 이를 알기에 외성 방어가 여의치 않으면 치욕스럽지만 내성으로 퇴각할 겁니다. 천마성주의 무공 수위가 어느 정도인지는 추측할 수 없지만, 아마도 쉽게 내성까지 함락하기는 어려울 겁니다. 태양천 탕마검진의 위력은 대단하니까요."

악중뇌는 자신의 뇌리 속을 훤히 꿰뚫는 그녀의 정확한 안목에 몹시 불쾌한 표정을 지었다.

"또 한 놈 풀어주겠다."

그가 마병에게 당주 중 한 명을 데려오라 지시하자 악중요가 펄쩍 뛰었다.

"악 오라버니, 대체 귀중한 인질을 왜 자꾸 풀어주는 거야? 난 어서 저 계집을 거꾸러뜨려 그 잘난 얼굴을 긋고 싶단 말이야!"

"내가 알기로 벽소군의 무공 수위는 적염마왕에 버금간다. 자신있으면 너 혼자 상대해."

"뭐, 뭐야? 그 정도란 말이야?"

"환가 놈이 귀심동에서 열 달 정도 수련한 후 갑자기 절세적 고수가 되었다. 그 후에도 어떤 기연을 만났는지 놀랍도록 빠르게 성장했지. 놈이 그런 상황이라면 벽소군도 상당한 고수가 되었을 게다. 계집이 싸움을 싫어해 무공을 잘 구사하지 않아 세상이 모를 뿐이지."

악중요가 잔뜩 의심스러운 눈빛으로 벽소군을 훑어보며 물었다.

"이년아, 너 정말 강해진 거냐?"

"악 군사 말대로 총호법 정도는 상대할 수 있을 거예요."

벽소군은 담담히 미소 지으며 인질에서 풀려난 기문당주를 월영궁 제자들에게 넘겼다. 집형당주에 이어 기문당주까지 풀려나자 지켜보던 태양천의 오대전주들은 잔뜩 고무되었다.

"오, 과연 벽 여협이시군!"

"최악의 경우 죽을 각오로 혈전을 벌이려 했는데 피 한 방울 흘리지 않고 오대당주 중 두 분을 구했다니."

"중원지화로 불려도 손색이 없겠어!"

악중뇌는 뒷짐을 진 채 벽소군 앞을 왔다 갔다 하며 걸었다.

"내성으로 퇴각해 탕마검진을 펼친다 해도 목숨을 잠시 연장할 뿐이다. 결국은 천마성의 마력을 감당하지 못해. 오늘 오시가 되기 전에 비합전서를 통해 태양천의 괴멸을 알게 될 것이다. 너도 부정은 하지 않겠지?"

"……."

"정확히 답변해야 한다. 네 답변 여하에 따라 당주 셋이 죽거나 풀려날 것이다."

악중뇌가 쥐눈을 가늘게 뜨며 직시하자 벽소군은 나직이 한숨을 내쉬었다.

"솔직히… 천마성의 마력을 감당하기는 어렵습니다."

"크흐홋, 그래? 그럼 너도 태양천의 괴멸을 기정사실로 받아들인단 말이지?"

"새벽까지 전해진 전서통문을 검토해 보았죠. 무아성승과 소림의 백팔나한이 최대한 서두르면 사시까지는 태양천에 이를 수 있습니다."

"사시는 너무 늦다. 소림의 중놈들이 당도한다면 독경이나 외면서 죽은 자들의 극락왕생을 비는 게 고작일 테니까."

벽소군도 수긍하듯 고개를 끄덕였다.

"사시라면 확실히 너무 늦죠. 하지만 천후께서 숨겨진 절기를 발휘해 천마성주를 막아낸다면 태양천을 괴멸시키기에는 다소 시간이 걸릴 겁니다. 태양천 제자들이 두세 시진만 버티어준다면 무아성승과 백팔나한들이 당도할 테니 아마 예측할 수 없는 승부가 될 겁니다."

악중뇌는 전혀 예상치 못한 반론에 주름진 머리통을 긁적거렸다.

"위지운설의 무공 수위가 그 정도란 말이냐?"

"소녀도 천후의 절학이 어느 정도 수준인지는 직접 본 적이 없습니다. 비록 태양천주와 월영궁주에게는 미치지 못하겠지만 능히 천하에서 다섯 손가락 안의 고수임을 확신할 수 있습니다."

"위지운설이… 그런 고수였다고?"

"달리 십절예화가 아닙니다. 만일 천후의 용모가 추하지만 않았다면 월영궁주를 젖히고 당당히 중원지화로 불렸을 것입니다."

"거짓말이다! 그럴 수는 없어."

악중뇌는 정색하며 고개를 저었다.

"위지세가는 전통적으로 무보다 문에 강했다. 위지운설의 자질이 아무리 뛰어나도 그런 절세무공을 연성했다고는 믿지 않는다."

벽소군은 담장 위의 인질들에게로 시선을 돌렸다.

가주 위지군을 비롯해 세 명의 당주들을 더 구해야 한다. 최악의 경우에도 위지세가의 가주인 위지군만은 꼭 구해내야 한다.

그는 자신에게 친자매와 같은 단목비연의 외조부가 아닌가. 그를 구출하지 못하면 총관과 오대당주 모두를 구한다 해도 결코 공적으로 평가될 수 없는 일이다.

그녀는 맑게 갠 푸른 하늘로 시선을 올렸다.

"그렇다 해도 천후의 무공으로는 천마성주를 감당할 수 없을 것입니다. 하지만 그분이 와준다면… 얘기는 달라지죠."

"어떤 놈 말이냐?"

"소녀도 그분이 암흑마국을 찾아가다가 왜 갑자기 행로를 바꾸었는지는 모르겠어요. 이곳으로 오기 전까지 받은 전서통문에 의하면 그분이 호남성에 들어선 것은 확실합니다. 태양천과는 멀지 않은 곳에 계시죠."

악중뇌의 표정이 사납게 구겨졌다.

"설마… 환유성을 말하는 것이냐?"

"왜 아니겠어요? 소녀의 부군이 섬서에서 호북을 거쳐 호남으로 향했다는 것은 태양천을 방문하겠다는 의도가 분명합니다. 소녀가 믿는 건 부군께서 적시에 태양천에 당도하는… 기적뿐입니다!"

벽소군이 장탄식을 흘리자 악중요가 요사한 웃음을 흘렸다.

"호호, 네 말대로 기적일 뿐이다. 게다가 남의 일에 무관심한 그놈이 왜 태양천을 돕겠느냐? 절대 있을 수 없는 일이야."

"물론 태양천을 도울 분이 아닙니다. 그런 의협심은 눈곱만치도 없는 분이니까요. 하지만 천마성주가 주화령의 마력을 받았다면 얘기는 달라지지요. 천마성주가 천마혈경의 마공을 구사하는 이상 소녀의 부군은 용서치 않을 겁니다. 부군께서 반드시 죽이려는 두 사람은 주화령과 암흑태자니까요."

"그래, 놈이 개입한다고 치자. 그렇다 해도 절대 천마성주를 감당할 수 없어. 성주의 마공절기는 과거 천마대제에 버금갈 정도니까."

악중요가 다소 억지스럽게 반박하자 벽소군은 희미한 미소를 머금었다.

"천마성주는 태음절맥의 소유자이니 선천적으로 무서운 능력을 지녔지요. 하지만 수련 시간이 너무 짧고 대전 경험이 부족해 결코 환랑의 적수가 되지 못할 겁니다."

묵묵히 듣고만 있던 악중뇌가 담장 위의 마병들을 향해 신경질적으로 외쳤다.

“당주 세 놈 모두를 풀어줘라!”

악중요가 얼른 그의 머리통을 콱 움켜쥐었다.

“미쳤어? 대체 어쩌겠다는 거야?”

“환가 놈의 행적은 미처 예상치 못했다. 하지만 벽소군의 말대로 환가 놈이 태양천에 당도했다면 모든 계획이 어긋난다. 우리는 새로이 계책을 세워야 하지.”

“그게 인질을 풀어주는 것과 무슨 관련이 있는데?”

악중뇌는 그녀의 손을 탁 밀치고는 벽소군과 마주 섰다.

“벽소군, 너의 지략과 판단력은 정녕 감탄할 정도다. 하지만 아직 노부의 적수는 아니구나. 나와 악중요의 목숨 값이 고작 위지세가의 총관 하나에 불과하겠느냐? 노부는 진작부터 오대당주까지 풀어줄 생각이었다.”

“……?”

“다만 네가 어디까지 알고 있고, 또 노부의 심기를 얼마나 간파하고 있는지 알고 싶었을 뿐이다. 이제 너의 능력에 대해 모두 알았으니 향후 넌 결코 노부를 능가하지 못할 것이다.”

악중뇌의 입가에 의미심장한 미소가 감돌았다.

“크흐흐, 어리석은 것. 고작 기적 따위나 바라고 있었다니 쌍뇌천기자의 제자답지 않구나. 네가 아무리 부정해도 이미 결말은 난 상태다. 태양천은 결코 아침 해를 보지 못했을 테니까.”

그는 몸을 돌리며 득의의 웃음을 터뜨렸다.

“카하핫! 역시 어린 계집은 어쩔 수 없군. 노부가 너의 언변에 설복되어 인질들을 풀어줬다고 생각하다니 말이야.”

"호호, 그랬었군. 하기는 우리 둘의 목숨이 위지세가 놈들에 비할 바가 아니지. 총관과 오대당주를 풀어줬으니 환가 놈에게 빚진 일은 완전히 갚은 셈이야."

악중요도 그제야 악중뇌의 심계를 눈치 채고는 손뼉을 치며 박장대소를 터뜨렸다.

과연 악중뇌는 사도제일의 두뇌답게 교활했다. 그는 진작부터 풀어줄 인질을 구실 삼아 벽소군을 희롱한 것이다. 덕분에 그는 벽소군을 통해 태양천이 천마성에 대해 얼마나 알고 있는지를 정확히 파악한 셈이다.

벽소군의 양볼이 다소 붉어졌다. 그녀는 한순간 참을 수 없는 모멸감을 느꼈다.

'아, 결국 오대당주를 구한 건 내가 아니고 환랑이었어.'

그녀는 세 명의 당주가 태양천 제자들에게 인계되자 가볍게 입술을 깨물었다.

"악 군사, 당신의 교묘한 심리전에 말려든 것은 인정해요. 내가 주제넘게 쓸데없는 말을 너무 많이 했군요. 하지만 전 위지세가의 가주까지 풀어줘야만 갈 수 있습니다."

악중뇌는 내딛던 걸음을 멈추며 고개를 돌렸다.

"크흐훗, 네가 노부에게 명령할 처지는 아닐 텐데?"

"그렇다면 당신의 목숨과 교환하겠어요."

벽소군은 보타 성니 절기인 연화신보를 전개해 빠르게 다가섰다.

"흥. 이년이 감히!"

악중요가 빙글 몸을 회전시키자 무수한 암기세례가 비산되었다.

피피핑—

수백 개의 암기가 호선을 그리며 벽소군의 전신 요혈로 내리 꽂혔다.

"만상백변!"

벽소군은 손을 꼿꼿이 세워 수검으로 만상백변식을 전개했다. 비록 환유성만큼의 경지에는 이르지 못했지만 만상절기의 위력은 엄청나 악중요의 암기세례는 모두 튕겨져 나갔다.

"혈황공!"

악중뇌는 쌍장을 휘둘러 장력을 격출하며 급히 뒤로 물러섰다.

벽소군의 신법은 보다 신속했다. 그녀는 바닥을 박차고 날렵하게 뛰어오르며 악중뇌의 장공을 피해냄과 동시에 어장검을 뽑아 들었다.

쐐애액—!

신검의 예기가 뿜어지자 재차 암기를 날리려던 악중요는 기겁하며 몸을 피했다.

"만상검기!"

벽소군은 그물 같은 검기를 발하며 악중뇌를 향해 내려쳤다.

"허억!"

악중뇌는 하늘을 새까맣게 덮으며 쏟아지는 검기에 기겁을 하며 혼신의 공력을 끌어올렸다. 벽소군의 무공이 자신보다 강하다는 것은 짐작하고 있었지만 이 정도로 뛰어난 절기를 구사할 줄은 미처 예상치 못한 것이다.

"혈황무적권!"

두 줄기 강력한 권공이 검기 속으로 파고들었다. 그러나 벽소군의 공격은 허초였기에 그의 강력한 공세는 빈 허공만 강타했을 뿐이었다. 어느새 등 뒤로 내려선 그녀는 금나수법으로 그의 완맥을 거머쥐고는 어장검을 목에 들이댔다.

"앗! 오, 오라버니?"

악중요는 안색이 새파랗게 질리고 말았다.

태양천 전주들은 벽소군의 신묘한 절기에 탄복하고 말았다. 악중뇌와 악중요라면 과거 악인궁의 오대악인에 해당되는 당대의 고수들이다. 그들 둘을 상대하면서 하나를 간단히 제압하였으니 벽소군의 무공은 절세적이라 해도 과언이 아닌 셈이다.

벽소군은 악중뇌의 맥문을 거머쥔 채 어장검을 들어 보였다.

"이 검이 어떤 신검인 줄 알겠죠?"

"어장… 오대신검 중 하나인 어장검이로군."

"그래요. 간단히 힘만 가하면 철석도 두부처럼 벨 수 있죠. 백도인모두가 당신의 머리통을 가르고 싶어합니다."

악중뇌는 자신이 너무도 간단히 제압되었다는 사실에 분노와 부끄러움을 느꼈지만 별반 두려운 표정은 아니었다.

"네가 날 못 죽인다는 걸 알고 있다. 검을 치워라."

"왜 그렇게 자신하는 거죠?"

"내가 죽으면 위지군도 죽는다. 위지군이 너 때문에 죽는다면 과연위지운설이 널 용서할 것 같으냐? 그녀는 세상 사람들이 아는 것만큼자비롭지 않다."

천하에서 가장 뛰어난 지략을 지닌 두 사람이기에 실전보다는 심기의 대결이 더 격렬했다.

“물론 당신을 죽이지는 않아요. 잠시 위협만 할 뿐이니 허튼수작은 하지 않는 게 좋아요.”

“네년이 무슨 수작을 부리려는 것이냐?”

“악 군사는 교활한 심계로 날 농락했지만 나 벽소군이 그렇게 어리석지만은 않습니다.”

벽소군은 악중뇌의 목에 어장검을 들이댄 채 악중요를 향해 외쳤다.

“총호법, 어서 위지 가주를 풀어주세요! 악 군사의 목숨이라면 정당한 교환 조건이 될 겁니다!”

악중요는 양손 가득 암기를 뽑아 든 채 발작하듯 외쳤다.

“이 여우 같은 계집! 만일 뇌 오라버니의 머리털 하나, 참, 뇌 오라버니는 머리털이 없지. 어쨌거나 뇌 오라버니의 터럭 하나라도 다치게 하는 날에는 위지군의 눈알과 혀를 뽑아버리겠다!”

“난 반드시 위지 가주를 구해야 합니다. 어서 모셔오게 하세요!”

벽소군은 악중요를 계속 다그쳤다. 세상이 알아주는 악녀이지만 감정 기복이 심하고 단순하기에 그녀를 다루기는 어렵지 않다 싶은 것이다.

이때 위지세가의 현문 뒤에서 두 사람이 날아왔다. 전신 가득 불꽃을 피워내는 적염마왕과 윤거에 앉아 있는 천잔투광이었다. 그들이 내려서자 악중요가 사정하듯 외쳤다.

“적염마왕, 천잔투광! 어서 뇌 오라버니를 구해주세요!”

적염마왕은 불꽃을 피워내며 벽소군을 향해 다가섰다.

“악 군사를 죽여라. 그 순간 네년은 물론이고 위지군과 태양천 오백 놈의 목숨도 모두 잃게 될 것이다.”

천잔투광은 징징거리는 악중요를 매몰차게 질책했다.

"당장 울음 그치지 못해! 벽소군은 절대 악 군사를 해치지 못해, 이 멍청한 것아!"

"일단 위지군부터 풀어줘. 뇌 오라버니만 무사히 돌아오면 그때 모조리 죽이면 되잖아요?"

악중요가 어린아이처럼 강짜를 부리자 천잔투광은 상대도 하기 귀찮은 듯 냉담하게 고개를 돌렸다.

벽소군은 눈앞에 적염마왕과 천잔투광 같은 천마성 최강 고수들을 대하고도 태연하기만 했다. 그녀는 공손히 포권지례를 취하는 여유까지 부렸다.

"적염마존, 악 군사의 존재가 천마성에서 얼마나 중요한지 잘 알고 있어요. 위지 가주나 악 군사 모두 서로에게 중요한 사람들이니 다치지 않기를 바랍니다."

"악 군사는 네년의 서방이 베푼 신세를 생각해 총관과 오대당주를 풀어주었다. 그 정도면 충분하지 않느냐?"

"위지세가는 이미 괴멸되었습니다. 어쩌면 태양천마저 천마성의 깃발로 나부끼고 있을지 모릅니다. 이런 상황에서 굳이 위지 가주를 인질로 삼아야 할 이유가 무엇입니까?"

벽소군의 예리한 지적에 악중뇌가 대신 대답했다.

"위지군은 천하를 속인 악인이기에 반드시 죽어야 한다."

"천하를 속였다고요?"

"그래, 위지세가는 세상에서 가장 음흉한 놈들이지. 우리는 악행을 저지르고 또 스스로 악임을 자처하기에 세상 사람들의 욕을 먹고 있다. 한데, 위지세가 놈들은 성인군자로 칭송을 받으면서도 뒷구멍으론 갖은 악행을 저질렀으니 누가 진짜 악인이겠느냐?"

"대체 위지세가 사람들이 어떤 악행을 저질렀다는 겁니까?"

벽소군이 의아한 표정으로 묻자 악중뇌는 쥐눈을 번들거리며 음산한 웃음을 흘렸다.

"크흐흐, 순수한 혈통을 지키기 위해 친남매끼리 교합을 벌였으니, 이런 패륜 행위는 천인공로할 죄다. 또한 태양천의 후광을 믿고 갖은 이권에 개입해 엄청난 부를 착복했으니, 이런 탐욕 행위는 법도를 어긴 죄다. 과거 사중악이 천하의 지탄을 받을 죄도 짓지 않았는데 거짓 정보를 흘리고 풍문을 지어내 사중악을 천하의 공적으로 만들었으니, 이는 무림공법을 어긴 죄다. 이 외에도 백도의 멍청이들을 속인 백 가지 악업을 자행했다. 이래도 위지세가 놈들을 두둔하겠느냐?"

"……."

벽소군은 잠시 할 말을 잃었다.

악중뇌의 말이 사실이라면 이는 천하를 진동시킬 엄청난 비밀이다. 위지세가는 태양천 창건의 주역이기에 악중뇌가 털어놓은 비밀이 사실이라면 태양천은 존립마저 위태로워진다.

벽소군은 내심 강하게 부정했지만 그녀 역시 약간의 의구심을 갖고 있었기에 악중뇌의 말을 완전히 무시할 수는 없었다.

그녀는 길게 한숨을 내쉬었다.

"악 군사, 당신의 말이 진실이라도 누구도 그것을 믿지 않을 것입니다. 어떤 증거를 제시해도, 어떤 증거물을 내세워도 그것이 당신의 조작이라 생각할 테니까요."

"크흐흐, 물론 세상의 멍청이들은 그렇게 알겠지. 하지만 똑똑한 너는 내 말을 믿을 수밖에 없을 것이다. 아니, 이미 어느 정도는 간파하고 있을지도 모르지."

"모릅니다. 난 알고 싶지도 않아요."

벽소군은 악중뇌의 뒷덜미를 움켜쥐었다.

"어쨌든 당신 덕분에 위지 가주는 모셔갈 수 있게 되었군요."

"뭐, 뭐라?"

악중뇌는 쥐눈을 번쩍 뜨며 위지군이 결박돼 있는 담장 쪽을 응시했다.

이 순간 위지군의 주변을 지켜서고 있던 한 명의 마장과 다섯 마병들이 참혹하게 베어지며 사방으로 흩어졌다. 얼마나 빠른 수법이었는지 여섯은 비명 소리 한 번 지르지 못했다.

핏물 속에 내려선 인물은 복면을 뒤집어쓴 장신의 여인이었다.

그녀의 신분을 아는 사람은 극히 드물다. 그녀는 바로 위지운설의 심복이며 위지세가의 비밀 호위인 야훼(夜卉)였다.

그녀는 위지운설의 밀명을 수행하던 중이라 용케도 위지세가의 괴멸 때 해를 입지 않았다. 지난밤에 그녀는 은밀하게 벽소군을 만나 위지군의 구출을 간절히 요청했다.

벽소군은 그녀가 위지세가의 비밀 출입구를 잘 알고 있기에 나름대로 계책을 꾸며두었다.

야훼의 무공은 상당히 뛰어나 은밀히 침투한 후 마장과 마병들 정도는 간단히 해치울 수 있다. 위지군 주변에서 적염마왕과 천잔투광 같은 절세고수만 떼어놓는다면 구출이 가능하다.

물론 계략으로 그들을 떼어놓는다 해도 야훼 혼자 몸으로 오대당주와 위지군 모두를 구할 수는 없기에 그것이 고민이었다. 가주만 구하고 당주들을 모두 죽게 내버려 두는 것은 너무도 비인간적인 처사이기 때문이다.

결국 벽소군은 악중뇌와의 협상을 통해 오대당주를 구한 후 위지군을 구출하는 쪽으로 복안을 세워야 했다. 다행히 악중뇌가 순순히 오대당주를 풀어주었기에 작전은 대성공이었다.

야훼는 결박된 위지군을 가슴에 안고는 날렵하게 몸을 날렸다. 그녀는 어렵지 않게 천마성 마병들의 사정권 밖으로 빠져나갈 수 있었다. 마침내 위지세가의 인질 모두가 구출된 것이다.

벽소군은 임무를 완수하자 악중뇌를 적염마왕 쪽으로 휙 밀쳤다.

"가요!"

위지군마저 손아귀에서 빠져나가자 적염마왕과 천잔투광은 분노의 불꽃을 피워냈다.

"빠드득! 교활한 년!"

적염마왕은 괴성과 함께 붉은 화염 줄기를 뿜어냈다.

"적염혈황폭(赤焰血荒暴)!"

콰류류류―!

가공할 적염마공이 발출되자 바닥의 풀이 새까맣게 타 들어갔다.

벽소군은 굳이 그들과 격돌할 생각이 없었기에 급히 연화신보를 펼쳐 뒤로 피신했다.

순간, 윤거에서 튀어 오른 천잔투광이 벼락같이 날아들었다. 그의 두 눈에서 지독하게 강렬한 광선이 발출되었다. 그의 성명절학인 투살

섬광이었다.

번— 쩍—

"흐흑!"

벽소군은 소매로 얼굴을 가리며 보타신공으로 몸을 보호했다.

일진 폭음과 함께 그녀의 교구가 심하게 흔들리며 칠 장 밖으로 튕겨졌다. 한 자 두께의 철판도 관통하는 투살섬광의 위력은 실로 엄청나 그녀의 호신강기마저 파괴한 것이다.

그녀가 내상을 입고 두 팔이 피로 물들자 악중요는 기회다 싶어 암기를 날렸다.

"만천화우!"

예리한 파공성과 함께 수백 개의 암기가 허공을 새까맣게 뒤덮으며 벽소군의 전신으로 내리 꽂혔다.

벽소군은 정신이 아득해졌다. 공포스런 투살섬광은 겨우 막아냈지만 너무도 강렬한 빛에 아직 시야가 확보되지 않은 상태였다. 그녀는 어장검을 곧추세우며 두 눈을 감았다.

정확히 볼 수 없다면 심안에 의존하는 것이 더 나은 방법이다. 그녀는 환유성과 함께 지내면서 나름대로 심안을 배웠다. 하지만 워낙 미흡한 경지라 과연 악중요의 암기를 제대로 막아낼 수 있을지 스스로도 자신할 수 없었다. 실패한다면 악중요의 독 암기에 의해 참혹하게 죽게 될 위기의 상황이었다.

이 순간, 두 줄기 도기가 날아들며 악중요의 암기를 모두 쳐냈다. 두 줄기 도기는 그대로 뻗어 나가며 공세를 펼쳐 오는 적염마왕과 천잔투광을 차단했다.

콰쾅―!

엄청난 폭음과 함께 적염마왕과 천잔투광은 몸을 말아 회전하며 뒤로 내려섰다. 그들은 자신 둘을 동시에 저지한 상대에 대해 경악을 금치 못했다.

"으음, 이럴 수가!"

"대체 누가?!"

당대에서 그들 둘의 공세를 감당할 절세고수가 몇이나 되겠는가.

"네놈들은 노부가 상대해 주겠다!"

창노한 음성과 함께 벽소군 앞을 가로막은 노인은 놀랍게도 태양천의 무상 일월도성이었다.

"와아아!"

오대전의 전주들이 정예들을 이끌고 몰려들고 월영궁의 오십여 제자가 벽소군 뒤로 도열하며 파쇄궁노를 조준했다.

악중뇌는 미간을 잔뜩 찌푸리며 앞으로 나섰다.

"두 마존은 잠시 물러서시오."

적염마왕은 양손 가득 불꽃을 피워 올리며 언성을 높였다.

"일월도성 따위는 나 혼자서도 감당할 수 있으니 악 군사는 우려할 것 없네! 이 참에 태양천 놈들을 싹 쓸어버리겠다!"

"적염마존, 이미 태양천 총단은 본 성의 주력에 의해 괴멸되었소. 군이 사생결단을 하지 않아도 과거의 복수는 한 셈이오."

그는 악중요에게 눈짓을 보내 적염마왕을 만류토록 지시하고는 벽소군과 마주 섰다.

"진정 영악한 계집이로구나. 일월도성이 귀환하지 않았을 줄은 전혀 예상치 못했다."

"악 군사, 태양천은 결코 무너지지 않았을 겁니다. 그렇다면 훗날의 결전을 위해서라도 반드시 위지 가주를 구해야만 했기에 잠시 악 군사를 속인 것입니다. 인질을 구출하기 위한 수단이라 무상께서 소천주와 함께 귀환했다는 정보를 흘린 것이죠."

"오냐. 널 너무 어리게 본 노부의 실책이다. 하지만 두 번은 당하지 않을 것이다."

악중뇌는 적염마왕과 천잔투광을 향해 포권을 쥐어 보였다.

"두 분 마존, 궁지에 몰린 쥐가 고양이 코를 무는 법이오. 잠시 성으로 물러서 태양천이 괴멸되었다는 낭보를 기다립시다. 사실이 확인되면 놈들은 절로 와해될 것이오."

악중오는 승부를 예측할 수 없는 끔찍한 혈전이 벌어지는 것을 결코 원치 않았기에 애교를 떨며 악중뇌를 거들었다.

"그래요, 두 마존. 그까짓 위지세가 놈들이 무슨 소용이 있겠어요? 놈들의 정예들을 이끌어내기 위한 미끼였을 뿐이잖아요?"

적염마왕과 천잔투광 역시 일월도성과는 그다지 겨루고 싶지 않았다. 우내사성의 한 사람이며 당대 최강의 도법을 지닌 일월도성과의 대결은 그들로서도 확실한 승산이 없었다.

그들이 마지못한 듯 몸을 돌리자 일월도성이 일월쌍천도를 교차하며 외쳤다.

"어딜 달아나려는 것이냐! 오늘 천마성 무리들은 한 놈도 살아남지 못할 것이다!"

벽소군이 얼른 그를 만류했다.

“고정하십시오, 무상.”

“벽 여협은 물러서게! 위지세가의 모든 인질들이 구출됐으니 이제 놈들을 단죄해야 할 차례일세.”

“지금은 그럴 상황이 아닙니다. 또한 위지 가주와 오대당주는 소녀가 구출한 것이 아니라 악중뇌가 스스로 풀어준 것입니다. 현재 천마성과 태양천 정예들은 대등한 전력입니다. 만에 하나 태양천 총단이 저들의 술책에 붕괴되었다면… 탕마멸사대와 이곳의 오백 정예가 태양천 재건의 주력이 되어야 합니다.”

“으음……!”

일월도성은 허연 수염을 부르르 떨며 일월쌍천도를 거두었다.

그가 태양천에 몸을 담은 지는 얼마 되지 않았지만, 어쨌든 그는 태양천의 무상이었다. 만일 태양천주가 그를 온전하게 제압하지 않았다면 그는 여전히 암흑마국의 일월마공(日月魔公)으로 끔찍한 살업을 자행했을 것이다. 태양천의 일원으로 충성을 맹세한 이상 최후까지 태양천을 지켜야 하는 것이 그의 도리였다.

“알겠네. 벽 군사의 말을 따르지.”

“고맙습니다, 무상. 소녀는 일단 돌아가 궁주님을 뵌 후 태양천으로 가겠습니다.”

“알겠네. 위지세가의 인질들을 무사히 구출했으니 소기의 목적은 달성한 셈이지.”

일월도성이 발길을 돌리자 일촉즉발의 대치 형국은 이내 무산되었다. 그는 오대전 정예들을 이끈 채 앞서 떠났다.

벽소군은 악중뇌를 향해 목례를 보내고는 월영궁 제자들을 대동하여 장내를 떠났다.

악중요가 악중뇌와 나란히 걸음을 옮기며 물었다.

"뇌 오라버니, 난 아직도 헛갈려 판단할 수가 없어. 대체 누가 이긴 거야? 뇌 오라버니야 아니면 저 여우 같은 계집이야?"

"그건 중요치 않다."

"그럼 뭐가 중요한데?"

"내 계책에 의해 탕마멸사대와 주력 정예들이 태양천 총단을 떠나 이곳 육반수에 이르렀으니 태양천은 성주의 손에 괴멸되어야 당연하다. 벽소군이 어떻게 내 조호이산지계(調虎離山之計)를 간파했는지 모르지만 워낙 먼 거리라 그 계집의 두뇌로도 지원을 보낼 방도가 없었을 것이다. 우리는 통쾌한 낭보만 기다리면 되는 일이다."

악중뇌가 자신의 계책을 확신하며 회심의 미소를 짓자 악중요가 불안한 듯 다시 물었다.

"한데, 말이야… 정말 그럴 일은 없겠지만 저 예쁜 년 말대로 환가 놈이 개입했다면 말이야……."

"아니다. 그것은 불가능한 일이야."

"그렇기는 하지만, 환유성 그놈이 우리와는 엄청 끈질긴 악연으로 묶였잖아?"

악중뇌는 정색을 지으며 고개를 저었다. 그는 환유성의 무심한 모습을 떠올리며 부르르 전율을 일으켰다.

"그놈 이름도 꺼내지 마, 생각하기도 싫으니까."

제95장

일엽편주에 몸을 싣고

1

동정호의 한곳에 조개껍질처럼 둥실 떠 있는 하나의 섬이 있다. 군산(君山)이라는 호수 속의 섬이다. 과거 한 선인이 재배했다는 은침차(銀針茶)로 유명한 곳이다.

군산의 가파른 능선에는 차밭이 펼쳐져 있는데 삼나무 그늘 아래 한 채의 모옥이 덩그러니 세워져 있었다. 은덩이 하나를 받고 서둘러 집을 내준 주인을 원망하듯 누렁이 한 마리가 대나무 문 옆에 웅크려 앉아 있다.

환유성은 스르르 눈을 떴다.

“……?”

그는 자신이 왜 누워 있는지 잠시 생각해야 했다.

풍요원과의 가공할 격돌은 서로에게 양패구상의 커다란 상처를 입했다. 주화령의 마력과 천마혈경의 마공은 실로 공포스러울 정도였다.

만일 그녀가 천마혈경을 깊이 터득했다면 그는 그녀의 마검 아래 산산조각이 났을 것이다. 다행히 그는 무수한 대전 경험을 통해 임기응변에 능했기에 풍요원의 마검을 격파할 수 있었다.

그는 애원하는 풍요원을 차마 죽일 수 없어 돌아섰는데 그 순간 독고가 발작해 심장이 터지는 듯한 충격과 고통 속에 혼절하고 만 것이다.

그는 가볍게 입술을 깨물었다.

'주화령, 그 악녀가 요원에게 독고까지 넘겨주었을 줄이야!'

그는 본능적으로 손 주변을 더듬었다.

반검이 손에 잡힌다. 눈으로 보지 않아도 느낄 수 있을 만큼 몸의 일부가 되어버린 검이다. 다른 사람이 쥔다면 차가운 쇠붙이로 여기겠지만 그는 반검에서 전해지는 따뜻한 온기에 마음이 편안해졌다.

이때 코를 찌르는 탕약 냄새와 함께 의독성수가 들어섰다.

"히힛, 역시 철인이로군. 그 엄청난 내, 외상을 입고도 반나절 만에 정신을 차렸네그려."

환유성은 의독성수에게로 천천히 고개를 돌렸다. 그는 다소 의외롭다는 표정을 지었다.

"날 또 구한 거요?"

"이 우형이야 환 아우의 주치의가 아닌가? 자네가 다치면 의당 내가 고쳐 줘야지."

"난 지금 약값도 없소."

"자네는 날 두 번, 아니, 세 번씩이나 구해주었네. 우리 사이에 그런 것은 따지지 말자고."

의독성수는 대나무 의자를 끌어 조심스럽게 탕약을 내리고는 침상 가에 걸터앉았다.

그가 진맥을 하자 환유성이 물었다.

“악인궁 놈들 손에서 두 번은 구한 적이 있는 것 같소. 하지만 세 번은 아니오.”

“세 번째로 날 구해준 건 자네의 보혈일세.”

“보혈?”

“자네가 술 한 잔 값으로 내준 보혈 말일세. 기억나지 않는가?”

의독성수는 그의 몸을 감싼 붕대를 풀어 상처 부위를 살펴보고는 다시 처맸다.

“자네의 보혈이 있었기에 영단을 만들어 신세를 갚을 수 있었으니 자네는 날 세 번 살린 셈이지.”

“그렇다면 성수 선배에게 부담을 갖지 않아도 되겠군.”

환유성은 다소 홀가분한 표정으로 스르르 눈을 감았다. 의독성수는 잠시 주저하다 어렵사리 입을 열었다.

“자네의 보혈 섞인 영단으로 누구를 살렸는지 아는가?”

“모르겠소. 알고 싶지도 않고.”

“자네만 알고 있게나. 물론 백마성 마왕들이 주둥이를 열면 세상 사람들 모두가 알게 되겠지만…….”

의독성수가 말꼬리를 흐리자 환유성은 눈을 번쩍 떴다.

“풍요원?”

“그래, 그 아이의 태음절맥을 내가 치유했네. 하지만 이토록 가공할 절대마녀가 되리라고는 꿈에도 생각지 못했네. 독고를 발작시켜 자네를 쓰러뜨린 후 죽이려 하는 것을 내가 막았지. 마녀도 비로소 자네의 보혈로 인해 자신이 치유된 것을 알고는 손을 거두었네."

환유성은 다소 충격적인 표정을 지었다.

"요원이 스스로 손을 거두었단 말이오? 분명 주화령의 마성에 의해 제압되어 있었지 않소?"

의독성수는 땅이 꺼져라 한숨을 쉬었다.

"모두 내 탓일세. 과거 백마성주와의 약조를 지키려 그 딸의 절맥을 치유했지만 그 아이가 세상을 피로 물들일 마녀가 되었으니 정말 괴로운 일이야."

"괴로워할 것 없소, 죽이면 되니까."

"그게 쉬운 일인가? 태음절맥을 치유한 그 아이는 천년지재일세. 그 아이가 천마혈경을 수련한 이상 고금 제일의 마녀가 되는 건 시간문제일세. 내 멀리서 자네와 그 마녀와의 대결을 지켜보았네만… 다시 겨룬다면 자네의 검으로도 마녀를 이길 수 없을 것이네."

환유성은 메마른 어조로 말을 받았다.

"풍요원이 아닌 주화령이라면 반드시 내 검에 죽게 될 거요."

"하기는 자네가 마음만 먹는다면 누군들 못 죽이겠나?"

의독성수는 고개를 끄덕이고는 약사발을 집어 들었다. 그는 잠시 주저하는 기색을 지으며 말했다.

"이것은 회천환생탕일세. 날 믿지 못하겠다면 마시지 않아도 되네."

"무슨 약이오?"

"마시면 죽는 약일세."

"날 죽일 생각이었으면 왜 구해주었소?"

의독성수는 아이처럼 웃으며 눈을 끔뻑했다.

"아주 죽는 건 아니고 잠시 죽었다 살아나는 거네. 자네의 똑똑한 아내가 생각해 낸 기가 막힌 처방전이지."

"…… ?"

"자네의 심장에 박혀 있는 독고는 숙주가 죽어야만 스스로 기어나오네. 하기에 자네를 잠시 죽여 독고를 끄집어내려는 것일세."

"괜찮은 방법이군."

환유성이 주저없이 약사발을 손에 쥐자 의독성수가 오히려 불안한 표정을 지었다.

"정말… 괜찮겠나? 혹시 영원히 깨어나지 못할 수도 있는데?"

"성수 선배는 당대 최고의 신의가 아니오?"

"히힛, 그렇기는 해. 회천환생단을 몇 알 제조해 죽여도 될 놈들 몇에게 시험해 본 적이 있지. 세 놈은 죽었지만 일곱 놈은 버젓이 살아나더군. 환약보다는 효과가 좋은 탕약으로 다렸네."

"독고를 뽑아낼 수 있다니 다행이군."

환유성이 몸을 일으켜 앉으며 약사발을 입으로 가져가자 의독성수가 얼른 그의 손을 쥐었다.

"환 아우, 만약을 위해서 유언이라도 남겨야 하지 않겠나?"

"성수 선배는 자신이 제조한 약에 대해 그렇게 자신이 없소?"

"자네의 목숨이 걸린 일이네. 천하에서 그 마녀를 상대할 사람은 오직 자네뿐인데 자네마저 죽는다면 천하는 끝장일세."

"내 몸속에 독고가 있는 한 마녀와 겨룰 수 없소."

환유성은 단숨에 약사발을 비웠다. 뜨거운 약 기운이 퍼지는 순간 그는 심한 현기증을 느끼며 침상에 누웠다.

의독성수는 마른침을 꿀꺽 삼키며 물었다.

“맛은 좀 어떤가?”

“역겹소.”

“나도 죽어본 적이 없어 모르겠네만 죽는 순간… 조금은 괴로울 걸세.”

“얼마나… 오래 있다… 깨어나는 거요?”

환유성은 전신이 마비되는 증상으로 입술조차 제대로 놀릴 수 없었다. 의독성수는 그의 손목을 쥐며 맥을 짚었다.

“자네가 확실히 죽은 후 독고가 기어나오면 감천향(甘泉香)으로 자네를 깨울 것이네. 하지만 한 번 죽은 몸이라 회복되려면 다소 시간이 걸릴 걸세.”

그의 말이 채 끝나기도 전에 환유성은 축 늘어졌다.

온몸의 신경이 마비되며 호흡마저 멈추었다. 심장의 고동도 뛰지 않았고 맥박마저 정지됐다. 피가 돌지 않아서인지 몸이 빠르게 식어갔다.

의독성수는 그의 코끝에 귀를 기울여 미세한 숨소리라도 들어보려 했지만 이미 숨이 끊긴 상태였다. 예상은 했지만 막상 그가 죽었다 생각하자 의독성수는 덜컥 겁이 났다.

“주, 죽었다! 정말 죽었어!”

독술과 의술을 행하면서 숱한 사람들을 죽이고 살린 그였지만 환유성의 죽음 앞에서는 초조함을 금할 수 없었다. 그는 방 안을 서성이며 연신 손을 비볐다.

"그래, 되살릴 수 있으니 너무 겁낼 것 없어. 난 세상 최고의 신의가 아닌가?"

그는 허리춤의 호로병을 끄집어 술을 한 모금 마셨다. 독한 술기운이 목구멍을 타고 넘어갔지만 전혀 취기가 느껴지지 않았다. 그는 말라가는 입술을 혀로 핥았다.

"기다리자. 독고만 기어나오면 돼. 감천향도 준비됐고, 환 아우의 회복을 돋워줄 화리삼탕도 잘 끓고 있다. 염병, 모든 게 제대로 되어가고 있는데 왜 이렇게 불안하지?"

그는 거푸 두 모금을 들이키고는 가슴을 두드렸다.

컹…컹……!

갑자기 문밖에서 누렁이의 사나운 울음소리가 들려왔다. 의독성수는 본능적으로 누군가의 접근을 감지하며 독약이 든 약병을 손에 쥐었다.

"혹시 천마성의 마귀들?"

그는 문을 밀치며 급히 밖으로 나섰다.

"웬 놈들이냐!"

낯선 사람들을 향해 짖어대던 누렁이는 자상한 풍모의 노인이 머리를 쓰다듬어 주자 언제 짖었냐는 듯 꼬랑지를 흔들며 적개심을 감추었다.

노인과 함께 온 궁장 차림의 여인은 추한 용모에도 불구하고 범상치 않은 품위를 지니고 있었다. 태양천의 천후인 위지운설이었다.

그녀는 의독성수를 향해 공손히 손을 모아 보였다.

"오랜만입니다, 성수 선배."

의독성수는 비로소 경각심을 늦추며 손에 쥔 약병을 주머니에 챙겨 넣었다.

"천후가 여기는 어떻게 알고 왔소?"

자상한 풍모의 노인이 대신 대답했다.

"허허, 옷에 백 개도 넘는 주머니를 달고 다니는 사람이 의독성수 말고 또 있겠는가?"

"히힛, 현제도 왔구먼."

"반검무적은 안에 있는가?"

노인은 바로 태양천의 문상 남궁현이었다. 그가 모옥으로 다가서자 의독성수는 정색을 하며 막아섰다.

"안 돼. 지금 환 아우는 죽어 있는 상황일세."

그 말에 남궁현과 위지운설은 충격과 경악에 젖고 말았다.

"뭐, 뭐라! 반검무적이 죽었다고?"

"오오, 맙소사!"

그들이 워낙 절망적인 표정을 짓자 의독성수는 자신이 잠시 실언했다 싶어 얼른 상황을 설명해 주었다.

"아, 아닐세. 완전히 죽은 게 아니고 잠시 죽었다는 말일세. 때가 되면 살아날 것이네."

남궁현의 안색에 드리워진 짙은 음영이 순식간에 사라졌다.

"오, 그럼 살아날 수 있단 말인가?"

"물론이지. 내가 누군가? 죽은 사람도 살린다는 의독성수일세."

의독성수는 자신의 가슴을 탁탁 치며 호기를 부렸다.

위지운설도 환유성이 살아날 수 있다는 말에 신음이 섞인 한숨을 내쉬었다.

"후우, 진작 그리 말씀하셔야지요, 성수 선배. 소첩은 반검무적이 정말로 죽었다 싶어 하늘이 무너지는 줄 알았습니다."

"가만, 가만. 냄새가 나는군."

의독성수는 예민한 코를 벌름대다가 방으로 들어갔다.

위지운설이 다소 불안한 표정으로 남궁현에게 물었다.

"문상, 대체 무슨 일일까요?"

"멀리서 지켜본 사람들 말에 의하면 반검무적과 마녀는 인간으로는 도저히 상상도 할 수 없는 격돌을 벌였다 했소. 마녀의 가공할 마공을 막아냈으니 반검무적은 가히 천하제일검으로 불릴 만한 사람이오. 하지만 상당한 부상을 입은 듯싶소. 의독성수는 본래 성격이 다소 괴팍스러워 자신의 처방을 남에게 알리고 싶어하지 않는 것 같소."

"그가 무사한 것은 확실하겠죠?"

남궁현은 모옥을 둘러보며 고개를 끄덕였다.

"의독성수는 신뢰할 수 없어도 그의 의술은 믿어도 좋소."

그는 문밖에 대기해 있는 백검전주에게 주변의 경계를 지시했다. 오십여 호위무사는 신속히 움직여 모옥 주변으로 흩어졌다.

잠시 후 의독성수가 방에서 나섰다. 그는 호로병 마개를 단단히 봉하고는 휘휘 저었다.

"이그, 징그러워. 내 숱한 독물들을 다뤄보았지만 이토록 끔찍한 독물은 처음이야."

위지운설이 조심스럽게 물었다.

"이게 괜찮은 건가요? 반검무적은 깨어난 겁니까?"

“일단 회생을 위한 처방을 했으니 기다려 봅시다.”

“잠시… 얼굴을 보면 안 될까요?”

“기다리시오, 천후. 그가 갑자기 신지를 회복하게 되면 본능적으로 쾌검을 날릴 수 있으니까.”

남궁현이 가볍게 고개를 끄덕였다.

“그러는 편이 낫겠소, 천후. 그를 만나본 적은 없지만 그의 성격상 자신의 무기력한 모습을 남이 보는 것은 원치 않을 것이오.”

“알겠어요. 태양천을 구한 은공인데 잠시 못 기다리겠습니까?”

위지운설은 마당 한쪽에 놓인 대나무 평상으로 향했다. 그녀의 신분으로 누군가를 위해 기다리는 것은 아주 드문 일이었다.

의독성수는 섬돌에 걸터앉으며 호로병을 흔들었다.

“이놈을 어떻게 써먹을까? 끔찍하기는 해도 세상에 드문 독물인 것은 확실한데 말이야.”

남궁현이 다가서며 묻는다.

“성수, 친구인 나한테는 말해 줄 수 있지 않겠나?”

“히힛, 아쉬울 때만 친구인가?”

“마녀는 어찌 되었는가?”

“폭풍과 벽력마왕 두 놈이 데리고 갔네. 극심한 부상을 입었지만 워낙 마력이 높아 회복은 어렵지 않을 것이야.”

“자네 힘으로 죽일 수는 없었는가?”

남궁현이 넌지시 묻자 의독성수는 정색을 했다.

“그런 소리 말게. 마녀는 어떤 독에도 중독되지 않는 혈강지체를 연성했네. 게다가 내가 왜 목숨을 걸고 마녀와 싸워야 한단 말인가?”

그는 자리를 털고 일어서며 주방으로 향했다.

“……”

남궁현은 궁금한 일들이 너무 많았지만 의독성수의 입을 통해 모두 알기는 힘들겠다 싶어 고개를 저었다.

“확실한 건 마녀와 반검무적이 양패구상을 당했다는 것이로군. 하지만 무림사에 관여하지 않는 반검무적이 태양천을 위해 선뜻 나서준 것은 정말 의외야.”

그는 단정한 자세로 평상에 걸터앉아 있는 위지운설에게로 다가갔다.

“천후, 차라도 한잔 드시겠소?”

“아닙니다.”

“그가 회복되려면 시간이 꽤 걸릴 것 같소. 천후께서는 먼저 돌아가시지요. 노부가 그를 만난 후 함께 가겠소.”

“아닙니다. 반검무적은 태양천을 구하려는 의도보다는 마녀 때문에 온 것 같아요. 그렇다면 그가 자신의 공적을 과시하러 본 천을 찾는 일은 없을 겁니다. 지금이 아니면 그를 만날 기회가 없을 것 같아요.”

위지운설의 차분한 음성에 남궁현은 고개를 끄덕였다.

“천후의 판단이 심히 옳소.”

의독성수는 화리삼탕을 의자에 내리고는 환유성의 맥을 짚었다. 그의 표정이 심하게 일그러진다.

“젠장, 왜 반응이 없지? 희미하게라도 맥이 잡혀야 하는데……”

그렇게 한참을 진맥하고 있던 그의 입가에 회심의 미소가 피어올랐다.

"그럼 그렇지! 이제 깨어나고 있어!"

그는 환유성의 회복을 돕기 위해 양손에 공력을 모아 추궁과혈을 시도했다. 그의 안마술은 극히 뛰어나 환유성의 혈관을 통해 피가 돌기 시작하면서 돌처럼 딱딱하게 굳어졌던 근육이 풀어지기 시작했다.

"후우……!"

환유성의 입에서 긴 한숨이 새어 나왔다. 독고가 기어나와서인지 역겨운 비린내가 물씬 풍긴다.

이어 그의 호흡이 정상을 되찾았다. 의독성수는 서둘러 화리삼탕을 그의 입에 흘려 넣어주었다. 연후 그는 빠른 속도로 환유성의 혈도를 쳐 진기의 순환을 도왔다.

동정호 너른 수면 위로 석양이 곱게 물든다. 위지운설이 평상에서 자리를 지킨 지 세 시진이나 흘렀다.

환유성은 스르르 눈을 떴다. 심연처럼 깊은 눈빛으로 미루어 본래의 신지를 회복한 것이 틀림없었다. 그는 천천히 눈알을 굴리다 자신을 들여다보는 의독성수에게로 시선을 고정시켰다.

"독고는… 뽑아냈소?"

"히힛, 역시 자네다운 첫 질문이로군. 내가 다시 살아난 거요, 라고 물어야 하는 것 아닌가?"

의독성수는 허리춤의 호로병을 툭툭 쳤다.

"확실히 뽑아냈네. 이제 마녀의 주문에 환 아우가 쓰러지는 불상사는 없을 거네."

환유성은 손으로 가슴 부위를 어루만졌다.

“느낌으로도 알 수 있겠소.”

몸을 일으켜 앉은 그는 붕대로 둘러진 상반신에 장삼을 걸쳤다.

의독성수가 얼른 만류했다.

“독고야 뽑아냈지만 자네의 내, 외상이 치유되려면 아직 멀었네. 한동안 요양해야 하네.”

“내가 움직일 수 있다면 다 나은 거요.”

환유성이 침상에서 내려서자 의독성수는 입맛을 쩍 다셨다.

“하긴 자네 고집을 누가 말리겠나? 이미 천하제일검이 된 자네이니 두려울 것이 없겠지.”

그는 힐끔 문 쪽으로 시선을 돌리며 나직이 말했다.

“천후가 와 있네.”

“천후……?”

“그래, 태양천후 위지운설 말일세. 자네를 만나기 위해 반나절을 꼬박 기다렸으니 자네의 존재는 무림 황제보다 더하다 할 수 있지.”

의독성수는 킬킬거리며 앞서 모옥을 나섰다.

하릴없이 마당을 걷고 있던 남궁현과 대나무 평상에 앉아 있던 위지운설이 반색을 하며 다가섰다.

“환 대협은 깨어났나요?”

“히힛. 오래 기다렸소, 천후.”

의독성수가 비켜서자 환유성이 느릿한 걸음으로 섬돌 위에 발을 내디뎠다.

위지운설은 가까이서 그를 대하는 순간 가벼운 충격을 느끼고는 눈을 커다랗게 떴다. 잠시 그를 직시하던 그녀는 자신의 결례를 깨닫고는 급히 손을 모아 보였다.

"환 대협, 이리 뵙게 되어 영광이에요. 대협의 도움으로 천마성 마귀들로부터 태양천이 보존될 수 있었으니 이 은혜 백골난망입니다."

환유성은 위지운설을 물끄러미 바라보다 미간을 찌푸렸다. 그는 의아한 표정으로 물었다.

"정말 태양천주의 부인 되시오?"

"그래요. 분명 위지운설입니다."

"난 천마혈경을 수련한 풍요원에게 볼일이 있었을 뿐이오. 태양천과는 무관한 일이니 천후께서는 부담을 느끼지 않아도 좋소."

"역시 반검무적이군요. 출도 이래 천하를 위해 혁혁한 무공을 세웠지만 한 번도 그것을 자랑한 적이 없지요."

위지운설이 담담히 미소를 짓자 환유성은 별반 대꾸 없이 그녀 앞을 지나쳐 갔다.

남궁현이 얼른 그를 막아섰다.

"환 대협, 괜찮다면 대협을 천으로 모시겠네."

"노인은 뉘시오?"

"난 태양천의 문상으로 있는 남궁현일세."

"무림계의 최고 위치에 계신 분이군. 하지만 난 태양천을 방문해야 할 이유가 없소."

환유성이 그마저 지나쳐 가자 의독성수가 얼른 그를 따라붙었다.

"환 아우, 천후의 입장을 좀 생각해 주게. 상대의 호의를 이렇듯 무시하는 건 지나친 무례일세."

"난 배움이 부족한 사람이오."

“알고 있네. 하지만 소천주는 자네의 유일한 친구가 아닌가? 지금 급히 귀환 중에 있다니 수삼 일 내로 그를 만날 수 있을 것이야. 태양천에서 술을 한잔 대작하는 것도 괜찮지 않겠나? 기다리는 동안 몸도 회복될 것이고 자네 덕에 나도 후한 대접을 받을 수 있고 말이야.”

위지운설이 다가서며 다시 청했다.

“환 대협, 성수 선배의 말씀대로 잠시만 발길을 돌려주세요. 상상도 못할 은혜를 입었는데 이렇듯 그냥 보내 드린다면 태양천으로서는 참으로 부끄러운 일입니다.”

환유성은 망망대해와 같은 동정호를 둘러보다 건조한 어조로 입을 열었다.

“그럼 한 가지 부탁을 하겠소.”

“그래요. 뭐든 말씀해 보세요.”

“호수를 건널 배를 한 척 마련해 주시오. 술은 넉넉히 싣고 음식은 약간만 있으면 되오. 뱃사공은 필요없소.”

“그게 전부입니까?”

“그렇소.”

환유성은 차밭 사이로 걸음을 내디뎠다. 아직 몸 상태가 썩 좋지 않아 다소 위태로워 보였다.

남궁현은 나직이 한숨을 쉬며 고개를 저었다.

“무정무심이라더니… 태양천으로 모시는 것은 포기해야 할 것 같소, 천후.”

“배를 준비하는 동안 얘기할 시간이 약간은 있을 것 같군요. 환 대협께서 원하는 대로 해주세요.”

"알겠소, 천후."

남궁현이 백검전주에게 영을 하달하기 위해 걸음을 옮기자 위지운설이 의독성수에게 물었다.

"반검무적의 상세가 상당히 깊은 것 같은데 저대로 내버려 두어도 괜찮겠어요?"

"걸을 힘만 있으면 절대 누워 있지 않는 자요. 고집이 쇠심줄이라 한번 결정하면 누구도 막을 수 없소. 하지만 워낙 강골이라 쉽게 회복되는 몸이니 너무 걱정할 것 없소."

"그렇군요."

위지운설은 비단 주머니를 꺼내 의독성수에게 건넸다.

"사실 반검무적에게 답례해야 하겠지만 절대 받지 않을 것 같아 성수 선배에게 드립니다. 비록 천주께서 타계하신 이후 다소 퇴색되었지만 아직은 무림계에서 쓸모가 있을 겁니다."

"히힛, 나야 선물이면 다 좋지."

비단 주머니를 끌러본 그는 두 개의 빛나는 금전을 보며 탄성을 터뜨렸다.

"오, 이건 은사금전과 면사금전이 아니오?"

"그렇습니다. 본 천의 약고에서 필요한 약재는 얼마든지 드리겠어요. 또한 실수로 천하에 어떤 해악을 끼쳤더라도 한 번은 태양천이 나서 선배를 구원하겠습니다."

"고맙군. 사실 면사금전은 노부에게 꼭 필요한 물건이네."

의독성수는 사양하지 않고 두 개의 금전을 비단 주머니에 넣어 품에 갈무리했다.

낙조에 의해 금물결로 젖어드는 동정호의 풍경은 한 폭의 그림처럼 아름다웠다. 대륙의 북방은 한겨울이지만 강남 땅은 혹한의 침해가 없어 그저 쌀쌀한 정도였다.

무성한 갈대 숲을 지나 호숫가 나루터로 올라선 환유성은 탁 트인 전망에 절로 가슴이 상쾌해졌다. 이토록 엄청난 크기의 호수는 청해호 외에 처음이었다. 과거 현상범을 쫓아 요동반도 끝에서 바라본 동해를 대하는 기분이었다.

그는 물비린내가 함유된 공기를 길게 들이켰다.

"좋군."

갈대 숲 위를 초상비로 미끄러지며 위지운설이 다가왔다. 그녀는 환유성 옆으로 내려서며 부드럽게 물었다.

"강남 땅은 처음인가요?"

"그렇소."

"소군은 내게 있어 딸과도 같죠. 환 대협 같은 영웅을 부군으로 맞이했으니 역시 소군다운 선택이었어요."

"……."

상대가 별반 반응을 보이지 않자 위지운설은 대화가 궁해졌다. 그녀는 힐끔 그의 등에 메어진 반검으로 시선을 돌렸다.

"소문에 의하면 환 대협의 반검이 천하의 신검과 보검보다 뛰어나다 하더군요. 잠시… 볼 수 있을까요?"

"내 반검은 상대를 죽일 때만 뽑혔소. 그저 평범한 검일 뿐이오."

자신의 요청이 일언지하에 거절당하자 위지운설은 고개를 설레설레 저었다.

"환 대협의 성품이 워낙 무심해 대화를 나누기가 겁이 날 정도로군요. 아, 한 가지 꼭 말씀드리고 싶은 것이 있어요. 천주께서 살아생전 환 대협에 대해 각별한 관심을 갖고 계셨습니다. 당세의 영웅인 두 분이 대면했다면 정말 감동적인 해후가 되었을 겁니다. 이 자리를 빌어 천주를 위해 복수해 주신 은혜에 다시 한 번 감사드립니다."

환유성은 아득한 수평선을 응시하며 말을 받았다.

"태양천주와의 비무는 내게 있어 간절한 바람이었소. 그것이 이루어지지 않았다는 것은 내 평생 가장 아쉬운 일일 것이오."

자그마한 일엽편주가 호수가를 따라 나루터로 미끄러져 오고 있었다. 환유성이 요구한 배가 마련된 것이다.

위지운설이 몹시 아쉬운 표정을 지었다.

"환 대협과 같은 영웅을 천으로 모시지 못해 정말 아쉽군요. 무영에게 부탁을 해서라도 꼭 한 번 환 대협을 천으로 모시겠어요."

환유성은 천천히 시선을 옮겨 심연처럼 깊은 눈빛으로 그녀를 직시했다.

"천후께 한말씀드려도 되겠소?"

"말씀해 보세요."

"난 여인의 미추(美醜)에는 관심이 없지만 천후의 용모에 대해 의혹을 금할 수가 없었소."

"나 같은 여인이 어떻게 태양천주의 아내가 되었냐는 물음입니까?"

"그게 아니오. 눈에 보이는 천후의 용모는 추하지만 본래는 추하지 않았던 것 같소. 외견상 보이는 천후의 자태는 자비롭고 따뜻하오. 여인답지 않은 위엄까지 갖추었으니 천후로서 손색이 없는 여걸이오. 하지만 내 안목이 틀리지 않았다면 천후의 내면에 마성(魔性)이 숨겨져 있소."

일순 위지운설의 안색이 차갑게 굳어졌다.

"마, 마성이라고요?"

"내가 그것을 느꼈다면 상승무도를 연성한 태양천주도 그것을 느꼈을 것이오. 한데, 어떻게 천후를 아내로 삼았는지 그것이 궁금하오."

"반검무적, 말씀이 지나치군요. 만일 본 천을 구해준 은공을 생각지 않았다면 그 한마디로 당신을 무림공적으로 만들 수 있어요."

"내 느낌이 틀리기를 바랄 뿐이오."

환유성은 가볍게 목례를 취하고는 나루터에 대기시켜 놓은 편주에 올라섰다. 이미 배에 태워진 소추는 그를 반기며 볼을 핥아주었다.

일엽편주는 호심을 향해 천천히 미끄러져 갔다.

나루터에 서 있는 위지운설은 너무도 엄청난 충격에 석상처럼 굳어져 있었다. 그녀의 맑은 눈망울이 격한 감정으로 쉴 새 없이 요동친다. 아주 짧은 순간 그녀의 눈빛 속에서 칼날 같은 살기가 강렬하게 뿜어져 나왔다.

'내면에 숨겨진 마성을 보았다고? 어떻게… 어떻게 그럴 수가 있단 말인가?

2

참으로 오랜만에 가져보는 무위(無爲)의 시간이었다.

환유성과 소추를 태운 조각배는 바람에 흔들리고 물결에 출렁이며 이리저리 수면 위를 미끄러져 갔다. 간간이 지나쳐 가는 어선과 화물선에서 고함을 질러 주위를 환기시켰지만 환유성은 눈길 한 번 주지 않았다.

그는 나무 물통에 걸터앉은 채 면벽한 선승처럼 눈을 반개하고 있었다.

그는 풍요원과의 대결 상황을 돌이키는 중이었다. 그녀의 마검을 상대하기 위해 펼쳐 낸 강력한 패검은 또 하나의 새로운 심득이었다. 패검을 터득하면서 이제 그는 검에 관한 모든 분야를 연성한 셈이다.

그러나 그러한 그의 검으로도 풍요원을 압도하지 못했다. 풍요원이 앞서 쓰러진 것은 그녀의 대전 경험이 부족한 탓이지 결코 그의 무공 수위가 높아서가 아니었다.

환유성은 술을 한 모금 들이키며 밤하늘을 올려다보았다.

휘영청 밝은 달빛과 선연한 별빛이 쏟아진다. 아득히 오래전부터 모두가 보아왔던 달과 별이며, 향후로도 모두가 보게 될 달과 별이다. 부서지는 달빛과 내리 꽂히는 별빛이 고스란히 그의 몸 위로 내려앉는다.

아주 잠시 동안 그는 자연의 일부가 되었다.

그의 몸은 편주 위에 앉아 있었지만 그의 정신은 밤하늘 높이 솟아오르고 있었다. 손을 뻗어 달을 만지고 별들을 보듬을 수 있었다.

갑자기 머리 속이 환해지며 그의 머리 속으로 무수한 영상이 주마등처럼 스쳐 갔다. 그가 펼쳐 왔던 모든 대결 상황이 과거 속으로 거슬러 달려갔다.

　풍요원과의 패검 대결, 마검노인과의 심검 대결, 철나한불멸대진과의 대결, 오행대연공과의 대결, 월영서시와의 대결, 천사신검과의 대결, 단비사도와의 대결, 그리고 탈명귀검 소중살과의 쾌검 대결…….

　무수한 격돌이 동시에 전개되자 그의 머리 속이 터질 것만 같았다.

　수백 개의 뇌성이 터지고 수천 개의 섬광이 번득인다. 그 속에서 수백 수천의 검형들이 합쳐지고 있었다. 쾌검, 환검, 패검, 심검 등의 모든 검이 하나의 검으로 변환되어 갔다. 그가 원한 것도 아니고 그가 의도한 것도 아니었지만 천원단서의 요결과 만상검결이 구슬처럼 꿰어지며 신기한 영상을 그려냈다.

　환유성으로서는 처음 느껴보는 열락과 환희였다.

　폭발하는 빛의 세계 속에서 가슴속은 더없이 편안해지고 양팔을 벌리면 서상을 안을 것만 같았다. 그러나 한순간 빛이 사라졌다. 보이는 모든 것이 암흑이었다. 동시에 그는 엄청난 추락감에 휩싸이고 말았다. 그것은 좌절의 고통이며 패배의 슬픔이었다.

　불현듯 현실로 돌아온 환유성은 심장이 에이는 것만 같았다.

　“아아……!”

　그의 입에서 견디기 힘든 신음이 흘러나왔다.

　자신도 모르게 그토록 소원하던 검신지로(劍神之路)에 들어서는 순간 그는 팽개쳐진 것이다. 무형의 벽이 그를 가로막아 더 이상의 진입을 허락하지 않았다.

　여기까지가 그의 한계였던 것이다.

　환유성은 순간적으로 보았던 검신의 검을 되새기려 했지만 워낙 순식간의 영상이라 도저히 그려낼 수가 없었다.

그는 비로소 깨달을 수가 있었다.

"검을 버려야만 검신의 경지에 오를 수 있다 했어. 하지만 난 그러지 못했다."

그는 반검을 뽑아 들었다. 천하의 모든 신검과 보검을 격파한 반검이다. 이제는 그의 몸의 일부가 되었기에 검을 통해 온기를 느낄 수 있을 정도다.

"반검을 버려야만 다시 검신지로를 볼 수 있어."

그는 뱃전 밖으로 반검을 내밀었다. 그가 추구한 검신의 길에 오르기 위해 과감히 반검을 버리기로 작심했다. 이제 손아귀만 풀면 반검은 동정호 깊은 수심 속으로 잠기게 된다.

반검을 쥔 손이 덜덜 떨린다.

"검은 내 몸의 일부다. 한데, 내 몸의 일부를 베면서까지 검신에 올라야 한단 말인가?"

갑자기 그는 혼란에 빠지게 되었다.

과연 자신의 판단이 맞는지조차 확신할 수 없었다. 검을 버려야만 검신의 경지에 오를 수 있다는 것도 마검노인의 말일 뿐이다. 하지만 검신지로를 보지 못한 마검노인이 어떻게 그것을 알 수 있었을까.

한동안 고심하던 환유성은 다시 반검을 거둬 검집에 꽂았다. 그는 세차게 머리를 흔들었다.

"잃고 얻는 것은 마음의 문제이다. 내가 검을 쥐든 버리든 그것은 문제가 아니다. 결국 버려야 할 것은 반검이 아니라 검도에 대한 내 집착이야."

그는 길게 한숨을 내쉬었다.

스스로 인간 한계를 넘어선 검을 얻었다 자부했지만 한순간 그의 손 아귀에서 빠져나간 것이다. 어쩌면 그 검은 그의 집착과 욕념에서 만들어진 허상일 수도 있었다. 그렇다면 그는 아직 검신지로에 이르지 못한 것이다.

환유성은 나락으로 떨어지는 듯한 좌절감을 애써 떨쳐 내며 몸을 일으켰다.

"검신의 검… 볼 수도 없고 만질 수도 없는 검신의 검. 결국 나도 마검노인처럼 고뇌의 기로에 이르렀군."

그는 먼 훗날의 자신을 머리 속에 그려보았다.

풍상에 찌든 추레한 모습으로 황톳길을 걷고 있는 한 늙은이가 보인다. 심연처럼 깊은 눈빛만이 그의 의지를 대변해 준다. 동강난 반검을 손에 쥔 채 끝도 없는 길을 걷고 있는 노인은 바로 또 하나의 마검노인인 환유성 그 자신이었던 것이다.

제96장

하늘과 물, 그리고 검

1

태양천의 복구 작업은 순조롭게 진행되고 있었다. 인근 백 리 이내의 모든 장의사가 동원돼 죽은 태양천 제자들을 정성껏 염습했다. 수백 개의 관이 내성 성문 앞에 안치되었는데 그 광경은 비감하면서도 장엄했다.

태양천 제자들이 입관될 때마다 소림의 승려들은 독경을 외며 극락왕생을 기원했다. 무아성승이 대동한 백팔나한들이었다.

그들은 천마성 무리들이 퇴각한 후인 사시 무렵에 당도했기에 전투에는 직접 참여하지 못했지만 낙담에 빠진 태양천 무사들에게 큰 힘이 되었다. 그들이 솔선수범하여 복구에 나서는 바람에 태양천 무사들은 겨우 놀란 가슴을 달래며 함께 시신들을 수습할 수 있었다.

소림의 나한들 외에도 천하 각 대문파에서 복구를 위한 인력과 물자를 파견하고 장례 물품들을 보내주는 바람에 참혹한 현장은 거의 지워진 상태였다.

태양천의 참화는 사흘이 되기 전에 중원무림을 폭풍처럼 휩쓸고 지나갔다.

무림의 하늘을 사납게 할퀴고 지나간 천마성의 존재가 새롭게 부각되었다. 그들의 마력은 암흑마국보다 더 공포스러워 천하인들은 탄식을 금할 수 없었다.

태양천주의 공백이 더 크게 느껴졌다.

그런 외중에 천하인들은 가공할 마력을 지닌 천마성주를 격퇴시킨 환유성의 존재를 새삼 다시 인식하게 되었다. 단신으로 새황무림 전체를 퇴각시킨 그의 검이 또 한 번 빛을 발한 것이다.

중원무림인들은 태양천을 위기에서 구해준 환유성의 검을 놓고 다시금 격렬한 토론을 교환해야 했다.

반검무적은 과연 정협인가, 그의 검은 과연 의검인가.

하지만 그의 내심을 정확히 아는 사람은 극히 드물기에 결론을 내기는 무리였다.

혹자는 그가 드러나지 않는 진정한 협사라 했으며, 혹자는 그가 신비를 가장한 진정한 마왕이라 했다. 심지어는 정체를 알 수 없는 암흑마국의 국왕이 바로 그가 아닐까 의심하는 자들도 있었다.

모두 반검무적의 존재에 대해서는 의혹으로 고개를 저었지만 한 가지 사실에는 공통적으로 동의했다.

천하제일검(天下第一劍)!

이 위대한 별호를 헌상하는 데에는 누구도 이의를 제기하지 않았다.

　무림의 하늘인 태양천주는 암습에 피살되었고, 중원지화인 월영서시는 암흑마국과 격돌하다 패했으니 그 두 사람은 이제 더 이상 천하제일검일 수 없기 때문이다.

　환유성이 한 자루 반검을 메고 중원에 들어선 지 사 년도 안 되었지만 그는 당당히 천하인 모두가 인정하는 천하제일검으로 불리게 되었다. 백 년 내 최고의 영웅이라는 태양천주조차 이런 별호를 얻기까지 십 년이 걸린 것을 감안한다면 환유성의 존재는 가히 신화적이었다.

2

　태양천 외성의 성곽을 보수하던 무사들은 무서운 속도로 날아드는 두 줄기 빛을 대하는 순간 바짝 긴장하고 말았다. 그들은 삽과 괭이를 집어 던지고 병장기를 쥐며 임전 태세를 갖추었다.

　다행히도 태양천 외성 앞에 내려선 두 사람은 적이 아니었다.

　절세적 경공으로 수천 리 길을 사흘도 안 돼 주파해 온 그들은 다름 아닌 소천주 강무영과 무당의 태청성검이었다.

　비행술로 차가운 대기를 뚫고 날아온 두 사람의 전신에는 허연 서리가 서려 있었다. 다소 지친 모습의 태청성검의 허연 수염에는 고드름까지 맺혀 있었다.

　강무영이 혼자 날아왔다면 반나절은 앞당길 수 있었겠지만 무림의 원로인 태청성검의 명예와 자존심을 감안해 보조를 맞출 수밖에 없었

다. 물론 총단의 비합전서를 통해 이미 혈전이 매듭 지어졌다는 보고
를 받았기에 조금은 안도한 상태였다.

"소천주께서 오셨다!"

"무당의 태청성검께서도 와주셨다!"

태양천 무사들은 크게 환호하며 두 사람의 입천을 반겼다.

외성 성곽에서 복구를 지시하던 무아성승이 앞서 몸을 날리며 그들
을 맞이했다.

"아미타불… 어서들 오게나."

강무영은 무아성승을 향해 정중히 포권을 쥐어 보였다.

"성승께서 적시에 와주신 덕분에 태양천이 보존될 수 있었다 들었습
니다. 진심으로 감사드립니다."

"그런 소리 말게나. 노납이 아무런 힘도 되지 못해 부끄럽기만 하네.
태양천이 그마나 보존될 수 있었던 것은 모두 반검무적 덕분이었네."

무아성승은 지친 모습의 태청성검을 보며 혀를 찼다.

"쯧쯧, 성검도 이제 늙었나 보군. 그 정도를 달려왔다고 숨이 목까지
찼네그려."

태청성검은 수염에 맺힌 고드름을 뜯어 으적으적 씹었다.

"허어, 그게 수천 리를 밤낮없이 달려온 사람에게 할 소리인가. 다음
에는 성승과 더불어 소림에서 무당까지 누가 빨리 달려가는지 시합을
해야겠네."

두 기인이 실없는 농담을 주고받는 사이 강무영은 성곽을 살피며 걸
음을 옮겼다.

영차영차……!

수십 명의 무사가 수천 근에 달하는 거대한 대리석 석재를 옮기고 있었다.

강무영은 급히 마중 나온 제원각주에게 물었다.

"현판마저 파괴되었소?"

"그렇소이다, 소천주. 참으로 통탄할 일이오."

"현판을 다는 일은 잠시 보류하시오."

"소천주, 현판은 태양천의 상징이외다. 천후께서도 서둘러 현판을 올리라 하셨소."

"뿐만 아니라 외성의 성곽 보수도 중단하시오. 모든 인력과 물자는 내성 성곽에만 집중하시오. 내 천후께 아뢴 후 별로도 지시하겠소."

강무영은 순식간에 성문을 통해 사라졌다.

제원각주는 평소답지 않은 그의 준엄한 지시에 쓴 입맛을 다셨다.

"허어, 소천주의 저런 모습은 처음이군. 하기는 상심과 울분이 크겠지."

내성의 성문 앞에 당도한 강무영은 좌우로 도열해 있는 수백 개의 관을 대하는 순간 가슴이 메어지는 것만 같았다. 여러 번의 전서통문을 접하건서 이미 태양천의 피해 상황에 대해 상세히 알고는 있었지만 막상 수백의 주검을 대하자 절로 눈물이 솟았다.

그는 태양천을 위해 희생된 영령들 앞에 조용히 무릎을 꿇었다.

'사부님, 모두 제자가 미흡한 탓입니다. 제자가 사부님의 절반만 되었어도 이런 수모는 겪지 않았을 것입니다. 이제 태양천은 바뀌어야 합니다. 사부님께서 세상을 떠나신 이상 태양천은 무림의 하늘일 수 없습니다.'

천후각에서 문상 남궁현과 더불어 대책을 논의하던 위지운설은 강무영의 귀환 소식에 안도하며 몸을 일으켰다.

"소천주가 돌아왔다니 다행이군. 그 먼 길을 이리도 빨리 올 줄이야."

"탕마멸사대는 소공녀와 함께 닷새 후에야 귀환할 것이오. 무상이 이끄는 오대전의 정예들은 위지세가의 가주와 오대당주들을 모시고 오느라 며칠은 더 늦어질 것 같소."

두 사람이 방을 나서기도 전에 강무영이 들어섰다. 간단히 수인사를 마친 세 사람은 원탁에 좌정했다.

위지운설은 나직이 한숨을 쉬었다.

"내 친정 때문에 태양천이 이렇듯 침공을 당해 모든 사람들에게 부끄럽기만 하네."

"악중뇌의 사악한 두뇌에서 나온 계책이라 당할 수밖에 없었습니다. 위지세가 역시 멸문의 화를 입었지만 그나마 가주와 당주들이 구출되었으니 하늘의 도움입니다."

"소군의 지혜 덕분이라 들었네. 그 아이가 아니었으면 아버님께서는… 이미 돌아오지 못할 길을 떠나셨을 것이야."

남궁현이 한마디 거들었다.

"환유성 부부 덕분에 최악의 상황을 면했으니 참으로 대견한 일일세. 소군이 그런 영웅을 이미 알아보고 혼례를 올렸다니 천하를 위해서라도 다행한 일이지. 강호인들은 이구동성으로 그에게 천하제일검이란 별호를 헌상했다더군."

위지운설의 눈꼬리가 살짝 치켜 올라갔다.

"당치 않으신 말씀입니다, 문상. 본 천이 그에게 커다란 신세를 입은 것은 부정할 수 없지만, 천하제일검이란 별호는 아무나 가질 수 있는 것이 아닙니다. 천주께서 지니셨던 그 명예로운 별호는 소천주가 계승해야 마땅한 일입니다."

강무영이 정색을 지었다.

"아닙니다, 천후. 반검무적의 검은 천하제일검으로 불리어도 손색이 없습니다. 그의 검만이 암흑마국과 천마성의 횡포에서 천하를 구할 수 있습니다."

"소천주, 그것은 자네와 태양천이 해야 할 일이네."

"물론 저도 사마의 무리를 처단하는 데 최선을 다할 것입니다."

"그래야지. 암, 그래야 하지."

위지운설은 그의 힘찬 어조에 어느 정도 위축감을 떨쳐 내고는 편안히 기대앉았다.

강무영은 차를 한 모금 마시고는 어렵사리 입을 열었다.

"천후, 태양천 현판에 쓰일 석물이 너무 커 잠시 보류시켰습니다."

"그게 무슨 소리인가?"

위지은설은 눈을 커다랗게 뜨며 반론을 제기했다.

"사실 과거 구파일방 등 백도무림에서 진상한 현판은 태양천을 상징하기에 너무 작았네. 이번 기회에 태양천의 위용을 느낄 만한 거대한 현판으로 달아야겠네."

"중요한 것은 현판의 크기가 아니라 사부님처럼 세상을 포용할 덕망입니다. 한데, 사부님께서는 이미 타계하셨고, 백도무림계에서 진상한 현판마저 파괴되었습니다. 그것을 지키지 못했다는 것은 태양천이 더 이상 중원의 하늘이 아님을 인지하셔야 합니다."

"자, 자네?!"

"게다가 천의 위용이 과거의 절반에도 미치지 못하는 상황에서 내성과 외성을 모두 관장하기에는 무리가 있습니다. 외성의 성곽은 철거하고 내성을 보수하는 데에만 전념하는 것이 나을 것 같습니다."

너무도 충격적인 제안에 위지운설은 할 말을 잃은 채 입만 딱 벌렸다. 남궁현은 신중한 모습으로 묵묵히 듣기만 할 뿐 반론을 제기하지 않았다.

강무영은 결연한 모습으로 말을 이었다.

"조금 더 구체적으로 말씀드리면 하늘이 될 수 없는 태양천은 과거로 돌아가야 한다는 것입니다. 태양천이 아닌 태양성(太陽城)으로 말입니다."

"말도 안 돼!"

위지운설은 탁자를 치며 벌떡 일어섰다. 그녀의 추한 용모가 더욱 흉물스럽게 일그러졌다.

"자네가 어떻게 이럴 수 있단 말인가? 모두가 태양천을 무너뜨리려 해도 목숨을 걸고 지켜야 할 자네가 스스로 태양천을 무너뜨리려 해? 자네… 자네가 정말 천주의 제자인 강무영이 분명한가?"

강무영이 몸을 일으키며 정중히 손을 모았다.

"고정하십시오, 천후. 내외적으로 심한 정신적 충격을 받아 상심이 크실 줄 압니다. 하지만 지금 변하지 않으면 기회가 없습니다. 겸허한 마음으로 태양성을 견고하게 만들어야 합니다. 하늘은 스스로 될 수 없는 법입니다. 천하가 인정하지 않는 하늘은 더 이상 하늘일 수 없기 때문입니다."

"오, 맙소사!"

위지은설은 이마를 짚으며 휘청거렸다. 모든 기반이 무너지는 좌절과 상실감에 그녀는 털썩 주저앉았다.

"문상… 문상께서도 한말씀해 주십시오. 소천주가 얼마나 잘못된 생각을 하고 있는지 꾸짖어주세요."

남궁현은 현기 어린 눈빛으로 강무영을 응시했다.

"소천주, 왜 갑자기 그런 엄청난 생각을 하게 되었는가?"

"갑작스러운 것은 아닙니다. 사부님께서 돌아가신 후 절실히 느꼈던 부분입니다. 사실 무림의 하늘이라는 위대한 칭호는 사부님조차 부담스러워하셨습니다. 제가 천주의 자리에 오르지 않았던 것도 바로 그 때문입니다. 아니, 제 미흡한 능력으로 어떻게 그 자리에 앉을 수 있겠습니까?"

강무영의 단호한 어조에 남궁현은 스르르 눈을 감았다.

"하기는 무림과 황실은 엄연히 다르지. 황제의 권좌는 계승될 수 있지만 무림의 하늘은 쟁취를 통해서만 얻어지는 자리니까."

"문상?"

위지운설은 남궁현마저 강무영의 제안에 동감을 표하자 등골이 오싹해졌다.

"왜 이러십니까, 문상? 누구보다 현명하시고 세상을 오래 살아오신 문상마저 태양천을 저버리려 하시는 겁니까?"

"천후. 이 문제는 무상이 귀환한 후 수뇌 회의를 거쳐 다시 논의하기

로 합시다. 이는 태양천의 운명이 걸린 중대한 사안이라 결코 감정적
으로 결정할 문제는 아니라 사료되오.”

남궁현이 몸을 일으키자 강무영도 따라 일어섰다.

위지운설은 두 사람이 예를 표하는데도 쳐다보지 않았다. 그녀는 마
치 세상에서 버려진 듯한 참담한 기분으로 울분을 곱씹고 있었다.

혼자 남게 된 그녀는 급기야 주르륵 눈물을 떨구었다. 그녀의 교구
가 사시나무 잎새처럼 떨린다. 그녀는 탁자에 엎드린 채 하염없는 눈
물을 흘렸다.

“흑흑, 천주… 천주, 왜 그리도 덧없이 가셨단 말입니까? 흑
흑……”

3

천자산 기슭의 장원이 한참 새롭게 단장되고 있었다. 얼마 전까지
자운장(紫雲莊)으로 불리었지만 지금은 주인이 바뀌었다.

거금을 들여 장원을 사들인 사람들은 월영궁의 한매와 청란이었다.
월영궁 창건을 위한 누대와 전각을 다시 지을 때까지 임시 거처가 필
요했기 때문이다.

남이 쓰던 물건에는 절대 손을 대지 않는 결벽증이 있는 월영서시를
감안해, 그녀의 거처에 쓰일 집기와 침대, 휘장은 새롭게 마련했다.

육반수에서 돌아온 벽소군은 곧바로 월영서시의 거처를 찾아갔다.

　장원 안쪽의 후원에 별도로 마련된 월영서시의 거처는 울울창창한 대나무 숲이 병풍처럼 둘러져 차가운 북서풍을 막아주었기에 비교적 아늑했다. 강남과 달리 사천 땅은 아주 추워 연못은 꽁꽁 얼어 있었다.

　월영서시는 검은 피풍의를 걸친 채 잔설이 남아 있는 연못 주변을 산책하는 중이었다.

　그녀의 안색은 다소 파리했다.

　암흑마국과의 대결에서 입은 내상이 워낙 심해 과거와 같은 공력을 회복하는 데에는 상당한 기간의 수련이 필요했다. 과거 그녀는 달빛과 같은 후광에 젖어 있었지만 지금은 전혀 그런 모습이 보이지 않는다.

　밤하늘을 밝히던 달의 몰락이 안쓰럽기만 하다.

　벽소군은 연못을 가로지르는 구름다리 위를 걷는 그녀 뒤에 서서 공손히 손을 모았다.

　"다녀왔습니다, 궁주님."

　"음, 그래."

　월영서시는 희미하게 고개를 끄덕였을 뿐이다.

　벽소군은 조심스럽게 그녀의 뒤를 따랐다. 천하제일의 자부심과 명예를 상실한 그녀의 심정을 누구보다 잘 알기에 벽소군으로서도 선뜻 위로의 말을 건네기가 힘들었다.

　월영서시는 느릿느릿 걸음을 옮기며 입을 열었다.

　"소식은 들었다. 피 한 방울 흘리지 않고 위지세가의 인질들을 모두 구했다면서? 과연 너의 지혜가 일만 명의 무사보다 뛰어나구나."

　"소녀가 한 일은 별로 없습니다. 악중뇌는 예전에 소녀의 부군이 자신을 죽이지 않았기에 그 신세를 갚으려 순순히 인질을 내주었던 겁니다. 사실 위지세가의 인질을 붙잡고 있었던 것도 태양천 정예들을 이끌어내기 위한 술책이었을 뿐이죠.”

“내가 이해할 수 없는 건 환유성이 왜 태양천까지 찾아가 그들을 구해주었느냐다. 너는 어떻게 생각하느냐?”

월영서시는 비로소 벽소군에게 눈길을 던졌다. 예전처럼 한기가 서린 그믐달 같은 눈빛이 아니라 만월처럼 부드럽다.

“소녀도 그 연유를 짐작할 수가 없습니다. 한 가지 이유가 있다면 환랑의 친구인 강 공자를 도우려는 의도일 수가 있겠지요. 하지만 그만한 이유로 자신과 무관한 싸움에 끼어들 분이 아니기에 소녀도 곤혹스럽기만 합니다.”

“네가 모른다면 누구도 모를 일이로군. 그가 갑자기 의협심과 공명심에 젖어 천마성주와 싸웠을 리도 없는데 말이다.”

“그저 우연한 일로 생각하고 싶습니다. 소녀의 부군은 천마성주가 주화령의 마력을 계승한 풍요원인지도 몰랐으니 일부러 찾아오지는 않았을 겁니다. 조만간 만나게 되면 자세한 내막을 알 수 있겠지요.”

월영서시는 저물어가는 정월의 그믐달을 올려다보며 희미한 미소를 지었다.

“그의 의도가 어떠하든 그는 이제 천하제일검으로 불리게 되었다. 그는 조금도 의도하지 않았지만 새황무림으로부터 중원을 지켰고, 암흑마국과 천마성으로부터 백도무림을 구했다. 과거 그는 회색이었지만 이제는 누구도 부정할 수 없는 백색이 되었다. 물론 의협은 아니지만 의협만이 천하제일검이 되는 건 아니니까.”

"소녀의 부군은 천하제일검이든 고금제일검이든 무관심한 분입니다."

"하지만 너는 그렇지 않을 거다. 한때는 한갓 요동의 사냥꾼과 혼례를 올린 사실을 부끄럽게 생각했겠지만 이제는 세상 모두가 인정하는 천하제일검의 아내가 되었으니까."

월영서시는 장옷으로 가린 손을 뻗어 벽소군의 손을 쥐었다. 아주 부드럽고 따뜻한 손이었다.

"먼 길을 다녀왔는데 따뜻한 차라도 같이 나누어야 하는데 깜빡했구나."

"궁주님……?"

벽소군이 그녀의 다정함에 불안한 표정을 짓자 그녀는 꽃보다 화사한 미소를 머금었다.

"왜, 나의 이런 모습이 보기 싫으냐?"

월영서시가 손수 차를 내오자 벽소군은 잔잔한 감동에 젖었다.

두 여인은 설련차를 마시며 잠시 침묵을 지켰다. 달구어진 화로에서 피어오르는 훈훈한 기운으로 실내는 봄날을 방불케 했다.

월영서시는 품속에서 자그마한 서책을 꺼내 탁자에 내려놓았다.

"네가 육반수에 가 있는 동안 적어보았다. 삼천공 사부님의 절기와 그동안 내가 수련하면서 터득한 바를 주석으로 달았다."

"궁주님, 소녀는 아직 마음의 준비가 되지 않았습니다. 소녀의 부군이 허락할지도 모르는 일입니다."

"소군아, 난 너에 대해 곰곰이 생각해 보았다. 내 판단이 틀리지 않는다면 네 마음속에도 나와 같은 자부심과 공명심이 있을 것이다. 여인의 몸으로 험난한 무림계에 뛰어들어 숱한 공적을 세운 것은 단순한 의협심 때문은 아닐 것이야. 네가 쌍뇌천기자의 문하생이며 보타 성니의 진전을 이었지만 중원지화가 되기에는 다소 미흡한 배경이지. 비록 잠시 몰락했지만 월영궁은 다시 세상을 밝힐 수 있고, 무림의 성웅이신 삼천공의 사문은 아직도 향후 수백 년간 천하인들을 압도할 수 있다.”

벽소군은 부담감을 이기지 못하고 몸을 일으켜 간절히 청했다.

“궁주님, 조금만 더 생각할 시간을 주십시오.”

“난 결정을 내렸고, 이제 네가 받기만 하면 된다. 만일 네가 거부한다면… 난 또 한 번 자존심을 다치게 될 것이고 세상을 해칠 마녀가 될 것이다.”

어조는 차분했지만 월영서시의 의지가 분명히 담겨 있었다.

벽소군은 가슴이 철렁 내려앉았다. 월영서시는 결코 허언을 할 사람이 아니다. 그녀의 다른 별호가 백발마녀일 만큼 그녀의 손속과 심성은 독했다.

그녀가 마녀로 화한다면 천하는 암흑마국과 천마성 외에 또 하나의 마도 집단을 상대해야 한다. 그리된다면 무림계는 사상 유래없는 암흑천지로 화할 것이다.

벽소군은 가볍게 입술을 깨물었다.

‘그래, 궁주님 말씀대로 내 마음속에도 세상 사람들에게 인정받고 싶은 공명심이 있어. 한때 환랑과의 혼례를 부끄럽게 여긴 것도 사실이고. 또한 중원지화가 되고 싶은 강렬한 욕망도 품고 있었어. 이제 내 자신을 감출 필요도 없고, 이런 복연을 거부해야 할 이유도 없어.’

마음을 정한 그녀는 월영서시를 향해 공손히 허리를 굽혔다.

"소녀 벽소군이 감히 궁주님의 제자가 되기를 청하옵니다."

월영서시의 두 눈에 은은한 감동의 빛이 배어 나왔다.

"오냐, 소군아. 기꺼이 널 제자로 삼겠다. 향후 너는 삼천공의 제삼 대 제자로 월영궁을 빛내게 될 것이다."

"감사하옵니다."

벽소군은 월영서시를 향해 삼 배를 올리고는 삼천공의 절기가 기록된 책자를 받아 들었다. 책장의 겉장에는 '천공신서(天公神書)'라는 글씨가 씌어져 있었다.

월영서시는 손을 뻗어 벽소군을 일으켜 세우며 가슴에 안았다.

"이 사부는 오성이 부족해 완벽한 깨우침을 얻지 못했다. 하지만 너라면 천공신서의 모든 절기를 대성하리라 믿는다."

"사부님의 뜻을 받들어 절치부심하겠습니다."

"그래, 이제야 사부도 마음을 놓겠구나."

월영서시는 벽소군의 등을 다독여 주고는 몸을 일으켰다.

"월영궁은 네가 알아서 재건시킬 테니 이 사부는 전혀 관여치 않겠다. 한매와 청란에게도 미리 일러두었으니 둘을 좌우 호법으로 삼아라."

"예, 사부님."

"한 가지… 네가 꼭 해야 할 일이 있다."

"하교하십시오."

월영서시는 긴 장옷 사이로 두 팔을 끼었다.

"나 대신 반검무적과 겨뤄라."

"예에?"

벽소군은 충격을 이기지 못하고 주춤 물러섰다. 그녀는 하얗게 질린 채 고개를 저었다.

"제발… 제발 그 말씀만은 거두어주십시오, 사부님. 제자가 어찌 부군과 겨룰 수 있겠습니까?"

"아니, 꼭 그리해야만 된다."

월영서시가 정색을 짓자 벽소군은 털썩 무릎을 꿇었다. 그녀는 비감한 심정이 되어 눈물을 글썽였다.

"이미 월영궁의 제자가 되었으니 사부님의 명을 거역할 수는 없습니다. 하지만 지아비와 검을 겨룰 수는 없으니 제자가 차라리 죽음으로 사죄할 것입니다."

월영서시는 희미한 미소를 지었다.

"소군아, 너답지 않구나. 이 사부가 아무리 승부욕이 강하기로 어떻게 네 남편과 목숨을 건 비무를 하라 명하겠느냐? 환유성은 천하제일검이 된 사람이다. 훗날 네가 천공신서를 대성한 후 비무를 요청하면 어떻게 검을 겨뤄야 할지 알 것이다. 아마도 너희 둘은 서로를 주시하는 것만으로도 세상을 놀라야게 할 심검의 대결을 펼치게 될 것이다."

"사부님……."

"너희는 사랑하는 사이니 서로를 다치게 하는 일은 없을 것이다. 누군가 패한다 해도 치욕적인 패배감보다는 상대에 대한 경외감에 더 감복할 것이다."

월영서시는 피풍의로 몸을 감싼 채 돌아섰다.

"과거 내가 태양천주와 그랬던 것처럼 말이다."

말이 끝나기 무섭게 그녀는 부서지는 달빛처럼 사라져 버렸다.

“아……!”

꿈에서 깨어난 듯 놀란 벽소군은 급히 처소를 나섰다. 월영서시는 한 마리 새가 되어 이미 밤하늘 저편으로 사라져 가고 있었다.

벽소근은 손으로 가슴을 누르며 안도의 한숨을 쉬었다. 월영서시가 뜻하는 비무를 비로소 이해한 것이다. 그러면서 그녀의 마지막 한마디가 묘한 설렘을 불러일으켰다.

“태양천주와 그랬던 것처럼……. 사부님께서는 진심으로 천주를 사랑하셨군. 한데, 왜 두 분께서 맺어지지 못했을까?”

그것은 벽소군뿐만 아니라 세상 모든 사람들이 궁금해하는 중대한 비밀 중 하나였다.

4

천마성에 의한 태양천의 침공이 있은 후 한 달 동안은 무림계에 별다른 사건이 발생하지 않았다. 마치 폭풍 전야와 같은 정적이었다.

위지세가의 터전 위에 세워진 천마성은 진영을 견고히 할 뿐 외부 활동을 극도로 자제했고, 암흑마국 역시 종적을 감추었다. 하지만 천하를 위협하는 두 개의 마도 집단에 의한 무형의 압박에, 무림계는 숨이 막히는 듯한 질식감에 억눌려야 했다.

천하인들은 차라리 태양천을 위시한 백도무림계가 연합을 하여 건곤일척의 승부를 벌이길 기대했지만, 태양천의 움직임 역시 조용하기만 했다.

그런 외중에 두 가지 풍문이 소리없이 세상을 향해 퍼져 나가고 있었다.

하나는 월영궁주가 태상으로 물러앉고 만박옥혜 벽소군이 새로이 월영궁주로 등극했다는 의외의 사건이 천하인들에게 신선한 충격을 가져다 주었다. 월영서시의 패배 이후 월영궁의 몰락을 예견했던 사람들에게 있어 벽소군이 월영서시의 제자가 되었다는 것은 아주 뜻밖의 사건이었다.

월영궁이 금남의 구역이며 독신을 율법으로 삼고 있다는 것은 세상 사람 모두가 아는 사실이다. 그렇다면 벽소군과 환유성의 관계는 어찌 되는가, 하는 문제를 놓고 의견이 분분해졌다.

또 하나의 사건은 태양천의 개명(改名)이었다.

태양성(太陽城)!

과거 단목휘가 태양천주로 등극하기 전으로 돌아간 것이다. 천마성의 침공으로 엄청난 피해를 당한 태양천은 스스로 무림의 하늘이 될 수 없음을 자인한 것이다.

태양천이란 위대한 현판은 무림계가 단목휘를 존경하여 바친 것인데 이를 지키지 못했다면 새로이 태양천이라는 현판을 내걸 수 없는 일이었다.

이로 인해 천후인 위지운설과 소천주 강무영이 크게 다투었다는 소문도 심심찮게 들렸다. 이를 입증이라도 하듯 위지운설은 태양성을 나와 천마성에서 구출된 친정 혈족들과 더불어 자그마한 장원에 칩거중이라 했다.

수일 후 강무영은 태양성 전 수뇌들과 제자들의 추대 속에 태양성주에 등극했다.

이러한 일련의 사건은 무림계의 세대 교체를 의미했다. 태양천주와 월영서시를 대신할 새로운 인재들이 무림의 판도를 좌우할 영도자로 추대된 것이다.

화무십일홍(花無十日紅).

이로써 태양천의 십 년 치세는 막을 내린 셈이다.

많은 백도의 의협들은 아쉬움 속에 태양천의 개명을 지켜보아야 했고, 처음이자 마지막인 태양천주 단목휘의 존재는 이제 전설 속으로 묻히고 말았다.

5

강남의 봄은 이르다. 언제 겨울이 있었냐는 듯 산과 들이 초록의 빛을 띠우고 매화 향기가 진동한다. 동정호 너른 수면 위로 봄바람이 불어오자 짧은 겨울 동안 그물이나 꿰매며 휴식을 취하던 어부들이 다시 호수로 나오기 시작했다.

오랜 어부 생활을 통해 인근 수역의 어부들은 서로 잘 알고 지낸다. 한데, 뜻하지 않은 불청객에 그들은 다소 심기가 상하고 말았다.

한 척의 편주가 어부들이 묵시적으로 정해놓은 수역을 무시한 채 제멋대로 떠다니고 있었던 것이다. 수염도 제대로 깎지 않은 추레한 몰

골에, 배 안에 말까지 태우고 다니는 모습이 희한하기만 했다.

다행히 그는 투망도 던지지 않고 대나무 낚싯대 하나만 뱃전에 걸친 채 물고기를 낚았다.

어부들로서는 양해도 구하지 않은 텁수룩한 수염의 청년이 괘씸하기는 했지만 자신들이 고기를 잡는 데 별반 피해가 없기에 굳이 시비를 걸지는 않았다.

휘청!

뱃전에 드리운 낚싯대가 크게 휘었지만 청년은 고기를 낚아 올릴 생각도 하지 않았다. 손으로는 낚싯대를 쥐고 있었지만 시선은 먼 수평선을 향하고 있었다.

청년은 바로 환유성이었다.

그는 군산을 떠나온 후 줄곧 동정호에서 지내왔다. 말을 타고 이동하는 것보다 배에 몸을 싣고 부평초처럼 떠다니는 삶이 그에게 더 많은 편의를 제공해 주었기 때문이다. 호수 위에서는 쓸데없는 시비도 일어나지 않았고 검을 뽑을 일도 없었다.

그의 반검은 물고기 배를 가르고 내장을 뽑고, 살을 저미는 데에만 사용되었다.

만일 그를 알아보는 검객이 있었다면 기절초풍할 일이었다.

검객에게 있어 검은 목숨만큼이나 소중하다. 하기에 어떤 검객도 자신의 검을 귀하게 여긴다. 녹이 슬지 않게 깨끗하게 닦고, 수시로 검을 갈아 예리함을 잃지 않도록 노력하는 것이 검을 쥔 자들이 해야 할 도리다.

그의 반검이 어떤 검인가. 오대신검과 오대명검보다 더한 명성을 지닌 천하제일검이 아닌가. 그런 검으로 생선이나 다듬는 식칼을 대신한 다는 것은 누구도 상상 못할 일이었다.

환유성이 동정호에서 떠나지 않은 건 물에 대한 호감 때문이었다.

그는 내륙에서 태어나 자라왔기에 바다를 본 적은 한 번밖에 없었고 중원에 들어와서야 거대한 강을 접하게 되었다. 예전에는 물은 그저 물일 뿐이었다. 그는 씻는 일도 귀찮아했기에 그저 목을 축여주는 정도로만 생각했다.

그러나 풍요원과의 대결에서 극한의 패검을 구사한 이후 그는 정체 상황에 빠지게 되었다.

순간적으로 검신의 검을 보았지만 넘을 수 없는 한계의 벽에 부딪쳐 그만 좌절하고 만 것이다. 한 번도 꺾여본 적이 없는 그의 의지가 절망의 늪에 빠진 것이다.

그런 상황에서 그를 위로해 준 것이 바로 물이었다.

그의 검으로 가를 수 없는 건 무형의 바람뿐이었다. 하지만 오랜 시간 물을 접하면서 그는 물도 가를 수 없는 것임을 알게 되었다. 아무리 세차게 베어도 물은 다시 합쳐진다. 눈에 보이는 모든 것을 벨 수 있는 그의 반검도 물만은 벨 수가 없었다.

물은 그렇게 그에게 겸허함을 가르쳐 주었다. 또한 메마른 대지를 적시는 비처럼 그의 삭막한 감정에 화합이라는 새로운 세계를 일깨워 주었다.

물은 어떤 형태로도 바뀔 수 있는 변화무쌍한 힘을 지녔다. 또한 떨어지는 낙숫물은 신검으로도 벨 수 없는 철석마저 꿰뚫는다. 보이는 물체 중 가장 유연하지만 가장 강력한 힘을 지닌 것이 바로 물이었다.

물은 하늘의 존재만큼 신비롭다!

이것이 그의 깨달음이었다. 물론 아직 물의 힘을 완전히 터득한 것은 아니다. 마음으로는 느낄 수 있었지만 그 신비로운 힘을 검에 담을 수가 없었다. 물을 손에 움켜쥘 수 없는 것처럼 물의 유연함과 무궁한 위력을 검에 담아 펼칠 수가 없었던 것이다.

그것이 그가 동정호를 떠날 수 없는 이유였다.

그는 얻을 수 없는 것을 억지로 얻으려 하지 않는다. 자신이 찾고자 하는 세계 속에서 기다림의 시간을 갖는다. 그렇게 몰입하면서 화두를 돌리는 선승처럼 자신의 깨달음을 되새긴다.

그는 이제 물속을 들여다보며 수천, 수만 마리 물고기의 움직임을 헤아릴 수 있었다. 물고기들의 움직임 하나하나를 살피는 것이 그의 즐거움이다.

낚싯줄은 아주 가늘어 물고기가 요동을 치면 쉽게 끊어졌다. 이번에도 그는 낚싯줄이 끊긴 빈 낚싯대만 들어 올려야 했다.

환유성은 낚싯대에 새로 줄을 달면서 힐끔 소추를 보았다.

소추는 갑판에 철퍼덕 엎드린 채 늙은 개처럼 졸고 있었다. 게슴츠레 눈을 뜬 채 햇살을 즐기던 소추는 오랜만에 주인의 눈길을 받자 꼬리털을 살랑살랑 흔들며 반가움을 표했다.

환유성은 피식 실소를 짓고는 낚싯줄에 바늘을 달았다.

소추는 그에게 있어 아내보다 더 소중한 친구다. 한 달이 넘도록 배에 갇혀 살았지만 투정 한 번 부리지 않았다. 하루 한 덩이 건초로 배를 채우면서도 싫다는 내색조차 하지 않는다.

사람이라면 이럴 수 없다. 어떤 친구이든 어떤 애인이든 열흘도 못

버티고 배를 떠났을 것이다.

문득 소란스러운 외침에 환유성은 천천히 몸을 일으켰다.

그물을 던지던 고깃배들이 놀란 물고기처럼 사방으로 흩어지고 있었다. 수면 저편으로 한 척의 놀잇배가 빠른 속도로 미끄러지고 있는데, 두 척의 쾌속선이 그 뒤를 쫓고 있었다. 아마도 수적(水賊)들인 듯 싶었다.

예전부터 동정호는 이십사 채의 수적들이 노략질을 일삼는 주요 약탈장이었다.

물자를 실은 화물선이 빈번히 오가고 부호들이 즐겨 놀잇배를 띄워 뱃놀이를 즐기기에, 그들은 손쉽게 거금을 챙길 수가 있었다. 한데, 태양천이 동정호 변에 자리하면서 수적들은 자라목처럼 숨죽이며 살아야 했다. 야밤에 간간이 행하던 노략질마저 태양천 무사들에 의해 금지된 후 그들이 자취를 감춘 지는 오래되었다.

그런 수적 떼가 다시 모습을 보였다는 것은 태양천주의 타계 이후 태양천의 영향력이 급격히 줄었다는 것을 의미한다.

더군다나 천마성에 의해 태양천 총단이 괴멸되고서부터 수적들은 대낮에도 공공연히 노략질과 약탈을 일삼았다. 개중에 일부는 버젓이 천마성 기치까지 내걸어 무림의 하늘에서 격하된 태양성 무사들을 놀라게 만들기도 했다.

세 척의 배가 빠르게 미끄러지면서 퍼지는 파문으로 환유성의 편주가 심하게 요동쳤다.

"카하하! 어서 노를 저어라!"

"예쁜 계집들도 가득하니 오늘은 질펀하게 즐길 수 있겠다!"

수적들은 뱃전을 칼로 찍으며 득의양양하게 지껄였다.

놀잇배의 속도로는 아무래도 수적들의 쾌속선을 당해낼 수 없었다. 간격이 십 장 이내로 좁혀지자 수적들은 뱃머리에 서서 갈퀴가 딸린 밧줄을 윙윙 돌렸다.

놀잇배 쪽에서는 부호들을 호위하는 무사가 십여 명 정도 있었지만 수적들이 바싹 접근해 오자 모두 물속으로 뛰어들었다. 은자 몇 푼에 고용되었다가 공연히 목숨까지 잃고 싶지는 않았던 것이다.

모처럼 나들이를 나선 부호들과 기녀들은 새파랗게 질린 채 바들바들 떨기만 했다. 배를 몰 줄도 모르는 그들로서는 속수무책이었다.

"살려주세요— 제발 살려주세요!"

기녀 하나가 출렁이는 편주를 보고 애원하듯 외치다 그만 입을 다물었다. 단 한 명의 낚시꾼에게 무엇을 기대할 수 있겠는가.

수적들의 배에서 날아든 갈퀴 달린 밧줄이 놀잇배의 뱃전에 연이어 걸렸다.

"아악!"

"대인, 어떻게 좀 해보세요!"

기녀들은 자지러지게 외치며 뱃전에 박힌 갈퀴를 빼내려 달려들었다. 하지만 그녀들의 연약한 힘으로 깊숙이 박힌 갈퀴를 빼내는 것은 무리였다.

"킬킬, 내가 먼저다!"

수적 하나가 키득거리며 놀잇배와 연결된 밧줄 위로 올라섰다. 흔들리는 밧줄 위를 타고 달리면서도 그는 능숙한 곡예사처럼 여유로운 표정을 지었다.

환유성은 가볍게 미간을 찌푸렸다.

놀잇배의 부호들이 죽든 말든 관계없는 일이지만 그들로 인해 물이 더럽혀지는 것이 싫었고, 자신의 상념을 방해하는 소란을 어서 끝내고 싶었다.

그의 낚싯대가 가볍게 허공을 갈랐다.

촤아악!

수면이 삼 장 깊이로 갈라지며 날카로운 예기가 쏜살같이 수적들의 쾌속선을 향해 뻗어 나갔다.

퍼엉!

쾌속선 한 척이 대번에 갈라지며 두 동강이 났다. 동시에 또 하나의 쾌속선마저 쪼개지며 수적들은 아우성을 치면서 물속으로 처박히고 말았다.

"아이쿠!"

"이게 웬 날벼락이냐?"

"커억! 배가 갈라지다니?!"

실로 경이로운 수법이 아닐 수 없었다. 대나무 낚싯대 하나가 이토록 엄청난 위력을 발휘할 수 있다는 것은 상상도 못할 일이었다.

수적들의 쾌속선은 가벼우면서도 단단해 웬만한 도검으로 내려쳐도 뱃전 하나를 베는 것이 고작일 정도다. 한데, 이십 장도 넘는 거리를 두고 오십 척 길이의 쾌속선을 간단히 베어냈으니 그의 무공 수위는 인간 한계를 넘어서고도 남음이었다.

"……?"

환유성은 일순 경이적인 표정을 지으며 안광을 발했다.

"대체 누구지?"

사실 그는 한 척의 쾌속선만 베었을 뿐이다. 한데, 또 다른 쾌속선마저 누군가에 의해 쪼개진 것이다. 그 수법은 자신이 펼친 무형의 검도에 버금갈 만큼 초절한 절기였기에 환유성은 내심 놀라움을 금할 수 없었다.

그가 아는 한 월영서시나 천마성주 풍요원, 그리고 암흑마국의 국왕 정도가 이런 수법을 구사할 수 있었기 때문이다.

놀잇배의 부호들과 기녀들은 쾌속선이 모두 파괴되고 수적들이 물속으로 처박히자 천지신명께 감사의 배례를 올리고는 급히 노를 저어 멀어져 갔다.

쪼개진 두 척의 쾌속선 사이로 한 척의 조각배가 미끄러져 오고 있었다.

뱃전에 우뚝 선 노인은 회색 장삼을 걸친 추레한 모습의 노인이었다. 불어오는 바람에 반백의 머리카락이 휘날린다. 한쪽 눈에 안대를 댄 독목노인의 얼굴에는 오랜 풍상으로 새겨진 주름살이 깊이 새겨져 있었다.

수적들은 검을 품고 있는 노인을 본 순간 절세기인임을 한눈에 알아채고는 잽싸게 자맥질을 쳐 물속으로 사라졌다.

조각배가 환유성의 편주에 다가가자 뱃머리에 서 있던 노인이 훌쩍 몸을 날려 갑판 위로 내려섰다. 빠른 신법은 아니었지만 바람처럼 유연한 몸놀림은 너무도 자연스러워 보였다.

그를 대하는 순간 환유성의 입가에 아침 햇살 같은 미소가 피어올랐다.

"반갑소, 마 노인."

제97장

세상에서 가장 고통스런 대결

1

애꾸노인은 물끄러미 환유성을 응시하며 무덤덤하게 한마디 던졌
다.

"한잔할 술은 있는가?"

"물론 있소."

환유성은 즐거운 마음으로 선실에 있던 술 단지를 모두 내왔다.

궤짝을 의자 삼아 걸터앉은 노인은 한 사발의 술로 목을 축인 후 공
허한 웃음을 터뜨렸다.

"허허헛! 좋군. 자네와 더불어 마시는 술이라 더 좋아."

환유성은 나무 물통을 끌어다 탁자를 대신 삼고 그 앞에 마주 앉았
다.

"마 노인의 검법은 이제 최고 경지에 이른 것 같소. 배 한 척이 쪼개

지는데도 검기조차 느낄 수 없었소."

"나야 검을 썼지만 자네는 낚싯대로 베지 않았는가? 자네야말로 세상이 인정하는 천하제일검일세."

노인은 빈 잔에 하나 가득 술을 따르며 고개를 끄덕였다.

"천하제일검… 천하제일… 하지만 그것이 검신을 뜻하는 것은 아닐세."

노인은 바로 환유성에게 있어 마음속 스승이랄 수 있는 마검노인이었다. 암흑마국왕에 의해 잠시 실혼인이 되어 환유성과 검을 맞댄 적이 있지만 지금은 예전처럼 온전한 상태였다.

환유성은 그가 본래대로 돌아왔다는 사실에 감격할 만큼 기뻤지만 굳이 내색하지는 않았다. 암흑마국왕에 의해 실혼인이 되었다는 치욕적인 사실을 그에게 밝히고 싶지 않았기 때문이다.

환유성은 술을 한 잔 들이키고는 건조한 음성으로 말을 받았다.

"나도 알고 있소. 순간적으로 검신의 검을 보았지만, 그것은 집착에 의한 환상이었을 뿐이오. 반검까지 버리려 했지만 그조차 내 의지대로 할 수 없었소. 결국 난 스스로의 한계를 느끼고 말았소."

마검노인의 독목이 칼날처럼 예리해졌다.

"검신의 검을 보았다고?"

"확실치는 않소. 내가 세상과 하나가 된 듯한 기분이었소. 하늘의 별이라도 벨 수 있을 것 같았소."

"세상과 하나가 되었다……."

마검노인은 잠시 경이로운 표정을 짓다가 길게 한숨을 내쉬었다.

"마국왕이 예견한 대로군."

"마 노인……?"

"내가 실혼 상태에서 자네와 대결을 벌였던 일은 나도 알고 있네. 내게 치욕적인 일이라 자네가 묻어두려 하지만 그럴 필요는 없어. 태양천주에게 두 번씩이나 패하면서 난 이미 모든 자존심을 꺾었으니까."

"내 능력이 부족해 마국왕의 손에서 노인을 구하지 못했소."

"어려운 일이었겠지. 자네뿐 아니라 천하 누구도 마국왕의 적수가 될 수 없네. 그는… 인간이 아니니까."

환유성의 표정이 다소 고집스럽게 굳어졌다.

"마 노인까지 그렇게 말하지 마시오. 그가 나보다 강한 것은 인정하오. 하지만 그는 분명 사람이고, 사람이라면 검에 쓰러질 수 있소. 태양천주가 암습에 의해 허무하게 죽었듯 그도 결국은 죽게 될 것이오."

"하면 자네도 자객처럼 암습을 가하겠단 말인가?"

"그런 뜻은 아니오."

"마국왕이 왜 자네를 태양천으로 보냈는 줄 아는가?"

"모르겠소."

환유성은 몸을 일으켜 뱃전으로 향했다. 낚싯대가 수면 아래로 잠기자 이내 팔뚝만한 물고기가 끌려 올라왔다. 그는 반검으로 생선을 대충 다듬어 안줏감으로 내놓았다.

"하지만 그의 점괘는 정확한 것 같소. 그는 내가 다칠 것을 미리 알았고, 나와 연관된 두 여인을 만날 것도 짐작했소. 풍요원과 주화령, 마녀와 악녀가 한 몸이 되어 있었소."

마검노인은 그가 반검을 식칼로 사용하자 물끄러미 그를 응시했다.

"자네는 이미 상천무도의 단계에 이르렀군."

환유성은 수건으로 검을 대충 닦고는 검집에 꽂았다.

"검이 무엇이겠소? 그저 검일 뿐이오."

"그러하네. 하지만 그런 간단한 이치도 검에 집착하는 사람일수록 높게만 느껴지기에 쉽게 깨달을 수 없는 부분이지."

마검노인은 생선살을 한 점 우물거리며 말을 이었다.

"마국왕이 자네를 태양천으로 보낸 이유는 천마성주가 태양천을 공격할 것임을 미리 간파했기 때문일세."

"그 말에는 어폐가 있소. 태양천이 붕괴되면 득을 보는 쪽은 암흑마국이오. 구태여 나를 보내 태양천의 괴멸을 막을 이유가 없지 않소? 또한 그자가 어떻게 천마성의 동태까지 속속들이 알 수 있단 말이오? 천마성주도 그자의 제자요?"

환유성이 강하게 반박하자 마검노인은 뉘엿뉘엿 저물어가는 석양을 바라보았다.

"마국왕의 말에 의하면 천마성이 위지세가를 점거한 것은 조호이산지계의 술책이라 했네. 태양천 정예들이 대거 육반산으로 달려갈 테니 총단은 허약한 상태가 될 것이고, 천마성이 이를 노릴 것이라 판단한 것이네. 물론 자네를 태양천으로 보낸 이유는 천마성의 침공을 막자는 이유가 아닐세. 자네의 검을 단련시키기 위함이었네."

"말도 안 되는 소리요!"

환유성이 그답지 않게 감정을 드러내며 불쾌한 표정을 짓자 마검노인은 몸을 일으켜 천천히 갑판 위를 거닐었다.

"그는 나와 자네의 대결을 지켜보고는 자네의 부족함을 간파했네.

그의 말에 의하면 자네의 검에는 패(覇)가 결여돼 있다고 했네. 그것이 자네의 능력이 부족해서가 아니고 의도적으로 패를 멀리한다는 것까지도 파악했더군. 그런 상황에서는 절대 검신의 검을 얻지 못하기에 천마성주와 겨루게 한 것일세."

"……!"

환유성은 이를 질끈 깨물었다.

그는 참담한 심정을 견딜 수가 없었다. 세상사를 손금 보듯 훤히 들여다보는 혜안과 너무도 완벽한 마국왕의 존재에 심한 분노를 느꼈다.

그는 풍요원과의 대결에서 비로소 자신의 검법에 결여된 패를 깨달을 수 있었다. 한데, 마국왕은 자신조차 느끼지 못한 것을 이미 파악하고 있었다. 더군다나 적이랄 수 있는 자신에게 검을 단련할 상황까지 미리 마련해 둔 것이다.

'정녕 마국왕은 신이란 말인가? 인간으로서 어떻게 그 모든 것을 파악하고 예측할 수 있단 말인가?'

환유성이 좀처럼 입을 열지 않자 마검노인이 그 옆에 서며 어깨를 짚었다.

"너무 심각하게 고뇌하지 말게. 마국왕은 실로 경이적인 능력을 지닌 사람일세. 하지만 그도 검의 경지만큼은 자네를 크게 능가하지 못했을 것이네. 신비로운 절기로 자네를 압도할 수는 있어도 검으로 대결한다면 자네를 쉽게 이기지 못할 것이야."

"날 위로할 필요 없소. 그가 나보다 강한 자라는 것을 인정하오."

"그를 꺾고 싶은가?"

"……"

"자네가 과거 태양천주나 월영서시와의 비무를 목표로 삼았듯 그와 검으로 대결하고 싶지 않은가?"

"그가 나의 도전을 받아줄 것 같소?"

환유성이 허탈한 표정을 짓자 마검노인은 희미한 미소를 지었다.

"물론 가능하네. 암흑마국왕은 자네가 동정호에서 검의 마지막 단계를 깨우칠 수 있다고 했네. 만일 물의 의미를 깊이 생각한다면 말일세."

환유성은 그만 할 말을 잃고 말았다.

그가 남과의 대결에 앞서 심리적으로 이렇듯 참담한 패배감을 맛보기는 처음이었다. 그의 검에서 패가 결여돼 있다는 점이나 그것을 보완하기 위해 물의 의미를 깨달아야 한다는 것을 마국왕은 정확히 꿰뚫고 있었던 것이다.

절로 몸이 떨린다. 공포스럽다. 아니, 공포의 한계를 넘어 경외스럽기까지 하다. 마검노인의 말대로 그는 인간이 아닐 수도 있다.

마검노인은 가볍게 소매를 저었다.

일진 폭음과 함께 일엽편주는 순풍을 만난 배처럼 쏜살같이 수면을 미끄러져 갔다. 마검노인이 몇 번의 내가진기를 일으키자 일엽편주는 호변에 이르렀다.

마검노인이 앞서 배에서 내렸다.

"멀미 때문에 배에서는 오래 얘기를 못하겠군."

환유성은 소추를 이끌고 오랜만에 뭍에 올랐다. 출렁이는 배에 너무 오래 있어서인지 땅이 흔들리는 기분이었다. 마검노인이 걸어가기에 그도 소추를 이끌고 뒤를 따랐다.

마검노인은 산기슭에 가득한 매화 향기를 한껏 들이키며 쾌활하게 입을 열었다.

"자네가 검으로 나를 꺾는다면 마국왕은 기꺼이 자네의 도전을 받아 줄 것이네."

환유성은 생각도 하지 않고 일언지하에 거절했다.

"난 마 노인과 대결하지 않겠소. 그것이 마국왕의 조건이라면 도전을 포기하겠소."

"그건 자네답지 않은 처신일세. 내가 실혼 상태에서 공격을 펼쳤을 때 날 다치게 할까 자네 스스로 검을 거두었다고 들었네. 그 또한 무모한 행동이야."

"비겁해도 좋고 무모해도 좋소. 난 마 노인과는 겨룰 수 없소."

"허헛, 그 말을 어떻게 해석해야 할까? 자네가 날 사부처럼 생각하기 때문인가, 아니면 내 검의 능력이 보잘것없기 때문인가?"

"마 노인의 검은 누구보다 강하오. 과거 천하오검 중 으뜸이라는 극검마왕도 상대가 되지 않을 것이며, 태양천주가 살아 있다 하여도 마 노인을 꺾을 순 없소."

마검노인은 고개를 설레설레 저었다.

"태양천주에 대해서는 거론하지 말게. 그는 내가 진정으로 존경하는 무인이며 위대한 영웅일세. 그의 무공이 천하제일은 아니었어도 그의 존재는 천하제일이었네. 비록 자네가 천하제일검으로 불린다 해도 결코 태양천주를 능가할 수는 없네. 진정한 무(武)는 싸우지 않고 상대를 제압하는 것인데, 그런 면에서 자네는 태양천주에 비해 한 수 아래일세."

"마 노인이 그렇듯 인정하는 태양천주를 만나지 못한 것이 정말 아쉽소."

"그래, 내가 생각해도 정말 안타까운 일이지."

해가 완전히 저물 무렵 두 사람은 능선을 두 개 넘어 산중으로 들어섰다. 워낙 안력이 뛰어나기에 두 사람은 횃불이 없어도 십 장 정도는 훤히 볼 수 있어 전혀 불편함이 없었다.

수림 사이의 공터에 이르자 마검노인은 걸음을 멈추고는 환유성과 마주 섰다.

"검을 겨루기에 적당한 장소 같군."

환유성은 어처구니없다는 듯 실소를 지었다.

"왜 이러시오? 마 노인과는 겨루지 않겠다고 하지 않았소?"

"반드시 겨뤄야 하네. 이건 단순한 비무가 아니라 서로의 생사가 걸린 대결일세."

마검노인은 안광을 발하며 진지하게 외쳤다.

"환유성, 나 절대패검 사공인이 천하제일검인 자네와 겨루기를 정중히 청하네!"

"마 노인……?"

환유성이 난감한 표정을 짓자 마검노인은 심각하게 말했다.

"자네는 도전을 회피해서는 안 되네. 그동안 자네가 검신이 되기 위해 수많은 대결을 벌여왔듯 자네도 나의 도전을 받아주어야 하네. 나역시 자네만큼 검 한 자루에 평생을 걸고 살아온 사람일세. 자네의 검이 천하제일검이니 이는 능히 도전할 가치가 있네. 나 역시 검으로 일가를 이룬 자부심을 지니고 있네. 진심으로 자네를 꺾고 싶네."

“어떻게… 어떻게 내가 마 노인과 겨룰 수 있겠소? 난 마 노인 덕분에 이 정도라도 검을 깨우치게 되었는데… 어떻게 마 노인에게 검을 겨눌 수 있겠소? 마 노인은 내게 있어 스승과 같은……."

“그만!”

마검노인은 일갈하며 그의 말을 막았다.

“그 따위 말로 도전을 회피하려 하지 말게. 내가 자네의 검도 수련에 약간의 도움을 준 것은 사실이지만, 난 자네의 스승이 될 자격이 없는 사람일세. 자네의 스승은 세상일세. 자네는 하늘과 땅, 해와 달, 바람과 물, 불과 나무 등 모든 것을 통해 스스로 검을 터득했네. 또한 무림사상 누구도 이루지 못한 검신지로에 이른 사람일세. 누구도 자네의 스승이 될 수 없네.”

“어쨌든 난 싸우지 않을 것이오!”

환유성이 결연하게 외치자 마검노인은 품에 안은 검을 뽑아 들었다.

스르릉!

맑은 검명과 함께 야음을 환히 밝히는 검신이 모습을 드러냈다. 고색찬연한 빛을 발하는 검은 일견해도 세상의 보검임을 짐작케 해주었다.

“이 검의 이름은 반영일세. 보광, 촉루, 담로, 거궐 등과 함께 천하오대명검 중 하나로 불리는 보검이지. 마국왕은 자네의 반검과 겨루기 위해서는 보검이 필요하다 하더군.”

“이건 계략이오! 마 노인과 내가 양패구상하기를 꾀하는 마국왕의 계략일 뿐이오!”

환유성이 안타깝게 외치자 마검노인은 길게 탄식했다.

"환유성, 자네는 아직 내 심정을 이해하지 못하겠는가? 난 마국왕의
지시가 아니라 내 스스로의 의지로 자네에게 도전하는 것일세. 설사
자네의 검에 의해 죽는다 해도 여한이 없네. 만에 하나 자네를 꺾는다
면 난 스스로의 성취에 만족할 것이네. 자네를 대신해 내가 마국왕에
게 도전할 테니까."

"마 노인, 제발 도전을 거둬주시오!"

마검노인은 이미 마음을 굳힌 듯 정중하게 청했다.

"받아주게, 유성. 나 역시 자네만큼이나 고통스런 심정으로 결단을
내리게 된 것이네. 하지만 자네를 좋아하는 사적인 감정보다는 평생토
록 검을 수련해 온 내 의지가 앞섰네."

"마 노인, 난……."

"만일 자네가 끝내 도전을 회피한다면 나 스스로 죽을 수밖에."

마검노인은 주저없이 자신의 목을 향해 검을 휘둘렀다.

"안 돼!"

환유성이 반검을 번득이는 순간 절세적인 쾌검이 연출되었다.

차앙!

그는 간발의 차이로 반영검을 막아냈다. 그와 검을 맞댄 마검노인의
입가에 흡족한 미소가 피어올랐다.

"빠르군. 정말 빨라. 이제 검을 뽑았으니 거둘 수 없네."

뒤로 물러선 환유성은 반검을 비스듬히 비껴 들었다.

"꼭… 겨뤄야 하는 것이오?"

"어떤가? 이제 도전을 받는 자의 심정을 알겠지? 자네는 여태 도전
하는 자로서 즐거움을 만끽했지만, 향후 숱한 검객들의 도전을 받게 될

것이네. 천하제일검인 자네만 꺾을 수 있다면 한순간 천하제일의 명예를 얻을 수 있으니 말일세.”

마검노인은 검을 거꾸로 쥔 채 환유성을 향해 정중히 포권지례를 취해 보였다.

“부디 내게 그 첫 번째 영광을 주게나.”

“……”

환유성은 가슴이 뜨거워지며 절로 눈물이 맺혔다.

도저히 거부할 수 없는 대결이었다. 끝내 마검노인의 도전을 회피한다면 그는 지체없이 자신의 목을 칠 것이다. 그것을 막는 유일한 방법은 그 스스로 죽는 길뿐이다. 하지만 그것은 오히려 마검노인에게 씻을 수 없는 죄를 범하게 만드는 일이기에 결코 해서는 안 되는 일이다.

환유성은 숫구치는 비감을 이기지 못하고 주르륵 눈물을 흘렸다. 그는 마검노인을 향해 정중히 예를 올렸다.

“후배 환유성이… 마검 선배의 도전을 받겠소.”

마검노인 역시 눈물을 글썽이며 힘있게 고개를 끄덕였다.

“고맙네, 정말 고맙네. 한해 사막에서 자네를 만난 건 내 인생 최대의 행운이었네. 덕분에 이렇듯 가슴 떨리는 승부를 겨룰 수 있게 되었어.”

“나 또한 마검 선배와의 인연을 평생 간직하겠소.”

두 사람은 서로 물러서며 십 장 거리를 두고 대치해 섰다.

자신의 죽음에 대해 지극히 무관심한 두 사람이지만 상대의 죽음은 결코 용납하지 않을 만큼 각별한 감정을 지닌 그들이다. 하기에 서로 검을 겨루지만 심정은 너무도 고통스럽기만 하다.

한번 대결을 펼친다면 혼신의 힘을 다해야 하며 양보란 있을 수 없다. 그것은 상대의 검을 무시하는 행동이기에 양보를 받는 자는 치욕을 느껴야 하기 때문이다. 서로를 존중하는 입장에서 최선을 다하다 보면 누군가는 반드시 죽게 된다.

어떤 결말이 나든 승자보다는 패자가 더 행복할 것이다. 패자는 편안히 잠들 수 있지만 승자는 평생토록 이 대결을 가슴에 담고 괴로워하며 살아야 하기 때문이다.

2

사람에게 두 개의 눈이 있다는 것은 사물을 입체적으로 보는 기능 외에도 서로를 직시하면서 눈빛을 피할 수 있다는 데 있다.

대화를 하면서 눈빛을 마주치는 일은 때로 불편함을 가져온다. 심리적으로 나약한 자는 강한 자의 눈빛에 위축감을 느끼며, 서로가 강할 때에는 본의 아닌 적개심마저 불러일으킨다.

하지만 눈이 두 개 있다면 눈동자를 좌우로 움직여 상대와 눈길이 마주치는 것을 자연스럽게 피할 수 있다. 심장에 가까운 왼쪽 눈을 각기 들여다보면 절대 눈길이 부딪치는 일은 없을 것이다.

한데, 눈이 하나뿐인 독목의 소유자들은 그런 혜택을 누릴 수 없다.

공교롭게도 환유성과 마검노인은 둘 다 애꾸다.

환유성은 의독성수에 의해 감쪽 같은 의안을 선사받았지만 볼 수 있는 눈은 역시 하나뿐이었다. 그들은 서로를 응시하면서 눈길을 돌릴 수 있는 방법이 없다. 누구보다 강렬하고 깊게 서로의 눈을 들여다보아야 했다.

피할 수 없는 진검 승부를 벌인 지 벌써 사흘째다.

그들은 사흘 동안 잠 한숨 자지 않고, 먹지도 마시지도 않았다. 물론 생리적 현상마저 잊었다. 각기 초극의 단계에 이른 두 사람은 세상과 격리된 채 둘만의 대결에 몰두해 있었다.

그들 사이에서 대결은 사상 유래가 없는 치열한 결투였다. 과거 신강 땅에서 심검 대결을 펼친 적이 있는 두 사람이지만 당시의 대결은 논검에 불과했다. 단지 그들만의 상상 속에서 전개된 허상이었지만 지금은 엄연한 현실이다.

반검과 반영검을 손에 쥔 그들은 생각하는 것만으로 상대를 죽일 수 있는 무형검도를 터득했기에 굳이 검을 휘두르지 않고도 상대를 해칠 수 있었다.

차차창—!

요란한 금속성과 함께 무수한 불꽃이 허공으로 치솟으며 폭죽처럼 사위로 흩뿌려진다.

일초 격돌이 전개된 후의 상황은 숨 막힐 듯한 정적뿐이다. 또다시 검을 펼치기 위해 그들은 각기 혼신의 공력을 운기해야 했다.

—물의 의미를 통해 패검을 완벽히 터득했군.

—난 어떤 것이 완벽을 의미하는지 모르겠소.

—자신 스스로는 느낄 수 없는 법일세. 하지만 남들은 느낄 수 있지.

자네는 이미 무도의 마지막 단계인 상천무도에 이르렀네. 자연과의 동화가 그것을 의미하지.

—그것은 마 노인도 마찬가지가 아니오?

—나는 일 갑자에 걸친 노력으로 그것을 알아냈을 뿐이지만 자네는 심적으로 터득했네. 알고 있다는 것과 깨우쳤다는 것은 분명한 차이가 있지.

—난 아직도 부족함을 느끼고 있소.

—아니야. 자네의 몸은 흙[土]이며, 손에 쥔 반검은 검 이전에 쇠[金]일세. 또한 절기는 세상을 향해 펼쳐진 나무[木]와 같고 의지는 불[火]이 되었네. 이는 화생토(火生土)요, 목생화(木生火)의 오행상생에 해당되지. 그리고 그 모든 것을 담은 정신은 융화를 의미하는 물[水]일세. 그럼으로써 자네는 금생수(金生水), 수생목(水生木)의 경지를 이루었으니 이는 완벽한 오행상생일세.

—난 그런 심오한 뜻은 모르겠소.

—진정한 스승은 세상일세. 자연은 교만하지도 않고 속임수도 없네. 있는 그대로를 보여주고 있는 그대로를 가르쳐 주지. 자네는 그것을 스스로 터득했으니 전무후무한 검신의 검을 볼 수 있게 된 것이네.

—너무 순간적이라 그것이 무엇인지도 기억할 수 없소.

—허허, 이제 기억하게 될 것이네. 나 또한 그 검을 잠시나마 보게 될 테니까.

일순, 마검노인의 눈에서 강렬한 승부의 의지가 피어올랐다. 그것은 결코 피할 수 없는 힘이었다.

―자, 이제 마지막 대결을 벌이세.

　마검노인의 전신에서 형용할 수 없는 광휘가 피어올랐다. 너무도 강렬한 빛에 환유성은 그의 존재를 직시할 수가 없었다. 마치 어둠을 씻어내는 일출의 장엄한 빛이었다. 동시에 환유성의 몸에서도 빛이 분출되며 형체가 사라졌다.
　육신을 이탈한 두 사람의 검이 교차한다.
　번쩍―
　혼극의 세상에서 탄생한 태초의 빛인가.
　세상의 그 어떤 빛보다 밝고 강렬한 섬광이 폭발했다. 순간 어마어마한 폭풍이 지상을 휩쓸었다.
　꽈― 과꽈꽝―!
　천지창조의 대폭발이었다.
　수림과 계곡, 암석 등 주변 삼백 장 이내의 모든 것이 소멸되며 어마어마한 분화구가 형성되었다. 가득히 피어오르는 흙먼지는 거대한 먼지구름을 형성해 하늘을 가렸다.
　가히 인간 한계를 넘어선 초극의 격돌이었다.
　섬광이 스러지며 비로소 세상이 본래의 빛을 회복했다. 몸부림치는 대지도 안정을 되찾았고, 간간이 돌개바람만 피어오른다. 가공할 파괴의 현장 속에 두 사람만 우뚝 서 있었다.
　환유성은 어느새 반검을 거둔 상태였다. 앞자락이 심하게 찢겨졌고 가슴 부위로 붉은 선혈이 흘러내렸다.

“마 노인……”

마검노인은 양손을 축 늘어뜨린 채 위태롭게 서 있었다.

반영검은 흔적도 없이 박살난 상태였다. 심장 부위에 커다란 구멍이 뚫린 그는 가쁜 숨을 몰아쉬다 털썩 주저앉았다.

“크윽!”

“마 노인!”

환유성은 비통하게 외치며 그를 부축해 안았다.

“왜… 왜 마지막 순간에 검을 거두었소?”

“그런… 소리 말게. 난 이기고 싶었네. 정녕 이기고 싶었어. 다만… 내 검이 자네의 검에 압도되었을 뿐이지.”

“아니오! 당신은 내가 다칠까 우려해 일부러 검을 거둔 것이오!”

“천하제일검은 자네일세. 누가 감히 자네 앞에서 양보를 할 수 있겠는가?”

“마 노인……”

환유성은 그를 부둥켜안으며 피 어린 눈물을 흘렸다. 울컥울컥 피를 토한 마검노인은 길게 한숨을 내쉬었다.

“평생토록 회한 어린 삶이었지만… 자네를 만나 행복했네. 자네야말로 나의 스승일세.”

“아니오. 마 노인이 진정 나의 스승이었소.”

환유성은 그를 흙더미에 기대 앉히고는 정중히 배례를 올렸다.

“사부님, 제자 환유성이 인사드립니다.”

마검노인은 스르르 눈을 감았다. 너무도 뜨거운 눈물이 얼굴의 깊은 주름을 타고 주르륵 흘러내렸다. 다시 눈을 뜬 그는 형용할 수 없는 감동에 젖었다.

"사부라… 나를 사부라 불렀던가?"

"그렇습니다. 진작 사부님으로 모셨으면 이런 일이 없었을 것입니다."

"허허, 이렇게 영광스러울 수가. 천하제일검을 제자로 두다니… 천하제일검이 나의 제자라니!"

"진정한 천하제일검은 사부님이십니다."

"아닐세. 옛말에도 있지 않은가? 청출어람(靑出於藍)이 청어람(靑於藍)이라. 쪽에서 나온 푸른 물이 쪽보다 더 푸르듯 사부를 능가하는 제자는 고금에 흔히 있는 법일세."

밭은기침을 토해낸 마검노인은 주름진 손을 뻗어 환유성의 손을 쥐었다.

"유성, 널 보는 순간 제자로 삼고 싶었지만 너의 그릇이 너무 커 내가 담을 수가 없었다. 누구도 너의 스승이 될 수 없을 만큼 너의 자질은 뛰어났지……. 네가 검신지로에 올라선 것은 확실하다. 하지만 아직… 진정한 검신은 아닌 듯싶구나."

"사부님……."

"쿨럭쿨럭… 세상을 오시하는 무관심을 버려라. 세상에 대해 겸손하고 사람에 대해 겸허한 마음을 가져라. 그래야만 진정한 검신의 검을 지니게 될 것이야."

환유성은 그의 충고를 가슴 깊이 받아들였다.

"명심하겠습니다, 사부님."

"이 사부도 의(義)와 협(俠)으로 살지 못했다. 하기에 네게 그것을 종용하지는 않겠다. 하지만 이 사부는 정(正)으로 살고자 노력했다. 그것만큼은 네게 일러주고 싶구나.”

“사부님의 뜻에 따르겠습니다.”

“결국은 암흑마국왕과 격돌하게 되겠지……. 하지만 그는 진정한 악은 아니다. 그것만 명심해라.”

“그를 아십니까?”

환유성이 의아한 표정으로 묻자 마검노인은 말없이 고개를 흔들었다. 그의 전신이 부르르 떨린다. 육신을 빠져나가려는 영혼의 몸부림 때문이었다.

“사부님!”

그의 죽음을 직감한 환유성이 그의 손등에 얼굴을 묻었다.

“용서하십시오, 사부님.”

“그런 소리 마라. 내게 준 선물이 너무 무거워… 저승까지 짊어지고 가기도 벅차구나…….”

마검노인은 흙더미에 기대어 편안히 눈을 감았다.

“무(無)에서 태어나 공(空)으로 가니… 한 줌 먼지가 되리라…….”

그것이 그의 마지막 말이었다.

한 자루 검에 평생을 담은 칠십 년 생을 그렇게 마감한 것이다. 그 자신은 천하제일검이 되지 못했지만 그의 노력으로 천하제일검을 탄생시켰으니 그의 삶은 무림사에 길이 남을 빛나는 삶이었다.

“사부님, 흑흑…….”

환유성은 그의 주검 앞에서 처음으로 대성통곡했다. 자결한 그의 모친을 대했을 때보다 더한 아픔과 고통이 칼날처럼 가슴으로 파고들었다.

마검노인은 그의 뜻대로 화장되어 한 줌 먼지가 되어 흩어졌다. 묘비 하나 남기지 않은 채 세상 속에서 사라졌지만 그의 정신은 제자를 통해 또다시 세상을 지켜볼 것이다.

무릎을 꿇고 한동안 비감 속에 잠겨 있던 환유성이 천천히 몸을 일으켰다.

그는 별만 총총한 밤하늘을 바라보다 반검을 뽑아 들었다. 그의 부친이 남긴 유일한 물건이다. 어머니는 그의 부친이 죽었다고 말하지 않았으니 유품은 아니다.

막연한 기대감에 중원으로 들어섰지만 그는 부친을 찾고자 하는 간절한 마음도 없었다. 자식과 아내가 있는지조차 모르는 사람을 이제 와서 아버지라 부르고 싶지도 않았다.

그는 반검을 허공으로 치켜들었다.

"사부님의 피가 밴 너를 더 이상 지니고 다닐 수 없다. 넌 내 몸의 일부였지만 이제 널 버려 사부님을 해친 죄를 일부나마 속죄할 것이다."

반검에 진기가 주입되자 검이 웅웅 울음을 터뜨린다. 주인의 손을 떠나야 하는 운명을 슬퍼하는 것이다.

번쩍—

환유성의 손을 떠난 반검이 한줄기 빛이 되어 밤하늘을 가로질렀다. 두 개의 능선을 넘어 날아간 반검은 유성이 되어 동정호 속으로 내리꽂혔다.

　환유성은 몸의 일부가 베어진 듯한 허전한 마음을 안고 소추의 등에
올라탔다. 주인이 갈 곳을 모르니 소추도 어디로 가야 할지 몰랐다.

　그저 길을 따라 걸음을 옮길 뿐이었다.

■ 제98장
어둠의 야합

1

위지세가의 터전 위에 세워진 천마성은 돌담을 허물고 새로이 성곽을 축조하였다. 전각도 증축, 보수하고 대형 현판을 달아 제법 거대 문파의 면모를 갖추게 되었다.

성곽에 꽂힌 깃발이 따사한 춘풍을 맞아 위용있게 휘날린다.

긴 회의용 탁자에 둘러앉은 천마성 수뇌들은 모두 여덟이었다. 천마사존인 세 마왕과 천잔투광, 천마영주인 단순마검, 순찰총감인 혈혈파파, 총호법인 악중요, 그리고 천마성의 군사인 악중뇌가 그들이었다.

악중뇌는 두루마리로 정리된 보고서를 차분히 읽으며 입을 열었다.

"일이 고약하게 되었군. 강무영, 어린놈이 태양성주로 추대되면서 백도무림계의 전폭적인 지지를 받고 있소."

악중요가 말린 과일을 우물거리며 물었다.

“이상한데? 무림의 하늘이라는 태양천이 무너졌으면 백도 위선자들이 등을 돌려야 당연한 일인데 왜 지지를 할까?”

“풍 성주의 손에 파괴된 태양천 현판을 다시 내걸지 않았기 때문이다. 사실 태양천주가 죽은 후 진작 내렸어야 할 현판이었는데 위지운설이 욕망과 집착 때문에 태양천을 유지하려 했지. 그 계집은 자신의 주제를 모르는데 강무영은 현실을 제대로 보는 안목이 있어. 자신을 낮추는 겸허한 자세가 오히려 백도 놈들에게 지지를 받게 된 게지.”

벽력마왕이 탁자를 내려쳤다.

“젠장, 성주의 영을 어기는 한이 있더라도 그때 태양천 놈들을 끝장 냈어야 했어. 그랬으면 이미 천하는 본 성의 수중에 들어왔을 거라고!”

악중뇌가 쥐눈을 번들거리며 반론을 제기했다.

“성주의 퇴각 명령이 옳았소. 무아성승이 소림의 백팔나한을 이끌고 곧바로 들이닥치지 않았소? 만일 퇴각을 하지 않고 태양천 놈들의 씨를 말리려 했었다면 양패구상을 당해 본 성의 피해도 막심했을 것이오.”

폭풍마왕이 심각한 표정으로 물었다.

“악 군사, 성주의 상세도 거의 치유되어 가고 있네. 성주의 성격상 재차 침공을 지시할 텐데 어떻게 대처하면 좋겠나?”

“태양천이 스스로 무림의 하늘임을 포기한 이상 거대 문파 중 하나일 뿐이오. 태양성 하나를 괴멸시킨다 하여 천하를 얻을 순 없소. 게다가 아직은 세력이 미약하지만 월영궁이 복병으로 존재하오. 월영궁주가 된 벽소군은 어린 계집임에도 불구하고 심계와 지략이 나에 버금갈 정도요. 만일 그들 두 세력이 손을 잡고 백도무림을 규합한다면 본 성은 엄청난 곤경을 겪게 되오.”

천잔투광이 차가운 어조로 내뱉었다.

"성주의 마공은 천하 최강인데 무엇이 두렵겠나? 우내사성이 모두 합세한다 해도 성주를 감당할 수 없지 않은가?"

악중요가 입술을 삐죽이며 대신 대답했다.

"환가 놈이 있잖아요. 귀신은 왜 그런 놈을 안 잡아가나 몰라."

악중뇌가 술을 한 잔 마셔 마른 입술을 적시고는 말을 받았다.

"총호법 말대로 당금 천하에서 성주의 적수는 환가 놈과 암흑마국왕뿐이오. 강무영의 무공도 급중하고 있지만 아직은 역부족이지. 환유성이 방해만 하지 않는다면 백도 놈들을 하나씩 제압하는 데에는 어려움이 없소. 과거 태양천주가 그러했듯 백도 놈들이 연합 세력을 형성하기 전에 각개격파를 취하는 것이 본 성의 목표요. 일단은 절강, 호남, 강서로 세력을 펼쳐 더 많은 흑도 세력들을 규합해야 하오."

이때 의사청으로 검마단주가 들어섰다.

"군사께 아뢰오. 암흑마국의 태자라는 자가 면담을 요청해 왔소이다."

"을주환이 말이냐?"

"예, 군사."

악중뇌는 쭈글쭈글한 머리통을 긁적이며 미간을 찌푸렸다.

암흑마국과 천마성은 마도 방파란 면에서는 같은 색깔이다. 하지만 종내에 둘 중 하나가 없어져야 할 상대들이다. 천하를 독패할 야심을 가진 자들이기에 공존은 절대 용납할 수 없는 일이었다.

악중뇌는 가볍게 고개를 끄덕였다.

"들으라."

"예, 군사."

검마단주가 의사청을 나가자 악중뇌는 두 사람에게 지시를 내렸다.

"천마영주와 순찰총감은 나가보게. 십 개 마단의 단주들과 더불어 출전에 대비한 물자와 병력을 충분히 상의하게."

"알겠소, 군사."

단순마검과 혈혈파파는 악중뇌와 천마사존을 향해 예를 올리고는 의사청을 나갔다. 악중뇌는 악중요에게도 눈짓을 보냈다.

"총호법도 나가 있게."

"싫어. 명색이 총호법인데 나도 놈을 만날 자격이 있잖아?"

악중요가 고집을 부리자 악중뇌는 엄한 표정을 지었다.

"오냐, 하지만 공적인 자리이니 애처럼 굴지 마. 입도 벙긋하지 말고."

"알았어."

악중요는 심술난 아이처럼 사납게 눈을 흘겼다.

잠시 후 을주환이 쌍둥이 노인 둘을 대동해 의사청으로 들어섰다. 얼굴색을 제외하고는 분별할 수 없을 만큼 똑같은 모습의 쌍둥이 노인은 바로 마국쌍상인 좌도귀상과 우검혈상이었다.

악중뇌는 마국쌍상을 대하는 순간 가슴이 덜컥 내려앉았다.

'엇, 기도가 전혀 느껴지지 않다니? 무형기도의 경지에 오른 초고수들이다!'

을주환은 천마성 수뇌들을 향해 건성으로 포권을 취해 보였다.

"호호홍, 옛 동료들을 이렇게 한자리에서 다시 만나게 되니 정말 반갑소."

악중뇌와 악중요만 몸을 일으켜 그들을 맞이했고 천마사존은 그대로 자리를 지켰다.

"어서 오게, 암흑태자. 정말 뜻밖이군."

을주환은 여유있게 백우선을 저으며 마국쌍상을 소개했다.

"두 분은 본국의 귀상과 혈상이신 좌도우검이시오. 천하 최강의 월영서시를 격파한 무적의 고수들이시지. 최소한 몸을 일으켜 예우를 갖춰야 하는 게 도리 아니겠소?"

성격 급한 벽력마왕이 탁자를 치며 일어섰다.

"네 이놈! 감히 시비를 벌이려 본 성을 찾아왔단 말이냐!"

악중뇌가 얼른 벽력마왕을 만류했다.

"벽력마존, 명색이 손님이니 잠시 고정하시오."

폭풍마왕도 벽력마왕의 소매를 잡아끌었다.

"암흑태자의 용건을 들어본 후 시비를 가려도 늦지 않네. 악 군사 말대로 진정하게."

벽력마왕이 좌정하자 을주환은 의자를 끌어다 앉았다. 마국쌍상은 팔짱을 긴 채 그 좌우로 시립했다. 그들은 마치 벙어리요 귀머거리인 듯 외부의 반응에는 지극히 무감각했다.

악중요가 펑퍼짐한 둔부를 흔들며 다가섰다.

"호호! 믿었던 수하들을 모두 잃어 상심이 크겠군요, 암흑태자?"

을주환은 그녀가 따라주는 차를 받으며 싱긋 미소를 지었다.

"호호홍, 오행신부나 혈해전 쓰레기들은 본국에 있어 있으나마나 한 존재요. 본국에는 좌우상을 비롯해 아직 일천에 달하는 검수가 존재하오. 그들만으로도 천하를 제패하는 데는 문제가 없소."

악중뇌는 손짓으로 악중요를 물리고는 쥐눈을 가늘게 떴다.

"하면 무슨 목적으로 본 성을 찾아온 것인가?"

“과거의 죄를 사과받기 위해서요. 당신들이 금사곡에서 본국의 검수들을 대거 살해한 일을 부인하지는 못할 것이오. 악인궁 형제의 문제를 해결하는데 왜 본국의 검수들을 해친 것이오? 게다가 귀명마공까지 죽이지 않았소?”

“그 문제는 본 성이 창건되기 전의 일일세. 태자가 굳이 그 문제를 거론하니 사과하겠네. 이는 천마성 군사로서가 아니라 악인궁의 악중뇌로서 하는 사과일세.”

악중뇌가 순순히 사과를 하자 을주환은 득의양양한 웃음을 터뜨렸다.

“호호홍, 과연 현명하신 악 군사요. 진심으로 사과를 하시니 내 기분이 풀렸소. 이제 지난 날의 원한은 씻고 기꺼이 천마성과 손을 잡겠소.”

“본 성과 손을 잡겠다고?”

“과거 월영서시는 어리석게도 본국의 제의를 거부하는 바람에 멸문의 화를 당했소. 월영궁은 흔적도 없이 사라졌고, 월영서시 자신도 치욕스러운 패배를 당하고 만 게요.”

“태자는 지금 본 성을 협박하는 겐가?”

“충고 정도라 생각하시오.”

을주환은 차를 한 모금 들이키고는 천천히 백우선을 흔들었다.

“본국이나 천마성은 똑같이 천하를 삼키겠다는 야망을 품고 있소. 하지만 하늘에 두 개의 태양이 있을 수 없듯 종내에는 어느 하나가 괴멸하게 될 것이오. 그때까지만 동맹을 맺자는 것이오. 천마성은 강남을 제패하고, 본국은 강북을 지배하는 것이오. 연후 날짜를 정해 건곤일척의 승부를 겨룹시다.”

“괜찮은 제안이군. 남북에서 동시에 세력을 확장하면 백도 놈들이 규합되는 것을 미연에 방지할 수 있지."

악중뇌가 고개를 끄덕이자 을주환은 제안이 성사됐다 싶어 백우선을 탁, 접었다.

"호호홍, 현명하신 악 군사가 당연히 받아들일 것이라 예상했소. 축배라도 한잔하십시다."

"하지만 자네의 동맹 제안을 어떻게 믿을 수 있겠는가?"

"날 못 믿겠단 말이오?"

을주환이 계집처럼 입술을 삐죽이자 악중뇌는 양손을 깍지 껴 턱에 댔다.

"자네는 월영서시에게도 그런 제안을 했다가 뒤통수를 치지 않았는가? 자네를 믿고 있다가 본 성이 언제 마국의 기습을 당할지도 모르는 일일세."

"먼저 배신한 쪽은 월영서시였소. 천마성이 먼저 배신하지 않는 한 내가 먼저 등을 돌리는 일은 결코 없을 것이오. 암흑태자의 명예를 걸고 약속하겠소."

"……."

"내가 귀성을 방문한 이유는 단지 이런 협상을 제안하기 위해서가 아니오. 협상을 받아들였으니 이제 본론을 얘기하겠소."

"본론이라?"

을주환은 계집처럼 얄팍한 입술을 쓰윽 핥았다.

"그렇소. 듣자니 천마성주는 절색의 용모를 지닌 데다 아직 미혼이라 들었소. 내 천마성주에게 정식으로 청혼을 하기 위해 온 것이오."

"닥쳐라!"

세 마왕이 동시에 일어서며 분노를 터뜨렸다.

"성주께서 어떤 분이신데 너 같은 놈이 청혼을 한단 말이냐?!"

"이런 돼먹지 못한 자식!"

"네놈의 주둥이부터 찢어버리겠다!"

을주환은 그들의 사나운 기세에도 얼굴색 하나 변하지 않았다.

"호호홍, 결정이야 귀성의 성주가 할 일이 아니오? 이런 뜻 깊은 혼사에 늙은이들이 나설 상황은 아니오."

벽력마왕이 울화통을 터뜨리며 냅다 벽력동발을 날렸다.

"뒈져!"

휘리리링―!

하나의 벽력동발이 맹렬히 회전하며 빛살처럼 뻗어 나갔다. 악중뇌가 저지하려 했지만 화살은 시위를 떠난 상태였다. 그는 쓴 입맛을 다셨다.

'젠장, 굳이 적을 만들 이유가 없는 상황인데…….'

을주환은 벽력마왕의 공세에도 태연하기만 했다. 환유성 앞에서는 고양이를 만난 쥐처럼 숨을 곳을 찾는 겁쟁이였지만 나름대로 믿는 바가 있는 태도였다.

얼굴빛이 검은 좌도귀상의 눈에 이채가 감돌았다.

번쩍―

눈부신 도광이 번득이는 것으로 장내의 소란은 순식간에 사라졌다.

상상을 초월하는 쾌도에 의해 벽력동발은 산산조각으로 쪼개져 사위로 흩어졌다. 파편 조각 하나 을주환을 상하게 하지 못했던 것이다.

천마사존은 입을 딱 벌린 채 경악을 금치 못했다.

"허억!"

"이, 이럴 수가?!"

"절대쾌도!"

악중요는 악중뇌의 어깨를 콱 쥐며 바들바들 떨었다.

"마, 맙소사, 환가 놈의 쾌검보다 더 빠른 것 같아!"

좌도귀상은 여전히 팔짱을 끼고 있는 그의 손에서 쾌도가 펼쳐졌다는 것이 믿을 수 없었다.

악중뇌의 표정이 심각하게 굳어졌다.

'진정 공포스러운 쾌도다. 저 둘이 월영서시를 능히 상대했다는 소문이 결코 헛된 것은 아니로군.'

을주환은 거드름을 피우며 몸을 일으켰다.

"호호홍, 당신들 누구도 좌도우검 두 분의 상대가 될 수 없소. 어서 성주께 내 뜻을 전하시오."

적염마왕은 전신 가득 불꽃을 일으켰다.

"건방진 놈, 연무장으로 나가 제대로 한판 붙어보자!"

이 순간, 마국쌍상의 무표정한 얼굴이 딱딱하게 굳어졌다. 위기를 감지한 그들은 동시에 도검을 발출해 을주환을 보호했다.

"호호호, 천마혈인폭!"

요사한 웃음소리와 함께 수십 개의 장인이 내리 꽂혔다. 하나하나 가공할 힘이 깃든 핏빛의 장인이 의사청을 가득 채우자 천마사존과 악중뇌, 악중요는 급히 의상청 밖으로 몸을 날렸다.

콰콰― 쾅―!

연이은 폭음과 함께 의사청의 지붕과 벽이 송두리째 날아갔다. 실로 엄청난 일초의 격돌이었다. 잠시 후 자욱한 흙먼지가 가라앉으며 장내의 상황이 드러났다.

마국쌍상은 도검을 뽑아 든 채 을주환 좌우로 바싹 붙어서 있었다. 도통 무관심해 보이던 그들의 표정이 심각하게 굳어졌다. 을주환조차 다소 겁을 집어먹는 듯한 눈치였다.

"호호호! 본좌의 일초를 받아내다니, 마국쌍상의 명성이 헛된 것은 아니로군."

요사한 웃음과 함께 늘씬한 교구가 을주환과 오 장 거리를 두고 내려섰다.

속살이 훤히 들여다보이는 염색적인 옷차림의 여인이 바로 풍요원이다. 어린 나이에도 불구하고 그녀의 몸매는 성숙한 여인처럼 한껏 물이 올라 있었다.

선천적으로 음탕한 을주환은 그녀의 육감적인 몸을 훑으며 마른침을 꿀꺽 삼켰다.

"조, 좋군, 정말 좋아."

풍요원의 등장에 천마사존과 악중뇌, 악중요는 급히 그녀의 좌우로 내려서며 예를 올렸다.

"성주를 뵙소."

풍요원은 을주환을 쓸어보며 자신의 육봉을 어루만졌다.

"내게 청혼을 하겠다고?"

"그렇소, 풍 성주. 천하에서 성주의 부군이 될 자격이 있는 사람은 오직 나뿐이오."

"날 만족시킬 자신이 있느냐?"

“호호홍, 나와 함께 교접을 하면 육체적으로나 정신적으로나 너무 흡족해 즉어도 여한이 없을 거요.”

풍요월은 악중뇌를 향해 돌아서며 물었다.

“군사. 암흑마국과의 동맹이 과연 득이 있는 일인가요?”

“확실히 있소. 백도를 양쪽에서 압박할 수 있으니 놈들이 함부로 공격을 펼쳐 오지는 못할 거요.”

“좋아요. 암흑마국과의 동맹을 수락하겠어요. 또한 암흑태자의 청혼도 받아들이죠.”

삼마왕이 정색을 하며 반박했다.

“성주, 아니 될 말씀이오!”

“성주께서는 세상의 여제가 되실 분이시오. 어찌 마국의 태자 따위와 혼례를 올리려 하시오?”

“노신들은 절대 받아들일 수 없소!”

풍요월은 바닥까지 늘어진 망사 치마를 이끌며 삼마왕 앞으로 미끄러졌다.

“삼존께서 날 생각해 주시는 마음 잘 알아요. 하지만 정략적인 혼인은 예로부터 있어온 결속의 단계입니다. 본 성과 암흑마국이 사돈으로 맺어진다면 누가 감히 대항하려 하겠어요?”

폭풍마왕이 나직한 침음성을 발했다.

“하나 한번 혼례를 맺으면 암흑태자는 성주의 부군이 되니 훗날 곤란한 문제가 많소.”

“호호, 무슨 문제가 있겠어요? 거미와 사마귀는 교미가 끝나면 암컷이 수컷을 잡아먹는다고 하더군요. 태양성을 괴멸시켜 과거의 원한을 씻고 무림천하를 통일한다면 을주환은 내 손에 죽을 겁니다. 내 남편이라 하여 손끝에 사정을 두는 일은 절대 없을 테니 안심하세요."

풍요원이 숨김없이 내심을 털어놓자 천마성 수뇌들은 오히려 할 말을 잃었다.

천하의 악녀인 악중요도 질린 듯 혀를 내둘렀다.

'졌다! 과거 악중악이 악독함 하나는 천하제일이었는데 성주에 비하면 어린애에 불과해.'

천마사존은 악중뇌에게 시선을 모았지만 악중뇌 역시 그녀가 심중의 속셈을 모두 털어놓았기에 딱히 할 말이 없었다.

을주환은 백우선을 탁 접으며 계집처럼 가는 웃음을 터뜨렸다.

"호호홍, 과연 천마성주로군. 독하지 않으면 장부가 아니라 했는데, 이제 보니 풍 성주의 독심은 천하제일이군. 이렇듯 아름답고 독한 여인을 어찌 취하지 않을 수 있겠소? 내 성주의 손에 죽는 한이 있더라도 기꺼이 혼례를 올려야겠소."

혼례를 올릴 당사자들이 모두 동의하는 상황이라 삼마왕도 더는 나설 수가 없었다.

악중뇌는 가볍게 고개를 끄덕였다.

"성주께서 암흑태자의 청혼을 수락하신다니 절차를 밟도록 하겠소. 천하 일천문파에 청첩장을 보내 흑, 백도를 불문하고 모두 참석토록 지시할 것이오. 이를 어기는 자들은 명백한 적이니 명분을 갖고 징계할 것이오. 어찌 보면 두 분의 혼례식이 곧 마도천하의 탄생일이 될 것이오."

"괜찮은 방법이군요. 하지만 예식에 앞서 초야(初夜)는 당장 갖겠어요."

풍요원의 파격적인 제안에 천마성 수뇌들은 물론이고 을주환마저 눈을 휘둥그렇게 떴다.

"당장… 말이오?"

풍요원은 을주환을 향해 색정 어린 눈길을 보냈다.

"그래, 어서 내 처소로 가자."

그녀가 이형환위 신법으로 내려서며 그의 손목을 쥐자 마국쌍상의 두 눈에서 강렬한 살기가 뿜어졌다.

을주환은 기꺼이 그녀를 따르며 지시를 내렸다.

"쌍상은 우려할 것 없소. 풍 성주는 절대 날 해치지 못할 거요."

벌써부터 몸과 마음이 달아오른 두 남녀는 순식간에 내전으로 사라져 갔다.

악중뇌와 천마사존은 떨떠름한 표정이 되어 고개를 흔들었다.

그들이 비록 마도의 무리이지만 혼례도 올리기 전에 초야부터 치른다는 것은 법도를 너무 무시하는 처사이기에 심사가 편할 수 없었다.

악중요는 그들의 표정을 살피며 희대의 색녀답게 한마디 뇌까렸다.

"뭐 어때? 하룻밤 먼저 자봐야 서방 될 자격이 있는 놈인지 알 수 있는 거잖아?"

2

스르르……!

망사의 옷이 흘러내리자 짧은 속옷만 걸친 여체가 여실히 드러났다.

풍요원은 요사한 웃음을 흘리며 손을 까딱거렸다.

"어서 와."

마다할 을주환이 아니었기에 그는 장삼을 벗어 던지며 그녀를 와락 끌어안았다.

그녀를 침상에 눕힌 그는 혓바닥을 널름대며 그녀의 귓볼과 목덜미를 핥았다. 그가 거칠게 육봉을 움켜쥐자 풍요원은 가볍게 미간을 찌푸렸다.

"나… 아직 처녀의 몸이야. 너무 심하게는 하지 마."

"뭐야, 처녀?"

을주환은 신선한 꽃을 꺾는다는 생각에 벌써부터 아랫도리가 달아올랐다. 육봉을 가린 젖가리개를 찢듯이 벗긴 그는 그녀의 향긋한 살의 계곡에 얼굴을 묻었다.

"흐흐… 믿을 수가 없군. 몸에서 풍기는 색기로 미루어 사내 수백은 거쳤다 생각했는데."

"내 몸속에 담긴 언니의 마력 때문이야. 하지만 한 번만 겪어보면 수십 가지 방중술을 펼칠 수 있어."

"정말 흥분되는군. 몸은 처녀인데 피가 색녀처럼 끓고 있다니."

을주환은 능숙한 손놀림으로 그녀의 속곳마저 끌어 내리며 알몸으로 만들었다. 물씬 풍기는 처녀의 향기에 그는 정신이 아득해졌다.

"좋군, 정말 좋아."

"아, 어서."

풍요원이 그의 목을 끌어안으며 몸을 꿈틀거리자 을주환은 아랫도리만 내렸다.

"호호홍, 파과의 아픔은 순간이야. 곧 구름을 밟는 듯한 쾌락에 젖게 될 것이다."

그는 그녀의 양손을 찍어누른 채 정복자의 모습으로 아랫도리를 바싹 밀착했다.

순간, 풍요원의 동공이 세차게 흔들렸다. 수년 동안 그녀의 마음속에 잠재돼 있던 누군가의 경고가 고막을 강타했다.

"네가 순결을 잃으면 무서운 일이 벌어질 것만 같은 예감이 들어… 어떤 상황에서도 몸을 팔아서는 안 돼. 이 약속을 지킬 수 있겠느냐?"

"예. 맹세할게요, 공자."

풍요원은 부르르 전율하며 을주환을 홱 밀쳤다.

"안 돼!"

막 욕정을 해소하려던 을주환은 침실 휘장을 찢으며 뒤로 팽개쳐졌다. 갑자기 황당해진 그는 겨우 몸을 바로 세우며 어처구니없는 표정을 지었다.

"왜… 왜 이러는 거야? 무서워서 그래?"

풍요원은 비단 이불을 끌어 몸을 가리며 표독스럽게 외쳤다.

"꺼져! 어서 꺼져!"

을주환은 피식 실소를 지었다.

"쳇! 무서운 천마성주라도 어쩔 수 없군. 부드럽게 안아줄 테니 너무 겁먹지 마."

"꺼져, 변태 새끼!"

풍요원의 손끝에서 핏빛의 광선이 발출되자 을주환은 비로소 그녀
가 막연한 두려움 때문에 거부하는 것이 아님을 깨닫게 되었다.

반천역행보법을 펼쳐 황급히 피해낸 그는 창문을 부수며 튀어나갔다.

"젠장, 미친년 아냐?"

그가 내전에서 튀어나오자 마국쌍상이 그림자처럼 그의 좌우로 따
라붙었다.

"어찌 된 일이오, 태자?"

"몸은 괜찮소?"

을주환은 허리띠를 둘러 바지춤을 올리고는 씩씩거렸다.

"젠장, 혼례 따위는 포기해야 할 것 같소. 첫날밤을 치르기도 전에
내 머리통을 박살 내려 하다니!"

그는 악중뇌를 향해 외쳤다.

"어쨌든 동맹은 체결되었으니 향후 우리는 동지요! 서로가 위급할
때 반드시 지원에 나서야 하오!"

"알겠네."

"그럼 가보겠소."

을주환은 잔뜩 짜증스런 표정을 지으며 마국쌍상을 대동한 채 성문
쪽으로 날아갔다.

폭풍마왕이 의아한 표정으로 물었다.

"군사, 대체 어떻게 된 상황인가? 도무지 영문을 알 수가 없군."

악중뇌 역시 내막을 알 수 없어 악중요에게 지시를 내렸다.

"총호법은 어서 들어가 성주께서 어찌하고 계신지 살펴보게."

악중요는 다소 두려운 표정을 지으며 눈알을 데굴데굴 굴렸다.

“지금……?”

“그래, 어서 들어가 봐.”

“날 죽이면… 어떻게 해?”

악중요가 주저하자 악중뇌가 버럭 소리를 질렀다.

“내 손에 죽고 싶으냐! 어서 들어가 상황을 알아봐!”

천마사존들도 눈빛으로 위협하자 그녀는 어쩔 수 없이 내전 안으로 들어섰다. 침실 안으로 고개만 들이민 그녀는 눈알을 굴리며 상황을 살폈다.

풍요원은 이불로 아랫도리만 가린 채 침상 위에 앉아 있었다. 한 손으로 얼굴을 가린 채 어깨를 들먹이는 모습이 우는 것만 같았다.

“성주…….”

악중요는 조심스러운 걸음으로 들어섰다.

“괜찮으시오, 성주?”

풍요원이 얼굴을 가린 손을 내렸지만 긴 머리카락에 가려 어떤 모습인지 알 수가 없었다.

“나가요.”

“모두 성주께서 다친 데는 없는지 살피라 해서…….”

“나가!”

풍요원이 홱 고개를 돌리는 순간 두 줄기 안광이 화살처럼 뿜어져 나왔다.

“까아악!”

비명을 지른 악중요는 혼신의 힘을 다해 달아났다. 겨우 내전에서 벗어난 그녀는 악중뇌 앞에 내려서며 숨을 헐떡였다.

“헉헉, 성주가 날 죽이려 했어! 그래서 내가 안 들어간다고 했잖아!”

“닥쳐. 어서 상황을 말해 봐라!”

“상황을 보면 교합은 하지 않은 것 같아. 암흑태자 놈도 짜증을 부리며 떠난 것이 그 때문이겠지. 하지만 초야부터 치르겠다고 놈을 데리고 들어갔는데 왜 갑자기 심경이 변화했는지는 나도 모르겠어.”

“그뿐이냐?”

“확실치는 않지만… 울고 계시는 것 같았어.”

“…….”

악중뇌는 쥐눈을 가늘게 뜨며 한숨을 지었다.

“정신적 혼란 때문이군. 성주는 주화령의 마성이 짙어지면서 심각한 착란 증세에 빠져들고 있다.”

천잔투광이 냉막한 음성으로 물었다.

“주화령의 마성을 씻어낼 방도는 없는가?”

“쉽지 않소. 주화령의 원한이 너무 깊어 성주의 몸에서 떠나지 못하는 거요.”

“환유성… 그놈 때문에?”

“그렇소. 중산왕부는 환유성 때문에 멸문지화를 당한 셈이오. 성주께서 놈을 죽여야만 주화령의 마성이 사라질 것이오.”

악중뇌와 천마사존이 무거운 표정을 짓자 악중요가 신경질적으로 내뱉었다.

“누구라도 좋으니 제발 그 환가 놈 좀 죽여줬으면 좋겠어. 대체 놈과는 왜 이렇게 악연의 연속인지 몰라.”

제99장

세상을 베다

1

벽소군이 태양성을 방문한 일은 수차례나 되었지만 이번의 방문은 특별했다.

새롭게 개편된 오대전주와 두 원주, 비찰각주와 문무상, 그리고 태양성주 강무영 등 최고 수뇌급 모두가 성문까지 나와서 그녀를 영접했다.

그녀는 예전의 만박옥화 벽소군이 아니었다. 삼천공의 후예인 월영서시의 제자이자 월영궁의 궁주이다. 이제는 한 문파의 지존이기에 그녀를 맞이하는 태양천 수뇌들은 나름대로 격식과 예법을 갖추어야 했다.

수뇌들과 일일이 인사를 나눈 벽소군은 곧바로 접견실로 안내되어 강무영과 문무상 등 네 사람만의 자리를 가졌다.

"월영서시께서는 이제 회복이 되셨소?"

강무영이 말머리를 꺼내자 벽소군이 담담히 미소를 지으며 대답했다.

"거의 회복되셨습니다. 공력은 다소 감소되셨지만 예전보다 훨씬 뛰어난 절예를 터득하셨지요."

"다행이오. 비록 태상궁주로 물러나셨지만 월영서시가 건재하다는 것만으로 마도의 무리들을 압박할 수 있소."

"또한 뛰어난 기재들을 영입해 이백 명 정도의 제자를 보유하게 되었습니다. 하나같이 파쇄궁노에 능하고 월영검법과 소수신공까지 터득했죠."

강무영은 문무상을 둘러보며 힘있게 고개를 끄덕였다.

"역시 벽 궁주의 수완은 대단하오. 몇 달도 안 되는 짧은 시간 동안 과거의 세력을 갖추었구려."

"과찬이십니다. 아직 과거의 절반도 안 되는 수준입니다."

남궁현이 찻잔을 내리며 물었다.

"궁주의 부군께서는 어찌 지내는가?"

"동정호에서 모습을 감춘 이후 두 달이 넘도록 소식이 없으세요. 소첩에게조차 무관심한 분이라……."

일월도성이 나직이 혀를 찼다.

"쯧쯧, 아무리 그래도 그렇지 이렇듯 재색을 겸비한 부인에게까지 무관심할 줄이야."

강무영이 다소 우려의 표정을 지었다.

"본 성이 비록 사세가 약화되었지만 중원의 실정은 비교적 소상히 파악하그 있소. 한데, 본 성의 비찰각에서도 아직 환 형의 소재를 파악하지 못했소. 환 형의 능력이라면 어떤 위험도 해소할 수 있겠지만…어둠의 화살은 피하기 힘든 법이라 몹시 걱정이 되오. 다시 비찰각에 지시를 내려 환 형의 소재를 파악하는 데 노력해 보겠소."

"말씀은 고맙지만 공연히 인력을 낭비하실 필요 없어요. 때가 되면 찾아오실 분이니까요."

벽소군은 정중히 사양하고는 화제를 돌렸다.

"소첩이 성주를 찾아온 이유는 암흑마국과 천마성의 야합에 대비하기 위해서입니다."

"우리도 저들이 동맹을 맺었다는 정보는 입수했소. 그 문제로 사실 벽 궁주를 찾아뵈려던 참이었소. 수뇌 회의에서 의견이 양쪽으로 팽팽하게 갈려 나로서는 판단이 어렵구려."

강무영이 문무상 쪽으로 시선을 돌리자 남궁현이 입을 열었다.

"현재 본 성의 힘으로는 암흑마국과 천마성을 동시에 상대할 수 없네. 아시다시피 태양천 현판이 파괴된 후 무림맹주로서의 자격도 반납한 상황이라 무림첩을 발부해 백도연합을 구축하기도 어렵네. 지금은 기다려야 하네. 성주께서 과거의 태양천을 회복하고 백도맹주로서의 지지를 받은 후라면 능히 저들을 토벌할 수 있을 것이네."

일월도성이 반론을 제시했다.

"노부의 생각으로는 지금이 적기일세. 궁주의 부군 덕분에 암흑마국은 크게 약화되었네. 휘하에 혈해전과 오행신부를 잃었고, 중원의 악도들은 천마성으로 흡수되었네. 게다가 천마성주인 마녀가 천마혈경을 터득한 이상 시간이 지날수록 가공할 마력을 지니게 될 것이야."

　문무상의 의견을 들은 벽소군은 차를 마시며 잠시 생각에 잠겼다. 그녀 나름대로 결정한 바가 있었지만 태양성의 움직임에 따라 무림의 운명이 바뀔 수 있기에 선뜻 주장을 펼 수 없었다.

　나름대로 생각을 정한 그녀는 옛날 고사를 예로 끄집어냈다.

　"과거 전국 시대 때 천하의 모든 제후들이 진나라를 두려워했습니다. 단독으로 싸우자니 너무 벅찬 상대였고, 다른 제후들과 손을 잡으려 해도 진나라의 진노를 살까 겁이 나 함부로 동맹을 맺지도 못했습니다. 결국 진나라는 각 제후를 각개격파하여 천하통일을 이루었습니다. 훗날 사관들은 육 국의 제후들이 힘을 모아 진나라를 상대했다면 잔혹한 진시황 시대는 없었을 거라 탄식을 했습니다. 소첩의 생각으로 지금은 전국 시대보다 더한 혼란기입니다. 전국 시대 때는 진나라 하나가 천하를 위협했지만 지금은 암흑마국과 천마성이 각기 천하를 제패하려 합니다. 하지만 누구도 나서서 저들과 맞서려 하지 않고 있습니다. 소첩이 관장하는 월영궁 역시 역부족을 느껴 참고만 있습니다. 결국은… 저들의 협공을 받아 무너질 것이 두렵군요."

　아득한 천오백 년 전의 고사를 예로 들었지만 현실과 너무도 부합되는 금과옥조였다. 묵묵히 듣고 있던 강무영이 주먹을 쥐며 가볍게 탁자를 쳤다.

　"절대 그럴 일은 없을 것이오. 의를 펼치는 데는 두려움이 없어야 하고 협을 펼치는 데는 주저함이 없어야 한다는 것이 사부님의 가르침이셨소. 본 성이 악의 무리들을 소탕하는 데 앞장설 것이오. 저 사악한 무리들에게 무림의 광명을 뺏기는 일은 결코 없을 것이오."

　벽소군이 공손히 손을 모았다.

"소첩은 성주의 결정에 따르겠습니다."

강무영의 뜻이 어느 정도 결정되자 남궁현은 나직이 한숨을 쉬었다.

"내 어찌 두려움 때문에 저 사악한 자들과의 싸움을 주저하겠소. 다만 태양성이 붕괴된다면 무림의 희망이 사라지기에 전력을 비축할 시간을 갖자는 것이었소. 한데, 벽 궁주의 고견을 들으니 깨닫는 바가 크오. 백도는 자존심과 명예 때문에 규합이 어렵지만, 흑도는 실리를 탐하는 자들이라 강력한 대종사가 탄생하면 순식간에 세력을 구축할 수 있소. 반대로 백도는 태양성이 몰락해도 존립을 지킬 수 있지만 흑도는 천마성이나 암흑마국이 괴멸되는 순간 갈기갈기 흩어질 것이오."

그는 강무영을 응시하며 고개를 끄덕였다.

"노신은 본 성이 아직도 과거의 태양천임을 잠시 착각했던 것 같소. 성주의 결정에 기꺼이 따르겠소."

좌중의 의견이 한 방향으로 모아지자 일월도성은 호쾌한 웃음을 터뜨렸다.

"허허헛! 이렇게 쉽게 결정될 일을 그동안 의견만 분분했군. 이제 뜻을 모았으니 행동에 나서기만 하면 되겠군."

남궁현이 맑은 눈을 반짝이며 벽소군에게 물었다.

"암흑마국과 천마성 어느 쪽부터 토벌해야 옳겠는가?"

"암흑마국의 세력이 크게 약화되었지만 마국은 아직 소재가 분명치 않습니다. 또한 마국왕의 존재가 너무 신비로워 천하인들은 몹시 두려워하고 있습니다. 소첩의 생각으로서는 위지세가의 터전 위에 세워진 천마성을 먼저 공격하는 것이 타당하다 생각됩니다. 저들의 전력은 어느 정도 분석된 상황이라 힘을 모으면 능히 겨뤄볼 만합니다."

"문제는 천마성주일세. 그 마녀의 마공은 너무도 가공해 적수가 없네. 월영서시가 나서준다면 모를까⋯⋯."

"태상궁주께서는 무림사에 관여치 않겠다고 공언하셨습니다. 천마성주는 소첩과 강 성주가 맡겠습니다."

강무영이 의연한 음성으로 말을 받았다.

"마녀는 사부님을 위해한 주화령의 마력으로 탄생되었소. 내 목숨을 걸고 싸울 것이오."

일월도성이 옷자락을 떨치며 몸을 일으켰다.

"그렇다면 당장 출전하세."

벽소군이 그를 만류했다.

"무상께서는 잠시 고정하십시오. 우리는 저들처럼 기습을 펼칠 수가 없습니다. 당당히 선전포고를 한 후 공격을 펼쳐야 합니다. 전력을 다해야 하기에 성을 지킬 호위무사들조차 남길 수가 없습니다. 행보는 다소 늦추고 천하 각 문파에 협조문을 띄워 탕마대전(蕩魔大戰)에 동참할 것을 호소해야 합니다."

강무영이 미간을 찌푸리며 고개를 저었다.

"천하 각 문파는 이미 천마성과 암흑마국의 협박장에 주눅이 들어 있소. 본 성이나 월영궁에 협력하는 문파부터 씨를 말려 버리겠다고 으름장을 놓았는데 어느 문파가 지원군을 보내겠소?"

"그래도 소림과 무당을 비롯한 전통의 명문정파는 협조할 것입니다. 각 문파가 생각할 시간이 필요하기에 행보를 늦추자고 말씀드리는 겁니다. 아마 천마성에 당도할 즈음이면 적어도 이천 이상의 백도연합 세력이 규합될 것입니다."

남궁현이 환한 웃음을 지으며 말을 받았다.

"허허, 과연 벽 궁주의 지략은 대단하군. 손자병법 구지편(九地篇)에 보면 뛰어난 장수는 결코 서두르지 않는다 했는데 과연 적합한 병법일세. 벽 궁주의 지략대로 천천히 행군하면서 정예들의 사기를 높이고 전의를 북돋아주어야겠네. 한 가지 첨부한다면 다수의 병력이 결코 유리한 것은 아니니, 각파에는 암흑마국의 침공에 대비하고 탕마대전에는 일부의 원로급만 파견해 줄 것을 요청하는 편이 낫겠네."

"옳으신 말씀입니다. 천마성을 격파한다 해도 암흑마국의 기습에 의해 피해를 입는다면 탕마대전에 참가한 의협들이 오히려 태양성과 월영궁을 원망할 수 있습니다."

벽소군과 남궁현은 탕마대전에 대비한 다양한 의견을 교환했다.

건곤일척의 결전을 치르기 위한 중요한 회합이 끝나자 문무상은 각기 임무를 맡아 접견실을 나갔다.

두 사람만 남게 되자 벽소군이 나직한 음성으로 물었다.

"강 성주, 비연 동생은 어찌 지내고 있어요?"

"사매가 걱정이오. 마음은 나를 따르고 있지만 어찌 어머니를 저버릴 수 있겠소? 천후와 위지세가의 어른들이 은신해 있는 와운장(臥雲莊)에 머물러 있으면서 간간이 찾아올 뿐이오."

"천후의 심정을 이해합니다. 태양천 현판을 저버린 것은 태양천주의 존엄성을 훼손하는 일이었으니 단단히 화가 나셨겠죠."

강무영은 결연한 표정으로 말을 받았다.

"난 확신할 수 있소. 구천에 계신 사부님께서는 결코 나의 결정을 나무라지 않으실 것이오. 내 천하를 위해 크나큰 공도 세우지 못했는데 어찌 하늘로 불릴 수 있겠소? 당금 천하에서 하늘로 불릴 수 있는 사람은 오직 반검무적 환 형뿐이오. 천하제일검인 환 형만이 하늘이 될 수 있소."

이때 접견실 밖에서 탕마수좌의 음성이 들려왔다.

"성주, 동정호의 어부들이 성주를 뵙길 청합니다."

강무영은 의아한 표정을 짓고는 몸을 일으켰다.

"어부들이?"

그는 벽소군과 함께 접견실을 나섰다.

섬돌 계단 아래 서 있던 세 명의 늙은 어부는 강무영과 벽소군이 나서자 급히 허리를 굽실거렸다.

"아이구, 이거 송구스럽습니다요, 성주님."

강무영은 계단을 내려서며 정중히 포권을 취했다.

"노인장들께서 어쩐 일이십니까?"

햇볕에 검게 찌든 노인이 천으로 감싼 물건을 꺼내 보였다.

"달포도 훨씬 전이었습니다요. 밤하늘에 갑자기 유성처럼 빛을 발하는 물체가 산 너머에서 날아와 동정호로 떨어졌습죠. 그물을 손질하던 우리 늙은이들은 발광체가 거대한 물기둥을 일으키는 바람에 모두 놀라고 말았습니다요. 처음에는 겁을 집어먹었지만 모두 신기하다 싶어 그 물체를 찾기 위해 호수 속을 뒤지기 시작했죠. 뭐, 돈이 될 수도 있을까 하는 마음도 있었습죠."

벽소군이 포근한 미소를 머금었다.

"그래서 찾으셨나요?"

"예예, 그렇습니다요. 얼마나 깊이 호수 밑바닥에 박혀 있었는지 이것을 찾는 데 근 두 달이 걸렸습니다요."

강무영이 벽소군을 돌아보았다.

"하늘에서 떨어진 물체라니, 신기한 물건이 분명하오. 보통 별똥별은 모두 타버려 흔적을 남기지 않는다고 들었소만."

"어서 펼쳐 보세요. 소첩도 몹시 궁금하군요."

강무영이 천을 끌러 기다란 물건을 살폈다. 순간, 그는 숨이 턱 막히고 말았다.

"허억! 이, 이건?!"

곁에서 같이 살펴보던 벽소군은 엄청난 충격에 새하얗게 질리고 말았다.

"오오, 맙소사! 반검! 환랑의 반검이 분명해요!"

그녀는 부들부들 떨리는 손으로 반검을 손에 쥐었다.

검신이 중간서부터 댕강 잘린 반검은 무딘 검날과 가죽 손잡이의 평범한 장검이었다. 하지만 어딘가 모르게 범상치 않은 서기가 서려 있었고 온옥처럼 따뜻한 기운을 품고 있었다.

그녀는 반검을 품에 안으며 주르륵 눈물을 흘렸다.

"환랑… 반검이 당신 손에서 떠나 있다니요?"

강무영도 한동안 충격에 사로잡혀 있다가 그녀를 위로했다.

"별일없을 거요, 벽 궁주. 제발 고정하시오."

그는 탕마수좌에게 지시했다.

"이분들을 후히 대접하고 각기 은자 백 냥을 사례하게."

"예, 성주."

세 명의 늙은 어부는 난데없는 돈벼락에 서로를 얼싸안으며 희희낙

락했다. 졸지에 일 년치 수입을 얻게 되었으니 그들 평생 만져 볼 수 없는 거금이었다. 그들은 연신 허리를 굽혔다.

"아이구, 감사합니다요, 성주님."

"헐헐, 소인들은 조금은 희한한 검이다 싶어 가져왔을 뿐인데 너무도 황송합니다요."

벽소군이 뛰는 가슴을 억누르며 물었다.

"잠시만요. 이 검이 하늘에서 날아온 것이 분명합니까? 그냥 호수 속에 있는 것을 꺼내온 것이 아닙니까?"

늙은 어부들은 펄쩍 뛰며 반박했다.

"아닙니다, 분명 하늘에서 떨어진 것입니다요!"

"소인들이 상금을 탐내 거짓을 아뢰었다면 천벌을 받습니다요."

"빛을 발하며 떨어질 때 언뜻 검 같아 보여 찾게 된 것입니다요."

몇 가지를 더 물어본 벽소군은 어부들이 거짓말을 한 것이 아니라 확신하고 고개를 끄덕였다.

"고마워요. 정말 귀한 물건을 가져다 주셨습니다."

접견실로 들어선 벽소군은 반검을 탁자 위에 내려놓으며 골똘히 생각에 잠겼다.

'대체 어찌 된 일이지? 환랑이 한 번도 손에서 놓아본 적이 없는 반검이 어떻게 호수 속에 잠겨 있는 것일까?

강무영이 들어서며 그녀 앞에 마주 앉았다.

"검이 날아온 방향 쪽으로 조사를 지시했소. 두 달도 전의 일이라 과연 어떤 단서라도 남아 있을지 모르겠소."

“…….”

“좋게 생각하시오, 벽 궁주. 단지 검을 던져서는 그렇게 멀리 날려 보낼 수 없소. 게다가 빛을 발하면서 날아왔다는 것은 전설적 절기인 어기천검을 의미하오. 혹시 환 형이 이미… 검신에 올라 스스로 검을 버린 것은 아니겠소?”

벽소군은 반검을 어루만지며 애상 어린 눈빛을 지었다.

“마검노인의 말에 의하면 검을 버려야만 검신이 될 수 있다 하더군요. 성주의 말대로 어기천검으로만 그토록 먼 거리에서 검을 날려 보낼 수 있지요. 하지만 소첩은 그분이 이 반검을 얼마나 소중히 여기는 줄 누구보다 잘 알고 있습니다. 설사 검신이 되었다 해도 절대 반검을 버릴 분이 아니에요.”

“벽 궁주…….”

“흑, 소녀는 너무도 두려워요. 세상에서 그런 능력을 지닌 자는 아마 암흑마국왕뿐일 겁니다. 결국 환랑이 마국왕과 격돌한 것은 아닌지… 그래서…….”

“아니오! 절대 그럴 리 없소!”

강무영은 정색을 하며 그녀의 말허리를 잘랐다.

“벽 궁주, 제발 상상을 비약하지 마시오. 탕마수좌라면 반드시 어떤 단서를 찾아올 것이오. 그때까지만이라도 마음 편하게 생각하시오. 검신의 경지에 오른 환 형을 가슴에 담아두어야 하오.”

벽소군은 솟구치는 눈물을 주체하지 못하고 건성으로 고개를 끄덕였다.

“그럴게요. 그분은 불사신이니 절대 죽지 않습니다……. 마국왕이 아니라 누구도… 그분을 해치지는 못해요. 흑흑……."

2

콰르릉……!

하늘에서 내려다 보여지는 폭포수의 줄기는 장엄하면서도 신비롭다. 산중턱에서부터 시작된 폭포수는 꼬리를 물고 아홉 개나 이어져 구룡폭(九龍瀑)으로 불린다.

호북성 형문산(荊門山)의 자랑인 구룡폭은 이렇듯 기막힌 절경이지만 상위 세 개의 폭포는 깎아지른 절벽 위에 숨어 있기에 웬만한 사람들은 구경조차 할 수 없었다.

상위 세 개의 폭포 중 맨 위에 위치한 폭포는 무려 삼십 장 높이로 쏟아지기에 수량이 엄청났다. 봄 가뭄이라 수량은 적었지만 원형의 소로 떨어지는 물기둥은 마치 승천하는 용의 울음처럼 계곡을 진동시켰다.

하기에 이름도 용이 운다 하여 용명폭(龍鳴瀑)이다.

용명폭은 물기둥이 떨어지는 소에서 뿜어지는 자욱한 물안개에 가려 그 모습을 잘 드러내지 않는다.

이때 촉촉한 물안개 속으로 하나의 그림자가 유령처럼 내려섰다. 수면을 밟고 선 인영은 긴 장발을 드리운 괴인이었다. 장삼은 여기저기 찢겨 있어 누더기를 방불케 했고 수염도 제대로 깎지 않아 얼굴을 잡초처럼 덮고 있었다.

괴인의 눈빛은 아주 특별했다. 한쪽 눈에는 세상이 담겨 있었고, 다른 한쪽 눈에는 아무것도 깃들어 있지 않았다. 심연처럼 깊고 유리처럼 맑은 한쪽 눈에 거대한 폭포수가 가득 담긴다.

괴인은 우수를 세워 천천히 들어 올렸다. 그는 마치 손으로 폭포를 자르듯 가볍게 허공을 갈랐다.

순간, 도저히 믿을 수 없는 괴변이 발생했다.

폭포수가 그의 손짓에 따라 횡으로 길게 베어진 것이다. 잘려 나간 폭포수 하단은 소로 떨어져 스며들었고, 폭포수 상단은 더 이상 쏟아지지 못하고 재차 용솟음쳐 올랐다.

폭포를 베다!

과연 이것이 가능한 일인가. 절세적 보검과 초인적 공력을 지녀 폭포수 한 자락을 벨 수 있다면 그것만으로도 경이로운 경지다. 한데, 괴인은 단지 손을 그어 폭포수를 통째로 잘라냈다. 그것도 구룡폭 중 가장 장대하다는 용명폭을 벤 것이다.

아마도 괴인은 오랜 세월 선술을 수련한 선인이 분명하다.

폭포수를 자른 괴인이 손을 내리자 비로소 폭포는 예전처럼 굉음을 발하며 흐르기 시작했다.

콰르르릉!

폭포수는 자신이 베어졌다는 분노 때문인지 엄청난 굉음을 토해 자신을 벤 괴인을 위협했다.

평지를 밟듯이 물을 밟고 소 밖으로 올라선 괴인이 길게 휘파람을 불었다. 맑은 휘파람이 울려 퍼지자 덤불 속에서 늘어지게 자고 있던 말이 화들짝 놀라 깨어났다.

가파른 벼랑을 단숨에 차고 오른 말은 소를 향해 달려왔다.

주인을 잘못 만나 제대로 관리되지 않은 상태라 털이 푸석푸석하고 먼지로 가득했지만 말은 타고난 신마라 한번 발을 놀리자 벼랑도 평지처럼 달렸다.

말은 괴인을 대하자 꼬랑지를 흔들며 반색을 표했다.

"녀석, 네 꼴이 말이 아니구나."

괴인은 말의 갈기를 다독여 주고는 안장 위로 훌쩍 올라앉았다.

"네가 왜 날 여기까지 데려왔는지 모르겠다. 몇 달이 지난 것 같은데 아무것도 얻은 게 없어. 사부님과 검을 겨루었을 때는 모든 것을 깨우쳤다 느꼈는데, 생각해 보니 내가 검을 펼친 게 아니었어. 검이 스스로 움직인 거지."

그는 계곡 위로 보이는 푸른 하늘을 올려다보다가 자신의 턱을 어루만졌다. 텁수룩한 구레나룻과 수염이 손 안 가득 만져진다.

"이제 소군도 날 못 알아보겠군."

그러했다. 괴인은 바로 환유성이었다.

마검노인과 대결을 벌인 후 그는 소추의 등에 몸을 실은 채 며칠을 보냈다.

사부를 벤 상심이 너무 깊어 아무런 생각 없이 소추에게 갈 길을 맡긴 그가 당도한 곳이 구룡폭이었다. 그 후 그는 용음폭 앞에 앉아 칠십여 일을 보낸 것이다.

그는 이제 검을 생각지 않는다. 반검을 버리면서 검신에 오르기 위한 욕망마저 버렸기 때문이다.

소추의 등에 오른 그는 차분한 시선으로 주변을 쓸어보았다. 비록 한쪽 눈으로밖에 볼 수 없지만 그는 두 눈을 지녔을 때보다 훨씬 멀리 볼 수 있었고, 세상의 숨겨진 이면까지 꿰뚫어 볼 수 있게 되었다.

그의 눈빛은 몰라보게 바뀌어져 있었다.

약간은 오만해 보이던 권태로움과 무심함은 씻은 듯이 사라진 상태였다. 대신 세상을 관조하는 듯한 유연한 눈빛이 이채로웠다. 너무도 맑고 깊은 그의 눈을 들여다보면 누구든 그 앞에서 옷을 벗고 있는 듯한 착각에 빠지게 된다.

모처럼 달려서인지 소추의 네 발굽에는 힘이 넘쳐흘렀다.

가파른 벼랑과 계곡을 단숨에 주파한 소추는 넓은 관도에 이르자 비로소 걸음을 늦췄다. 피처럼 붉은 땀이 흙먼지로 범벅된 털에 흠뻑 배어 나온다.

환유성은 입맛을 쩍 다셨다.

"그리고 보니 술을 마셔본 지도 오래 됐구나. 객잔부터 찾아가 목부터 축여야겠다."

눈치 빠른 소추는 고개를 끄덕이고는 활기차게 걸음을 옮겼다.

환유성은 한껏 무르익은 봄기운을 폐부 깊숙이 들이켰다. 용명폭에 이르렀을 때는 잔설이 드문드문 깔린 겨울이었는데 계절은 어느새 완연한 신록으로 옷을 갈아입고 있었다.

"앞으로 사람을 죽이는 일은 없을 거야. 피 냄새가 싫어졌어. 검신에 대한 욕구도 사라졌고. 하지만 셋은 제외야. 그들 셋은 죽여야겠어. 한 명은 꼭 죽여야 할 계집의 마성을 이어받았으니 죽어야 하고, 한 놈은 새황성존을 해친 죄로 죽어야 하고, 마지막 한 명은 사부님을 죽음으로 몰아넣었으니 죽어야 돼."

소추에게 말을 건넸지만 사실은 자신에게 하는 말이었다.

"그 다음에는 모르겠다. 사부님 말씀대로 천하제일검의 명예를 원하는 자들의 숱한 도전을 어떻게 떨쳐 내느냐가 문제야. 그 따위 호칭은 개에게나 줘버려도 시원치 않은데 말이야."

칠십여 일 동안 입을 다물고 살아왔기 때문일까. 그답지 않게 말이 많아졌다. 그는 소추를 상대로 이런 저런 얘기를 주절주절 늘어놓으며 완만한 구릉 위로 올라섰다.

문득 그의 미간에 내 천(川) 자가 새겨졌다. 쫓고 쫓기는 자들의 다급한 외침과 숨소리를 감지한 것이다.

수림이 우거진 능선 너머에서 간간이 폭음이 터지고 드센 기합성이 들려왔다.

오 리도 넘는 먼 거리였지만 환유성의 이목을 속일 수는 없었다. 공교롭게도 쫓고 쫓기는 자들의 행로는 그가 지나는 관도와 맞닿아 있었다.

그는 번거로움을 싫어하는 성격이지만 그렇다고 일부러 길을 비켜 갈 그도 아니었다.

"서라!"

"크크, 너희 연놈들이 달아날 곳은 없다!"

쫓는 자들은 족히 스무 명에 달하는 장한이었다. 그들은 저마다 병장기를 꼬나 쥔 채 등등한 기세로 두 남녀를 추격하고 있었다.

쫓기는 두 사람은 귀티 어린 용모의 여인과 호위무사로 보이는 중년인으로, 중년인은 이미 여러 곳에 부상을 입었는지 온통 피투성이였다.

그는 여인의 손을 이끌며 경신술을 펼쳤지만 여인이 제대로 따라오지 못해 추격자들과의 거리는 점점 좁혀졌다. 그는 결연한 표정을 지으며 신법을 거두었다.

"아가씨, 어서 피하십시오. 속하가 목숨을 걸고 놈들을 막겠습니다."

여인은 주르륵 눈물을 떨구었다.

"흑흑, 총관. 소녀 혼자 어쩌라고요."

"아가씨 외가로 피신하십시오. 놈들의 목적이 황금인 이상 끝까지 추격하지는 않을 것입니다."

"싫어요. 함께 가요. 소녀는 너무도 떨려 다리조차 꼼짝할 수 없어요."

중년인은 매달리는 그녀를 매몰차게 밀쳤다.

"가셔야 합니다, 아가씨. 워낙 무서운 자들이니 복수 따위는 잊으십시오. 서상이 평온해질 때까지 숨어 사셔야 합니다."

그는 홱 돌아서며 추격해 오는 자들을 향해 달려갔다.

"어서 가세요, 어서!"

여인은 서글프게 울음을 짓다가 추격자들이 바싹 다가서자 기겁을 하며 냅다 뛰어갔다.

추격자들 중 일부는 여인을 쫓아가고 남은 자들이 중년인을 에워쌌다. 하나같이 검은 무복에 붉은 허리띠를 둘렀는데 가슴 부위에 '魔' 자가 실로 수놓아져 있었다.

"크흐훗, 감히 천마성의 추격을 따돌릴 수 있을 것 같으냐?"

그들은 중년인을 에워싸며 잘 벼른 병장기를 붕붕 휘둘렀다.

이미 죽음을 각오한 중년인은 환도를 비껴 들었다.

"사악한 놈들, 내 죽어 원귀가 되어 복수하겠다!"

철륜을 쥔 장한이 키득거렸다.

"킬킬, 천마성 앞에서는 귀신도 달아난다는 것을 모르느냐?"

싸움은 너무도 쉽게 끝났다.

중년인이 달려들자 등 뒤에서 한 명이 창을 던져 중년인의 등판을 관통시킨 것이다. 그러고도 부족한 듯 장한들은 일제히 달려들어 중년인을 마구 난도했다.

철륜을 쥔 장한은 여인을 추격하는 무리 쪽으로 시선을 돌리며 입맛을 썩 다셨다.

"킬킬, 내 생전에 형주일미(荊州一美)를 품게 되다니."

달아나던 여인은 털북숭이장한이 내던지는 곤봉에 맞아 아픈 비명과 함께 나뒹굴고 말았다.

털북숭이장한은 여인의 머리채를 잡아채고는 질질 끌었다.

"이년아, 넌 녹림채주, 아니, 천마성 지단주를 정성껏 모셔야 한다. 연후 우리를 위해 엉덩이를 놀려야지."

여인은 장한에 의해 끌려가다 소추를 타고 오는 환유성을 보고는 울음 섞인 애원을 터뜨렸다.

"흑흑, 구해주세요― 제발 구해주세요, 공자!"

장한들은 뜻밖의 불청객에 흠칫 긴장했지만 칼 한 자루 지니지 않은 데다 누더기와 다름없는 장삼을 걸친 그의 행색을 살피고는 마음을 놓았다.

"웬 비렁뱅이야?"

"죽여 버리자고. 우리 정체가 탄로날 수 있어."

사실 그들은 천마성 소속의 마인들이 아니었다. 약탈과 유괴를 일삼는 도적의 무리인 녹림배들이었다.

태양천이 천하를 호령하던 시절에는 숨도 못 쉬고 살았지만 천마성에 의해 태양천 현판이 박살난 후 그들은 공공연히 노략질에 나섰다. 그들은 천마성 마병들이 입는 복장까지 구해 천마성 마인들처럼 행세를 하기도 했다. 백도방파들도 감히 천마성 마인들은 건드리지 못하기 때문이다.

녹림배 몇이 에워쌌지만 소추는 그대로 걸음을 옮겼다. 주인을 철석같이 믿고 있기에 소추의 걸음은 주저함이 없었다.

"뒈져라!"

녹림배 셋이 동시에 갈퀴와 낭아곤, 기형도를 휘두르며 달려들었다.

그들이 사람을 죽이는 이유는 아주 단순했다. 자신들을 본 자는 반드시 죽여야 뒤탈이 없다. 또한 그들의 잔혹성을 과시해야 자신들을 뒤쫓는 자들이 없기 때문이다.

녹림배 셋은 무자비하게 병장기를 휘둘렀다. 대기를 가르는 파공성이 매섭다.

눈앞의 상대를 간단히 베어버린 그들은 너무 싱겁다는 생각이 들었다. 한데, 도저히 믿기 어려운 일이 발생했다. 그들의 병기에 갈기갈기 찢겨져 있어야 할 사람과 말이 어느새 그들을 지나쳐 저만치 가고 있는 것이 아닌가!

"뭐, 뭐야?"

"이게 어떻게 된 거지?"

그들은 자신들의 병장기를 살펴보았지만 피 한 점 묻어 있지 않았다. 그렇다고 병장기가 훼손된 것도 아니었다.

털북숭이장한이 목뼈를 우드득우드득 움직였다.

"염병, 우리가 너무 서둘렀군."

"그런가……? 확실히 보고 때려죽였어야 했어."

아직도 상황 판단을 못한 녹림배 십여 명이 환유성을 향해 우르르 몰려갔다.

"쥐새끼 같은 놈, 어디를 달아나려는 것이냐!"

"놈은 죽여 버리고 배도 출출한데 말은 잡아먹자고!"

녹림배들이 또다시 불나방처럼 덤벼들자 환유성은 가볍게 미간을 찌푸렸다.

"왜 이렇게 귀찮게 굴지?"

별다른 동작을 취하지도 않았는데 녹림배들은 갑자기 서로를 향해 병장기를 들이댔다.

"악!"

"크윽!"

"아이쿠!"

목이 달아난 자들은 없지만 성한 자 역시 없었다. 졸지에 십여 명이 서로에게 병기를 휘두르는 바람에 심한 부상을 입고 만 것이다.

녹림배들의 두령인 철륜을 쥔 장한은 비로소 상대의 무서움을 절감하고는 하얗게 질리고 말았다. 그는 뒤도 돌아보지 않고 냅다 달아났다.

"절세고수다! 모두 튀어라!"

운신할 수 없는 자들은 공포에 질려 비명을 발했고 성한 자들은 부상의 아픔도 잊은 채 모두 달아났다. 그 외중에도 녹림배 둘이 여인을 이끌고 함께 도주했다.

"아악, 구해주세요!"

환유성은 여인의 애절한 비명 소리를 듣고도 눈길 한 번 주지 않았다. 무심히 지나치려던 그는 문득 마검노인의 유명(遺命)을 떠올렸다.

"이 사부도 의(義)와 협(俠)으로 살지 못했다. 하기에 네게 그것을 종용하지는 않겠다. 하지만 이 사부는 정(正)으로 살고자 노력했다. 그것만큼은 네게 일러주고 싶구나."

환유성은 고삐를 가볍게 잡아끌었다.

"무엇이 의고 무엇이 협인지 모르겠지만 구해달라고 애원하는 여인을 돕는 게 옳은 일이겠지?"

말귀를 알아들은 소추가 방향을 틀어 여인을 끌고 가는 녹림배들을 쫓아갔다. 소추가 대번에 녹림배 둘의 뒤로 들이닥치자 그들은 기겁하며 여인을 확 내던졌다.

"젠장!"

"우리 목숨부터 구하자고!"

환유성이 손을 뻗자 내동댕이쳐진 여인이 둥실 떠올랐다. 섭물진기로 여인을 끌어들인 환유성은 그녀를 안아 들었다. 극심한 공포에 질려 파랗게 변색되었지만 미색이 제법 뛰어났다.

"다친 데는 없소?"

“흑흑. 공자, 고맙습니다.”

여인은 겨우 안도하며 그의 가슴에 얼굴을 묻으며 서러운 눈물을 흘렸다.

“소녀는 백가장의 여식으로 백운려(白雲麗)라 하옵니다. 저 사악한 천마성 무리들에 의해 모두 죽고 말았습니다. 제발 복수를 해주십시오.”

“그런 건 의협이나 하는 일이오.”

“예에?”

“놈들은 천마성 마병들이 아니라 그저 약탈을 일삼는 녹림의 도적들이오. 도적들을 다스리는 일은 관에서 하는 일이니 관부를 찾아가 하소연하시오.”

너무도 무심한 말투에 백운려는 질린 모습으로 그의 품에서 몸을 떼었다.

“오랫동안 목욕을 하지 않아 냄새가 고약할 거요. 내리는 것이 어떻겠소?”

환유성이 그녀를 마상에서 끌어내리려 하자 그녀는 행여 도적들이 다시 쫓아올까 두려워 그의 목을 꼭 끌어안았다.

“아, 아닙니다, 공자. 제발 소녀를 버리지 말아주세요.”

환유성은 그녀의 향긋한 체향에 자신도 모르게 본능적인 욕구를 느꼈다. 그는 내심 고소를 지으며 가볍게 고개를 흔들었다.

‘내가 많이 변했군, 생면부지의 여인에게 욕정을 느끼다니.’

그는 그녀의 고운 자색을 응시하며 뜬금없이 물었다.

“처녀요?”

“예에?”

"술 마실 줄 아오?"

"무슨 말씀이신지……."

"별 뜻 없소. 그냥 술이나 한잔 사시오. 낭자를 구해준 대가는 받아야 하지 않겠소?"

백운려는 잔뜩 움츠려 있다가 겨우 안도했다.

"무, 물론 사례는 후하게 하겠습니다. 소녀의 외조부는 호북에서도 알아주는 부호입니다."

"술 한잔이면 되오. 아니, 모처럼 마시는 술이니 몇 단지는 있어야겠군."

"원하시는 만큼 사드리겠습니다."

환유성은 공허한 미소를 지었다.

"그건 옳지 않소. 사례가 지나치면 오히려 부담이 되오."

"알겠습니다. 공자께서 원하시는 대로 따르겠습니다."

백운려는 외간 사내의 품에 안겨 있으면서도 이상하게 거부감이나 수치심이 느껴지지 않았다. 오히려 구름 위에 떠 있는 듯 편안한 기분에 젖었다.

"아, 그리고 보니 아직 공자의 존성대명도 모르고 있군요."

"나 말이오?"

"예, 공자."

환유성은 푸른 하늘 위로 흘러가는 구름을 응시했다.

"난 마검노인의 제자요. 그게 전부요."

제100장

충격적인 부활

1

태양성 천오백 무사의 진군은 순조롭게 이루어지고 있었다. 오대전과 이원. 일각 전원이 출동한 것이다. 총단을 지키기 위한 예비 병력도 남기지 않았다.

총단에는 일백여 문관들만 남아 전서통문을 처리하고 주변을 관리했다. 천마성이나 암흑마국의 갑작스런 기습을 받으면 고스란히 점령될 상황이었지만 수비에는 전혀 신경 쓰지 않았다.

천마성이 위치한 육반수까지의 거리는 삼천여 리로 신속한 행군을 펼치면 보름 이내에 당도할 수 있다. 하지만 강무영은 하루에 백 리 정도만 행군한 후 영채를 세워 휴식을 취하게 했다.

목숨이 걸린 결전을 앞두고 있었지만 태양성 무사들의 분위기는 화기애애하기만 했다. 마치 축제를 구경하러 가는 사람들처럼 보였다.

해가 저물면 둘러앉아 저녁을 지어 먹고, 노래를 부르고, 검무를 추며 하루 행군의 고단함을 해소한다.

천마성 토벌의 기치를 내걸고 열흘이 지나면서 무림의협들이 하나둘씩 모여들기 시작했다.

무아성승이 소림의 장로들과 나한들을 이끌고 합류했고, 보름이 지나서는 태청검대와 구대원로들을 대동한 태청성검이 가담했다. 이외에도 남궁세가, 제갈세가 등 무림의 전통 세가들과 점창, 청성, 화산의 정예들도 매일같이 대열에 합류했다.

귀주성의 성도인 귀양(貴陽)에 이르러서는 벽소군이 이끄는 이백여 명의 월영궁 제자와도 만났다.

태양성과 월영궁이 주축이 된 백도연합은 무려 삼천여 명에 달했다. 무림첩에 의한 강제 동원령이 아닌 상황에서 이렇듯 엄청난 백도연합이 형성되기는 백 년 이래 처음이었다.

벽소군의 제청으로 귀양 외곽에서 수뇌 회의가 개최되었다.

황룡평원에서 새황무림과 맞서 싸운 공이 인정돼 강무영이 백도연합 맹주로 추대되었고, 벽소군이 다시 군사직을 맡았다.

백도 연합 삼천 군웅은 각 이백 명씩 열다섯 개 무단으로 분류돼 영주를 선임했고, 총령은 태양성 무상인 일월무성이 맡았다. 무아성승과 태청성검은 좌우 호법이 되어 강무영을 보좌하게 되었다.

천마성까지는 오백 리 정도.

중원무림의 운명을 결정짓는 대결전이 펼쳐지기까지는 이제 닷새가 남았을 뿐이다.

2

천마성 전체에 비상령이 하달되면서 천오백 마병은 임전 태세를 갖추었다.

성곽 주변으로 암기를 설치하고 수만 발의 화살과 연노도 준비했다. 그들은 주변 삼백 리 이내의 모든 대장장이를 강제로 징집해 밤낮으로 병기를 제련하고 다듬는 데 주력했다.

천마성주 풍요원은 백도연합의 진군에 대한 보고를 받고도 눈썹 하나 까딱하지 않았다. 삼천이든 삼만이든 모두 죽여 버리겠다는 것이 그녀의 뜻이었다.

가장 바쁘게 업무를 처리하는 사람은 군사 악중뇌였다. 그는 한 시진 단위로 백도연합의 진군과 가담한 자들에 대해 보고를 받으며 양측의 대결 구도를 짜맞추는 데 주력했다.

그는 자신의 전각에 틀어박힌 채 심각한 고민에 빠져 있었다.

"정면 대결을 펼치면 무조건 패배한다. 성주의 마공이 아무리 막강해도 백도연합의 수뇌들을 모두 상대할 수는 없어. 과거 천마대제의 마공이 천하 최강이었지만 삼천공을 당해내지 못한 것과 같다. 성주의 지도를 받아 천마시존의 무공 수위가 높아진 것은 분명하지만 전체적인 전력은 분명 열세다."

그는 뒷짐을 진 채 실내를 왔다 갔다 걸었다.

"암흑마국의 지원을 받아야 승산이 있다. 을주환, 그 교활한 놈도 분명 그것을 알고 있어. 입술이 없으면 이가 시린 법, 천마성이 무너지면 다음 차례는 암흑마국이라는 것은 명약관화한 사실이다. 한데, 왜 답변이 없는 거지?"

이때 문이 열리며 악중요가 거침없이 들어섰다.

"악 오버라니, 그 느끼한 놈이 답신을 보내왔어."

악중뇌가 눈살을 찌푸리며 혀를 찼다.

"이것아, 군사로 호칭하라 하지 않았더냐?"

"우리 둘만 있는데 어때?"

"알았다. 어서 줘."

악중뇌는 급한 마음에 뺏듯이 그녀의 손에서 붉은 봉투를 받아 들었다. 단단히 봉해진 겉봉투를 찢자 유려한 필체로 씌어진 서찰이 드러났다. 그 내용은 이러했다.

천마성 악 군사전,

귀하가 보낸 서찰은 잘 읽어보았소. 동맹을 강조하는 문구가 인상적이었소. 하지만 지원 병력은 보낼 수 없소. 그 이유는 악 군사도 잘 알 것이오. 두 세력이 격돌하면 필시 양패구상이 이루어질 것인데 이 좋은 기회에 본국의 검수들을 왜 소진시켜야겠소? 만일 본국이 백도연합 놈들의 침공을 받는 상황이었다 해도 악 군사 역시 사태를 관망하였을 것이오. 서로가 생각할 수 있는 머리가 있는 사람들이니 분개하지 마시오.

이쯤에서 동맹은 파기합시다. 곧 쓰러질 천마성과 손잡을 필요가 뭐 있겠소? 정 두렵다면 성을 버리고 본국으로 피신하시오. 다른 사람이라면 몰라도 악 군사라면 본국의 문상으로 봉직될 수 있을 것이오.

시신이라도 보존하고 싶다면 자결을 하시오. 백도놈들은 명분상 부관참시까지 하지는 않을 것이오. 잘 가시오.

한껏 조롱 섞인 서찰에 악중뇌는 이를 부드득 갈았다.

"이런 찢어 죽일 놈, 자신이 먼저 배신하는 일은 없다고?"

그가 연신 씩씩거리며 탁자를 내려치자 악중요가 눈을 동그랗게 뜨며 물었다.

"왜 그래? 느끼한 놈이 지원 병력을 보내지 않겠대?"

그녀는 작은 봉투를 하나 더 꺼내 들었다.

"사실 답신은 두 통이었어."

"뭐야?"

"큰 게 중요하다 싶어 큰 봉투만 먼저 준 거야."

악중뇌는 불현듯 느끼는 바가 있어 찌푸렸던 미간을 활짝 폈다.

"그래, 놈도 생각할 수 있는 머리가 있는 녀석이야. 게다가 서찰 내용이 너무 경박해."

그는 작은 봉투를 받아 들고는 서둘러 펼쳐 보았다.

악 군사전,

잠시 화나게 해서 미안하오. 하지만 본래 속임수가 그런 것 아니겠소? 본좌는 좌우상과 본국의 일천 검수들을 대동해 육반수로 이동하고 있소. 이는 악 군사만 알고 계시오. 악 군사는 현명한 분이니 길게 설명하지 않아도 이해하리라 믿소. 마침내 암흑천하가 이루어질 것이오.

악중뇌는 서찰을 감싸 쥐고는 호탕한 웃음을 터뜨렸다.

"카하핫!"

악중요는 고개를 갸웃거리며 물었다.

"뭐 좋은 일 있어? 마국왕이 직접 온대?"

그녀가 서찰을 살피려 하자 악중뇌는 정색을 하며 그녀의 손을 밀어냈다. 두 번째 서찰을 서둘러 태운 그는 첫 번째 서찰만 봉투에 담았다.

"당장 수뇌 회의를 소집한다. 암흑마국와의 동맹은 파기됐다. 이제 우리 천마성 단독으로 백도 놈들과 맞서야 한다."

"무슨 소리야? 두 번째 서찰을 보고는 웃었잖아?"

"그건 개인적인 서찰일 뿐이다. 천마성을 버리고 암흑마국에 가담하라는 내용이었어. 그래 가당치 않아 웃은 게다."

"정말?"

"어서 나가자. 한가하게 너와 노닥거릴 시간이 없어."

전각을 나선 악중뇌는 소리없는 웃음을 지었다.

'교활한 놈, 정말 교활해. 동맹이 깨졌다는 것을 선언해 백도연합을 안심시킨 후 배후를 노리겠다는 의도야. 그렇게만 된다면 백도연합을 격파하는 일은 충분히 가능하다.'

그의 주먹이 절로 불끈 쥐어졌다.

3

이백 년 전통의 위지세가는 간신히 명맥만 유지하고 있었다.

위지운설은 태양천에서 이백여 리 떨어진 곳의 장원을 한 채 사들여 와운장이라 명했다.

그녀는 태양천이 태양성으로 격하된 이후로는 아예 태양성에 발을 들여놓지도 않았다. 강무영이 찾아와 문안을 올리려 해도 만나주지 않았고, 태양성에서 파견한 호위무사들도 모두 돌려보냈다. 단목비연만이 와운장과 태양성을 오가며 중재하느라 진땀을 흘려야 했다.

한 노인이 저물어가는 봄 햇살을 받으며 와운장 뜰을 산책하고 있었다. 운신이 불편한 듯 지팡이를 짚으며 절뚝거렸고, 간간이 밭은기침을 하다 피 섞인 가래침을 뱉기도 했다.

위지운설이 빠른 걸음으로 다가섰다.

"아버님, 옥체도 성치 않으신데 왜 나오셨습니까?"

흰 수염을 길게 기른 노인은 바로 위지세가의 가주 위지군이었다.

그는 남궁현, 악중뇌와 더불어 천하삼현으로 불리는 인물이었다. 천마성 마인들의 혹독한 고문에 몸이 심하게 상했지만 지혜로 가득한 그의 눈빛은 노인답지 않게 맑았다.

위지군은 허리를 툭툭 치며 통나무 의자에 엉덩이를 걸쳤다.

"봄 기운이 좋구나. 곧 여름인가?"

위지운설은 침통한 모습으로 고개를 떨구었다.

"용서하십시오, 아버님. 딸년이 불민하여 이런 고초를 겪게 해드렸습니다."

"허어, 그 얘기는 그만 하라지 않았느냐. 이 아비가 아직 살아 있으니 위지세가는 멸망한 것이 아니다. 게다가 우리에게는 연아가 있지 않느냐? 그 아이가 잉태를 하면 위지세가의 맥을 잇게 할 수 있다."

"하지만 강무영이 그것을 허락치 않을 것입니다."

"연아만 설득하면 돼. 외할머니가 손주를 키우는 것은 세상의 법도에도 어긋남이 없는 일이다. 강무영으로서도 처가인 우리 위지세가와 불편해지는 것을 원치 않을 테니 네가 손주를 키우고 가르치는 일을 마다하지는 않을 것이야."

위지군은 콜록콜록 기침을 하며 가슴을 두드렸다. 위지운설이 그를 부축해 일으키려 하자 그는 손을 내저었다.

"괜찮다. 이제는 많이 좋아졌어. 아직 죽을 수가 없지 않느냐?"

위지운설이 정원석에 걸터앉으며 입을 열었다.

"조만간 육반수에서 탕마대전이 펼쳐지게 됩니다. 예상외로 다수의 군웅들이 참가하는 바람에 강력한 백도연합이 형성되었습니다. 천마성 마녀의 마공이 아무리 가공해도 백도연합을 감당하지는 못할 것입니다. 천마성과 암흑마국을 괴멸시키면 태양성은 예전처럼 무림의 하늘로 재평가받게 될 것입니다. 하지만 새롭게 탄생한 태양천은 강무영의 것이지 위지세가의 것이 아닙니다. 우리 가문은 오히려 강무영의 눈치를 봐야 할 상황입니다."

위지군은 환약을 몇 알 입에 털어 넣으며 우물거렸다.

"그리 쉽게는 되지 않을 게다."

"왜 그렇게 생각하십니까?"

"악중뇌가 누구냐? 과거 태양천과 백도연합의 공격 속에서도 악인궁의 전력을 잃지 않고 고스란히 유지했던 자다. 그런 자들에게는 명예나 자존심도 없다. 사태가 불리하면 절대 맞서지 않을 테니 천마성 토벌은 성사될 수 없다."

"하지만 아침에 접수된 전서통문에 의하면 천마성 역시 흑도세력을 규합해 일전을 불사할 태세를 갖추고 있답니다."

위지군은 스르르 눈을 감으며 고개를 흔들었다.

"그렇다면 능히 백도연합을 상대할 전력을 보유했다 자신하는 게지. 분명 암흑마국과 협공을 펼칠 것이다."

"아닙니다. 교활한 을주환은 이 기회를 틈타 세력을 확장하기 위해 무당, 화산 등 강북의 대문파를 공격한다 선언했습니다. 천마성에서는 동맹을 맺어놓고 지원 병력을 보내지 않는다 하여 동맹을 파기했다 합니다."

"너답지 않게 놈들의 술책을 믿는단 말이냐?"

위지군은 눈을 가늘게 떴다. 그는 천하의 현자이자 당대 최고의 모사군답게 노회한 자였다.

"아버님……?"

위지운설이 눈을 커다랗게 뜨자 위지군은 천천히 고개를 쳐들었다. 붉게 물든 노을이 핏빛처럼 짙다.

"백도가 흑도와 분명히 구별되는 이유는 투명함에 있다. 천마성은 비겁한 기습으로 태양천을 공격했지만 백도연합은 선전포고를 한 후 당당히 대결을 청했다. 만일 태양성이 복수심에 치우쳐 천마성을 기습했다면 이는 사도에 해당된다. 의협심이 강한 강무영은 절대 그런 일을 벌이지 못하지."

그는 지팡이를 짚으며 몸을 일으켰다.

"생각해 보아라. 악중뇌가 어떤 자인데 암흑마국과의 동맹이 파기됐음을 공개적으로 밝히겠느냐? 설사 파기되었다 해도 숨겨야 하는 중대한 사실이 아니더냐? 이는 백도연합을 안심시킨 후 배후를 치겠다는 술책이 분명한 일이다."

위지운설은 부친의 정확한 안목에 절로 고개가 숙여졌다.

"그렇군요. 아버님 말씀을 들으니 놈들의 간악한 술책임이 확실히 보입니다. 어서 백도연합에 알려야겠습니다. 연아도 참전해 있는데 다치면 큰일입니다."

위지군은 고개를 저었다.

"그럴 필요 없다. 벽소군이라면 그 정도는 간파했을 것이다. 하지만 멀리서 지켜보는 우리처럼 확신할 수 없기에 고심하겠지. 결국은 배후를 지키기 위해 병력을 분산할 수밖에 없을 것이다."

"그리된다면 천마성과의 결전에 전력을 다할 수 없으니 큰 피해를 볼 것 아닙니까?"

"당연히 그렇겠지."

위지군은 비단 잉어들이 유유히 헤엄치는 연못가에 서서 내려다보았다.

"우리 위지세가가 부활하기 위해서는 세상이 혼탁해져야 한다. 맑은 세상에서는 우리의 존재가 드러나 활동할 수가 없어."

그가 지팡이로 수면을 툭 치자 파문이 일며 잔물결이 연못을 덮었다.

"가장 좋은 상황은 백도연합, 천마성, 암흑마국 모두가 승부를 가리지 못한 채 양패구상을 당하는 것이지."

위지운설은 환한 표정을 지으며 손을 모았다.

"과연 아버님이십니다."

순간, 허공에서 차디찬 음성이 울려 퍼졌다.

"홍, 사악한 무리들. 천벌을 받아 기술들 대다수가 죽었는데 아직도 깨닫지 못한단 말이냐?"

사위전성(四圍傳聲)이라는 상승절기였다.

대경실색한 위지운설은 위지군을 보호하며 짤막하게 외쳤다.

"야훼, 아버님을 모시고 어서 피신해!"

장신의 복면여인이 유령처럼 내려서며 위지군을 부축했다.

위지운설은 유령처럼 둥실 떠올랐다. 그녀의 몸 주변으로 삼색의 호신강기가 피어올랐다.

"누구냐?"

모습이 보이지 않는 상태에서 또다시 사위전성이 들려왔다.

"운설, 섭섭하구나. 내 목소리마저 잊었단 말이냐?"

"허억!"

위지운설은 그만 정신이 아득해졌다. 등줄기에서 식은땀이 확 배어 나왔다. 그녀의 입술이 파르르 떨린다.

"워, 월영서시! 소소 언니란 말입니까?"

"따라 오너라."

한줄기 검은 신형이 피어오르며 해가 저물기도 전에 모습을 드러낸 초승달 속으로 사라졌다. 신비로운 백발을 흩날리는 절색의 여인은 분명 월영서시 한소소였다.

4

초승달을 바라보고 있는 월영서시의 눈빛은 얼음처럼 차가웠다. 오랜 세월 가슴에 묻어두었던 일을 결행하게 되었지만 그녀의 심정은 무겁기만 했다. 설사 통쾌하게 한을 푼다 하여도 그녀는 슬픔을 씻을 수 없을 것이다.

지나간 세월은 돌이킬 수 없고, 떠나간 사람은 돌아올 수 없는 일이었다. 잠시 후 위지운설이 그녀 뒤로 내려섰다.

월영서시는 팔짱을 낀 채 몸을 반쯤 돌렸다. 달빛에 비친 옆모습이 환상처럼 보인다.

위지운설이 공손히 예를 취했다.

"참으로 오랜만이군요, 소소 언니."

"닥쳐! 난 너같이 간악한 계집의 언니가 아니다."

"하면 별호로 불러 드리죠, 월영서시."

위지운설은 불안감과 초조함을 애써 씻으며 말을 이었다.

"십수 년이 지났는데도 여전히 아름답군요."

"넌 여전히 추악하구나. 아니, 더 사악해졌어. 너의 집안 중에서 가장 인간다운 사람은 오로지 연아뿐이다."

"왜 나를 그토록 미워하는 겁니까? 서시가 연모하는 분의 아내라서 그런가요?"

월영서시는 천천히 몸을 돌려 그녀와 마주 섰다. 그녀의 눈빛은 그대로 칼날이 되어 위지운설의 전신으로 내리 꽂혔다.

"난 너와 네 집안의 추악한 음모를 알고 있다. 세상의 멍청이들은 위지세가를 중원제일가로 추앙하지만 너의 집안은 세상에서 가장 사악한 자들이다. 악인궁의 악적들은 너희에 비하면 오히려 순수하다 할 수 있을 정도이지."

심기를 다진 위지운설이 당당하게 그녀를 마주 응시했다.

"난 서시께서 무슨 말을 하는지 이해할 수가 없군요. 그저 연모한 사람과 맺어지지 못한 질투로만 들리는군요."

"교활한 계집, 끝내 발뺌을 할 셈이냐?"

"무엇이 그토록 억울한지 속 시원히 털어놓으세요. 우리 둘만 있는데 내가 무엇을 숨기겠습니까?"

"오냐, 그럼 내가 말해 주겠다. 너와 위지세가는 20년 전 한 명의 천하기재를 제압해 그의 과거를 지우고 너희 집안 사람으로 만들었다. 넌 교묘한 술책으로 그와 혼례를 올리게 되었고, 위지세가는 그를 내세워 엄청난 재물을 착복했다."

위지운설은 느긋하게 팔짱을 끼며 조롱하는 듯한 미소를 머금었다.

"후훗, 계속해 보시죠?"

"너희는 세상 사람들을 모두 속였지만 나만은 속일 수 없다. 난 너희가 그를 만나기 전에 이미 그를 알고 있었어. 그는 요동 출신의 검사였지. 우연히 그를 만나 대결하게 되었는데 처음에는 내 상대가 아니었다. 하지만 수개월도 안 돼 그는 절정무도를 터득했고 나와 버금갈 정도가 되었다. 난 점차 그에게 매료되었지만 그는 이미 정혼을 한 상태라, 난 그와 맺어질 수 없음을 한탄해야 했다."

월영서시는 짧게 탄식을 짓고는 말을 이었다.

"한데, 그가 어느 날 위지세가의 사위가 된 것이다. 놀랍게도 세상에서 가장 추악한 계집의 남편이 된 것이지. 믿을 수가 없었어. 분노와 상심으로 내 가슴이 터질 것만 같았다. 난 그를 찾아갔지. 처음에는 그가 날 알아보지 못했어. 내가 홧김에 월영검법을 전개하자 그는 비로소 날 알아보더군. 하지만 그의 기억은 희미했고, 그의 과거는 모두 바뀌어져 있었다. 출신도 요동족에서 한족으로, 너와는 예전부터 정혼된 사이로 말이다."

"……."

"결국 난 그를 잊어야 했지. 다시는 그를 만나지 않겠다고 맹세하고는 곤륜산 은영곡에 월영궁을 세워 칩거했다. 하지만 가슴속 울분을 씻을 수가 없었다. 내 본래 성격은 이렇지 않았는데 난 점점 세상을 증오하게 되었고, 너희 사악한 집안을 떠받드는 천하의 멍청이들을 비하하게 되었다. 날 백발마녀로 만든 것은 바로 너와 너의 집안이다."

월영서시는 오랫동안 가슴속에 묻어 두었던 회한을 털어놓자 다소 홀가분한 표정이 되었다. 그녀는 미끄러지듯 위지운설 앞으로 다가섰다.

"이제 자백할 차례다. 모든 사실을 시인한다면 깨끗하게 죽여주겠다."

위지운설은 잠시 그녀를 응시하다 한바탕 웃음을 터뜨렸다.

"호호호……!"

"웃어? 내 말이 가당치 않단 말이냐?"

“월영서시, 당신은 엄청난 착각 속에 빠져 살아왔군요. 당신 말대로 나와 내 가문이 그런 엄청난 음모를 꾸몄다면 왜 세상에 공표하지 않은 겁니까? 아니, 할 수 없었겠죠. 누가 당신의 그 터무니없는 모략을 납득하겠어요? 그저 질투를 이기지 못한 여인의 광기라고 생각할 테죠. 또한 당신의 말에는 어폐가 있어요. 나와 부군이 곤륜산을 방문했을 때도 당신은 전혀 그 사실에 대해 언급하지 않았어요. 더군다나 수년 전에는 그분의 요청으로 비연을 제자로까지 받아들이지 않았나요?”

월영서시의 안색이 얼음장처럼 차가워졌다.

“난 맹세를 했다. 너희 가문의 영광을 위해 희생된 그를 위해서 그가 살아 있는 한 어떤 복수도 하지 않겠다고 굳게 다짐했지. 또한 음모를 밝혀 그에게 죽음보다 더한 치욕과 고통을 안겨줄 수가 없었다. 난 진심으로 그를 사랑했기에 그가 살아 있는 동안은 어떤 보복도 할 수 없었다. 다만 그가 진정한 자신을 깨닫지 못함을 한탄할 뿐이었지. 비연은 너의 딸이라기보다 그의 혈육이다. 하기에 기꺼이 비연을 제자로 받아들인 것이다.”

위지운설은 설레설레 고개를 저었다.

“미쳤군요. 당신은 그분을 차지하지 못한 상심과 분노로 당신 자신마저 속이는 착각에 빠져 있는 겁니다. 그분은 우리 가문의 정혼자였고 나와 맺어진 것은 운명이었어요. 당신이 우리 사이를 갈라놓으려 해도 뜻을 이루지 못하자 당신 혼자 실의에 빠져 그런 음모를 구상한 겁니다. 정말 가련하군요. 그분에 대한 연모가 그토록 깊은 줄 알았다면 당신을 첩으로 맞이하도록 그분께 말씀드렸을 거예요.”

월영서시의 교구가 세차게 떨린다. 치욕과 분노로 앙볼이 발갛게 달아오른다.

"사악한 년, 끝내 부인하겠단 말이냐?"

"월영서시, 진실을 부정하는 당신의 정신 상태부터 고쳐야겠군요."

"하면 너와 네 사악한 아비가 주고받은 얘기의 진의는 대체 무엇이냐? 천하의 멸절을 꾀하는 너희가 아니었더냐?"

위지운설은 실낱같은 미소를 지었다.

"그건 또 무슨 소리인가요? 대체 무슨 말을 들었다는 겁니까? 아버님과 난 암흑마국와 천마성의 간악한 술책을 논의했을 뿐입니다. 그 사실은 이미 전서통문을 통해 육반수로 날아가고 있어요."

월영서시는 정신이 혼란스러워졌다. 너무도 철저한 부정에 감정을 주체할 수가 없었다.

"오, 오냐! 너희가 끝내 진실을 은폐하겠다면 마음대로 해라. 하지만 한 손바닥으로 하늘을 가릴 수는 없는 법이다. 내 천하의 악녀가 되는 한이 있더라도 반드시 너와 네 사악한 집안을 멸할 것이다!"

그녀의 손이 투명하게 변색되며 절정의 소수신공이 전개되었다.

콰류류류—!

부딪치는 모든 것을 얼려 버린다는 강력한 소수신공이 회오리를 일으키며 위지운설을 향해 날아들었다. 그러자 위지운설의 전신에서 희뿌연 운무가 자욱하게 피어올랐다.

콰아앙!

엄청난 폭음과 함께 때아닌 얼음 조각이 사방으로 비산되었고 허연 서리가 십 장 주변 위로 내려앉았다. 위지운설은 그녀의 공력을 이기지 못하고 주르륵 밀려났지만 소수신공에 적중되고서도 멀쩡한 모습이었다.

월영서시는 눈을 커다랗게 떴다.

"빙백신공(氷魄神功)? 네가 어떻게 북해빙궁의 절기를!"

"난 당신이 끝내 질투심을 이기지 못하고 날 죽이러 올 것을 알고 있었어요. 소수신공은 무서운 절학이라 그것을 상대하기 위해서는 빙궁의 절기가 필요했죠. 위지세가의 능력으로 그것을 알아내기는 어려운 일이 아닙니다."

"호홋, 그래? 과연 네가 어떤 절기를 또 지니고 있는지 확인해 봐야겠다!"

월영서시가 손목에 찬 팔찌를 움켜쥐자 맑은 금속성과 함께 월환검이 모습을 드러냈다. 하늘하늘한 면검(綿劍)에 공력이 주입되자 예리한 보검으로 화했다.

위지운설 역시 결전을 각오했기에 그다지 두려운 모습을 보이지 않았다. 그녀는 옷자락을 밀치며 허리춤의 보검을 뽑아 들었다. 서기 어린 광휘를 발하는 보검은 푸른빛의 정광으로 덮여 있었다.

월영서시는 경악에 젖어 주춤 뒤로 물러섰다.

"그, 그것은 의천검!"

"그래요. 천주의 보검인 의천검입니다. 그분은 이 의천검과 함께 잠양동에 묻히기를 원했지만 이 보검은 본래 위지세가의 가보입니다. 그분의 정기로 담금질이 되었으니 오대신검과 오대명검보다 더 뛰어난 검이라 할 수 있지요. 이런 보검을 그냥 묻어둘 수는 없었어요. 위지세가의 영광된 부활을 위해서라도 보존해 두어야 했지요."

"악독한 년, 그의 유명마저 무시했다는 것은 그를 이용했다는 명백한 증거다.”

“이 사실은 당신만 아는 비밀입니다. 당신만 죽는다면 세상 누구도 모를 비밀입니다.”

월영서시는 가소롭다는 듯 냉소를 쳤다.

“호호호, 날 죽여? 네 능력으로 말이냐?”

“내 별호가 십절입니다. 무공으로는 당신을 능가할 수 없겠지만 세상을 지배하는 건 무공만이 아니죠. 이미 당신은 암흑마국에 의한 패배자입니다. 절대불패의 중원지화가 아닙니다.”

“닥쳐!”

월영서시는 전신 가득 분노의 불꽃을 발하며 월환검을 휘둘렀다.

“월영비탄섬!”

그녀는 초장부터 월영검법의 최강 초식을 전개했다. 폭포수처럼 쏟아지는 수백 개의 검형이 위지운설을 향해 내리 꽂혔다.

위지운설은 유연한 신법과 함께 의천검을 휘둘렀다.

“의기천풍!”

선명한 검기가 치솟으며 수백 가닥으로 흩어졌다. 요란한 폭음이 터지며 월영서시의 공세가 삽시간에 차단되었다.

“의천검법?”

월영서시가 짙은 아미를 한껏 치켜올리자 위지운설은 날렵하게 솟구치며 반격을 가했다.

“의천비마락!”

천하의 사악한 기운을 멸한다는 절정의 의천검법이었다. 비록 태양천주의 손에서 펼쳐진 것은 아니었지만 그녀의 검법 조예는 상상을 초월할 정도였다. 당대 최강이라는 의천검법의 위력 앞에 월영서시는 바짝 긴장했다.

차차창—!

검이 고차될 때마다 무수한 섬광이 유성처럼 비산되었다.

두 여인은 워낙 빠른 신법을 펼쳐 그 형체를 알아볼 수 없을 정도였다. 간간이 소수신공과 빙백신공이 충돌하며 허연 빙기가 대지를 두텁게 덮었다.

월영서시는 위지운설의 무공 수위가 이토록 뛰어날 줄은 전혀 예상치 못했다. 우내사성을 능가할 절예를 지니고도 전혀 드러내지 않았으니 그녀의 깊은 심기는 무서울 정도였다.

순식간에 이십 초가 교환되었다.

콰콰광—!

연이은 폭음과 함께 점차 우열이 드러나기 시작했다. 위지운설의 숨겨진 무공이 아무리 뛰어나도 삼천공의 절기를 한 몸에 지닌 월영서시를 감당하기는 어려웠다.

"월영만천하!"

허공을 딛고 선 월영서시는 공력을 집중해 월영검법의 최후 절학을 전개했다.

세상을 멸절시킬 듯한 어마어마한 검강이 폭포수처럼 쏟아져 내렸다. 반경 삼십 장을 뒤덮는 가공할 위력은 세상의 모든 빛마저 차단했다.

위지운설은 이를 악물며 혼신의 힘으로 의천검법을 전개해 맞섰다. 빙글 회전하는 그녀의 전신에서 무수한 섬광이 폭발해 올랐다.

꽈꽝—!

하늘과 땅이 뒤바뀌는 굉음과 함께 수백 수천의 검형이 비산되며 대지를 강타하고 수림을 휩쓸었다. 백 장 이내가 초토화되며 자욱한 흙먼지가 피어올랐다.

“흐으윽!”

뒤로 튕겨진 위지운설은 울컥 피를 토하며 가슴을 움켜쥐었다. 월영검법을 막아내느라 그녀의 손아귀는 심하게 찢겨 의천검마저 놓치고 말았다. 옷 안에 호신보의를 걸쳤는지 베어진 옷자락 아래로 번들거리는 은빛이 드러났다.

월영서시는 월환검을 팔찌로 변화시켜 손목에 찼다.

“네년의 능력으로는 결코 날 이길 수 없다. 천잠보의 때문에 용케 죽지 않았다만 오히려 잘 됐어. 네년을 제압해 세상에서 가장 고통스런 독형을 가하겠다. 난 반드시 네년의 입을 통해서 진실을 알아내야겠다.”

위지운설은 손등으로 입가의 피를 닦으며 한 서린 눈빛을 발했다.

“월영서시, 과연 대단하군. 내 무공에 어느 정도 자신이 있었지만 끝내는 널 능가할 수 없구나.”

“어리석은 계집, 그것을 이제야 깨달았단 말이냐?”

“어리석은 것은 너다.”

위지운설은 싸늘한 웃음을 지으며 급히 뒤로 물러섰다. 월영서시는 일순 불길한 마음에 잔뜩 경각심을 높였다.

순간, 등 뒤로 하나의 인영이 소리없이 날아들었다. 여인치고는 장신의 체격을 갖춘 복면인이었다. 바로 위지세가의 비밀 심복인 야훼였다.

"흥!"

월영서시는 냉소를 치며 몸을 홱 틀었다.

그녀의 손이 투명해지며 소수신공이 전개되었다. 하나, 야훼는 그녀의 공격을 도외시한 채 그대로 날아들었다. 그녀의 양손에는 검은빛이 감도는 커다란 화탄이 쥐어져 있었다.

화탄을 본 월영서시는 등골이 오싹해졌다.

"축융벽력탄?"

급히 공세를 회수한 그녀는 절정의 월영비천술을 전개해 치솟아올랐다. 그러나 그녀의 몸이 채 십 장도 벗어나기 전에 축융벽력탄이 폭발했다.

꽈광—!

어마어마한 섬광과 함께 불꽃의 폭풍이 천지를 휩쓸었다. 십 장 이내의 수목과 풀은 한순간 재가 되었고, 삼십 장 안의 바위마저 흐물흐물 녹아버렸다. 오십 장 이내는 불바다로 화해 지옥의 유황불처럼 활활 타올랐다.

가까스로 폭발의 사정권 밖으로 벗어난 위지운설은 몸에 붙은 불꽃을 떨어내며 겨우 안도의 숨을 쉬었다.

"정말 가공할 위력이군. 천잠보의를 입지 않았다면 나 역시 무사하지 못했을 거야."

그녀는 맹렬히 타오르는 불꽃을 응시하며 나직이 탄식했다.

"용서해라, 야훼. 하지만 너의 장렬한 희생으로 위지세가를 보존할 수 있게 되었어."

순간, 그녀는 머리 위에서 몰아치는 한풍에 기겁하며 쌍장을 치켜올렸다.

퍼엉!

일진폭음과 함께 월영서시는 피를 토하며 나동그라졌다. 축융벽력탄의 화기로 인해 그녀의 전신에서 불꽃이 피어올랐다.

위지운설은 천잠보의를 덮은 허연 빙기를 손으로 쓸어 내리며 살기를 발했다.

"독한 년, 축융벽력탄 속에서도 살아 있었단 말이냐?"

월영서시는 전신을 부들부들 떨며 몸을 일으켰다.

대폭발 속에서도 용케 살아났지만 그녀는 심한 열기에 의한 화상으로 흉측하게 변모해 버렸다. 옥 같은 피부는 벌겋게 타버렸고, 천하제일의 용모는 화기에 의해 쭈글쭈글하게 일그러져 있었다.

그녀는 심한 화상으로 변모된 자신의 얼굴을 매만지며 참담한 신음을 흘렸다.

"어, 어떻게 축융벽력탄을……?"

위지운설은 그녀의 추악함을 한껏 즐기며 회심의 미소를 지었다.

"호호, 우리 가문이 못하는 일은 없다. 축융무존만이 축융벽력탄을 제조할 수 있는 것은 아니지."

월영서시는 극심한 내외상으로 심하게 휘청거렸다.

"악독한 계집, 이런 비겁한 술수를 쓰다니."

"내가 말하지 않았더냐? 내 십절 중 하나가 심절(心絶)이다. 결국 네가 내 손에 죽는구나."

"오냐, 내 패배를 인정하겠다. 마지막으로… 진실을 알고 싶다."

"정말 알고 싶으냐?"

월영서시는 입술을 깨물며 처연한 표정을 지었다.

"그렇다. 네년과 네 집안의 추악한 음모를 내 귀로 들어야만 여한이 없겠다."

달의 몰락을 만끽한 위지운설은 팔짱을 끼며 한껏 오만을 부렸다.

"호홋, 가련한 월영서시의 유언이니 말해 주겠다. 네가 어떻게 내 아버님과 나의 비책을 간파했는지 모르지만 비슷하게 맞추었다. 정말이지 네 집념에는 감탄을 금치 못하겠구나."

참으로 무서운 일이 아닐 수 없었다.

그녀는 비로소 월영서시가 오랜 세월 추측해 낸 음모의 전모를 인정한 것이다.

가문의 명예와 영광을 위해 한 인재의 과거를 지우고 음모로 조작된 혼례를 올렸으니 이는 무림 사상 유례가 없는 천인공노할 만행이며 악업이었다. 더군다나 그러한 가문이 중원제일가로 불리며 천하인들의 존경을 받았으니, 이는 천하인 만 명을 죽이는 것보다 더한 악마적 흉계였던 것이다.

월영서시는 자신의 가슴을 억누르며 비틀비틀 물러섰다.

"사실… 이었어. 너희 사악한 무리들이 내게서 그분을 뺏어간 거야……."

"한소소, 어차피 그는 네 반려자가 될 수 없는 몸이었다. 네가 아무리 중원지화의 용모와 재주를 지녔어도 그는 이미 요동의 촌녀와 정혼한 사이였으니까."

"으으, 사악하고 사악한 년! 하늘이 널 용서치 않을 것이다!"

월영서시가 이를 악물며 전율을 일으키자 위지운설은 도도한 웃음을 머금었다.

"호홋, 이미 하늘까지 속였는데 어찌할 것이냐?"

"널… 널 죽이리라!"

월영서시는 발작적으로 외치며 쌍장을 펼쳐 들었다.

위지운설은 그녀가 극심한 내외상을 입었다는 사실을 알고 있었기에 별반 두려워하지 않았다. 자신의 무공으로 충분히 그녀를 죽일 수 있다 자신했다.

한데, 월영서시의 쌍장이 각기 희고 붉은색으로 타올랐다. 그녀의 반신은 투명한 흰빛으로 화했고, 다른 반신에서는 붉은 불꽃이 피어올랐다. 그녀는 동시에 소수신공과 축융신화공을 끌어올린 것이다.

이런 극성의 신공을 동시에 운기한다는 것은 주화입마를 자초하는 자살적인 행위였다. 상상도 못할 위력을 발휘할 수 있지만 극성의 진기로 인해 전신의 혈맥이 뒤엉켜 고통스러운 죽음을 맞게 되기 때문이다. 두 가지 극성 무공을 동시에 펼쳐 내는 수법은 오로지 양심신공을 익힌 자만이 가능한 일이었다.

위지운설은 다소 두렵기도 했지만 그녀의 최후를 직감했다.

"호호, 빙탄불상용이라 했는데… 네 스스로 죽기를 자초하는구나. 결국 네 오만과 자부심이 널 망가뜨린 것이다."

월영서시는 몸 안에서 충돌하는 극양과 극음의 기운을 견디지 못하고 부들부들 떨었다.

"죽여야 돼… 너 같은 악녀는 꼭 죽여야 돼!"

처절한 절규 속에 그녀의 몸이 희고 붉은 두 가지 색으로 혼합되었다. 자신의 몸을 터뜨려 위지운설과의 동귀어진을 작심한 것이다.

이 순간, 하늘 저편에서 서기 어린 섬광이 날아들었다.

하늘색 섬광은 부드럽게 월영서시의 전신을 감쌌다. 그러자 양대신 공이 해소되며 그녀는 맥없이 주저앉고 말았다. 가까스로 주화입마의 위기를 벗어난 것이다.

"……?"

위지운설은 전혀 예상치 못한 변괴에 바싹 긴장하며 빠르게 주변을 살폈다.

심한 내외상으로 본래 무공의 절반에도 미치지 못한 월영서시이지 만 그녀의 양대신공은 무림 사상 가장 뛰어나다는 삼천공의 절기다. 그런 절기를 간단히 해소시킬 수 있으려면 무신(武神)의 능력을 지녀야 가능한 일이었다.

섬광이 스러지며 하나의 인영이 유령처럼 내려서 월영서시를 부축 해 안았다.

"소소."

자신의 이름을 부르는 그 음성을 듣는 순간 월영서시는 벼락을 맞은 듯 화들짝 놀라 깨어났다.

그녀는 자신을 안고 있는 존재를 직시하며 입을 딱 벌렸다. 그녀의 눈망울은 더할 수 없이 확대되었고 충격을 이기지 못해 심장조차 멎어 버렸다.

"당신… 아아!"

그녀는 믿을 수 없는 현실을 직시하지 못하고 그만 혼절하고 말았 다.

충격과 경악은 위지운설이 더했다. 그녀는 도끼에 찍힌 나무처럼 털썩 주저앉았다. 꿈인지 생시인지 분별할 수 없는 혼란으로 인해 머리 속이 터질 것만 같았다. 두 눈에서 봇물 같은 눈물이 쏟아져 내린다.

그녀는 화살 맞은 짐승처럼 와들와들 떨며 겨우 한마디를 내뱉었다.

"처, 천주, 살아 계셨단 말입니까?"

그러했다. 월영서시를 안은 채 희뿌연 서기에 휩싸여 있는 인물은 분명 태양천주 단목휘였다. 이미 죽어 잠양동에 안장된 그가 되살아났으니, 이는 도저히 믿을 수 없는 충격적인 부활이었던 것이다.

■ 제101장

마국왕의 정체

1

신비로운 후광에 싸여 있는 단목휘의 모습은 속세를 벗어난 선인처
럼 단아했다. 죽기 전보다 훨씬 젊어 보여 그가 정녕 단목휘인지 다시
보아야 할 정도였다.

그는 혼절한 월영서시를 안은 채 천천히 다가섰다.

"운설, 난 분명 살아났소. 하지만 다시 살아난 것이 너무도 후회스럽
소."

"무슨 말씀이시옵니까, 천주. 소첩은 너무도 기쁘고 감격스러워 가
슴이 터질 것만 같습니다."

위지운설은 손을 뻗어 그를 부여잡았지만 그녀의 손은 허공만 움켜
쥐었다. 그의 모습이 허상이기 때문이 아니었다. 그가 이형환위 신법
으로 유령처럼 물러나서였다.

“천주, 왜……?”

단목휘는 품에 안은 월영서시를 내려다보며 나직이 탄식했다.

“내가 잠양동에서 깨어난 지는 제법 되었소. 하지만 갓 태어난 아이처럼 몸을 움직일 수 없어 한동안 그곳에서 지내야 했소. 세상 밖으로 나선 것은 잠시 전이오. 난 예전의 기억을 더듬어 요동으로 가는 길이었소. 한데, 엄청난 폭발성에 놀라 이리로 온 것이오.”

위지운설은 가슴이 철렁 내려앉고 말았다.

“예, 예전의 기억이라고요?”

“그렇소. 당신과 당신의 아버지가 지운 내 기억의 일부 말이오.”

그 말을 듣는 순간 위지운설은 벼락이라도 맞은 듯 전신을 와들와들 떨었다. 엉덩방아를 찧으며 주저앉은 그녀는 가쁜 숨을 몰아쉬었다.

“무슨 말씀이십니까? 소첩이… 소첩이 어떻게 그런 추악한 짓을 할 수 있겠습니까?”

“난 모두 들었소. 소소의 추측을 당신 입으로 분명 수긍하지 않았소? 내게까지 진실을 은폐할 생각이오?”

“아, 아닙니다, 천주! 아닙니다! 그건 사실이 아닙니다!”

위지운설은 눈물을 흘리며 절규하듯 외쳤다. 절망 속으로 빠져드는 처절한 몸부림이 안쓰럽기까지 했다.

단목휘의 안색은 차분하기만 했다.

자신의 과거를 상실한 채 위지세가의 야욕에 의해 꼭두각시처럼 살아온 참담한 지난날을 생각하면 치욕과 울분으로 미칠 상황이지만 그는 끝까지 냉정을 잃지 않았다.

다시 부활하면서 그는 이미 삶과 죽음, 명예와 야망, 분노와 슬픔조차 뛰어넘은 고도의 정신을 지니게 된 것이다.

"운설, 영호찬의 암습을 받는 순간 난 한 가닥 생명지기를 가슴속에 묻어두었소. 물론 살고자 했다면 겨우 목숨을 건질 수는 있었을 것이오. 하지만 숨만 쉬는 삶이 될 것이기에 육신을 죽이기로 마음먹었소. 무영에게 날 잠양동에 안장토록 지시한 것은 한옥(寒玉)의 기운으로 내 육신이 부폐되는 것을 막기 위함이었소. 물론 내가 반드시 살아날 거라는 확신은 없었소. 다만 오래전에 창안한 활생귀의신공(活生龜依神功)을 이 참에 수련하려는 의도였소."

"활생귀의신공이라고요?"

"그렇소. 육신과 정신마저 소멸시키는 기공이오. 모태에서 다시 태어나듯 새로운 생명을 부활시키는 것이오. 물론 성공 가능성은 극히 희박하오. 약간의 외부적 충격만으로 영원히 죽을 수도 있고, 깨어난다 해도 백치가 된 육신만 지닐 수도 있소. 다행히 회생한다면 인간 한계를 넘어선 능력을 지닐 수 있는 것이 활생귀의신공이오."

단목휘는 품에 안은 월영서시를 다독이며 말을 계속했다.

"하늘의 뜻으로 다시 살아났지만 난 슬픔을 감출 수가 없었소. 잃었던 기억까지 모두 되찾았기 때문이오. 내가 믿었던 내 아내와 내 처가의 추악함에 난 눈물을 흘리지 않을 수 없었소."

"흑흑. 천주, 죽여주시옵소서."

위지운설은 바닥에 엎드리며 통곡을 했다.

그녀와 그녀의 가문인 위지세가가 자행한 패륜적인 행위는 어떤 변명으로도 용서받을 수 없는 악업이었기에 그녀는 울음밖에 나오지 않았다.

단목휘는 정광 어린 눈빛으로 오열하는 그녀를 내려다보았다.

"운설, 내가 살아 있다는 것을 아는 사람은 소소와 당신뿐이오. 소소에게도 일러두겠지만 당신 역시 나의 생환을 절대 발설해서는 안 되오. 난 여태까지의 삶을 버리고 새로운 삶을 살 것이오. 태양천주 단목휘는 이미 죽었소."

"흑… 소첩을 용서하시는 것이옵니까?"

"당신은 오랜 세월 나의 아내였고, 연아의 어머니요. 내 어찌 당신을 단죄할 수 있겠소? 자신이 지은 죄는 스스로 씻기를 바라겠소."

말을 마친 단목휘는 천천히 몸을 돌렸다.

"연아에게 부끄러움이 없는 어머니가 되기를 바라겠소."

"천주!"

위지운설은 몸을 일으키며 울음 섞인 음성으로 외쳤다.

"차라리 소첩을 데려가십시오. 천주 옆에서 평생토록 속죄하며 살겠습니다!"

단목휘는 돌아보지도 않고 걸음을 옮겼다.

"당신은 중원지화에게 씻을 수 없는 아픔과 슬픔을 주었소. 아름다움을 상실한 소소는 상심을 이기지 못하고 자결을 할 것이오. 내가 옆에 있어야 하오. 나의 첫 번째 아내처럼 비참하게 보낼 수는 없소."

세 걸음을 옮기기도 전에 그의 모습은 연기처럼 사라져 버렸다.

"천주—!"

위지운설은 몸을 날려 그를 부여안으려 했지만 그는 이미 수백 장 밖으로 날아간 상태였다.

"천주, 제발 돌아오세요— 제발, 흑흑……!"

그녀의 안타까운 외침만이 검붉은 노을 속에 울려 퍼졌다.

무너지듯 주저앉은 그녀는 울고 또 울었다. 얼마나 오랜 시간 눈물을 흘렸는지 붉은 피가 흘러내렸다.

밤이 깊어서야 그녀는 절망적인 비애와 상심 속에서 겨우 정신을 차렸다. 그러나 그녀의 눈빛은 실성한 사람처럼 흐릿하기만 했다.

암암리에 천하를 지배해 온 위지세가는 이제 문을 닫아야 할 운명에 처했다. 단목휘와 월영서시를 제외하고는 누구도 모를 악행이었지만 단목휘가 모든 것을 알아버린 이상 그녀는 사는 것조차 고통스런 일이었다.

그날 밤 와운장에선 실로 처절한 살육이 전개되었다.

벽소군이 어렵사리 구출한 위지세가주 위지군과 총관, 오대당주 모두 누군가의 손에 의해 비참하게 죽었다. 가슴과 머리가 터진 시체들은 불태워졌다. 그리고 혈육을 죽인 여인 또한 스스로 불 속으로 뛰어들었다.

그녀는 자신의 뼈와 살이 타 들어가는 고통 속에서도 신음 소리 한 번 흘리지 않았다. 더 고통스럽고 더 비참하게 죽기를 원했다.

하룻밤 사이에 와운장은 잿더미가 되었고, 위지세가의 혈족들은 재로 화했다.

이백 년 전통의 위지세가, 사상 최대의 대천재 쌍뇌천기자를 탄생시킨 위지세가, 태양천의 창건에 주축이 된 중원제일의 가문 위지세가, 그 찬란한 영광과 명성도 잿더미 속에 묻혀 버렸다. 그러나 그것은 결코 속죄가 아니었다. 밝혀져야 할 극악한 진실을 영원히 묻어두기 위

한 최후의 방편이었으니 위지운설의 독한 심성은 최후까지 변하지 않
은 것이다.

2

　위지운설이 가주인 위지군과 총관을 비롯해 오대당주를 모두 살해
하고 자결했다!
　와운장의 비극이 백도연합에 전해진 것은 다음날 오후였다. 욱일승
천의 기세로 천마성을 향해 진군하던 백도연합 정예들에게 있어 그것
은 너무도 충격적인 비보였다.
　강무영은 제단을 세워 천후 위지운설과 위지세가 가주를 위해 제를
올렸지만 회군을 명하지는 않았다.
　거의 실성하다시피 한 단목비연만 호위를 딸려 와운장으로 보냈다.
그는 위지세가의 파멸을 슬퍼했지만 이로 인해 백도연합의 의기가 손
상되는 것은 원치 않았다. 위지세가는 사사로이 그의 처가에 해당되는
가문이지만 그는 대의를 중시하는 사람이었다.
　천마성을 향한 백도연합의 진군은 다시 속행되었다.
　모두 입을 다물고 있었지만 의혹은 쉴 새 없이 그들을 괴롭혔다. 위
지운설이 왜 갑자기 부친과 혈족들을 살해하는 패륜을 저지른 것인가.
그녀의 자결은 무엇을 의미하는가. 과연 와운장의 비극에 어떤 비밀이
숨겨져 있는가.

그것을 답변할 수 있는 사람은 아무도 없었다. 벽소군조차 와운장의 비극에는 한마디도 거론하지 않았다.

중원제일가의 파멸…….

그것은 분명 무림계의 커다란 손실 중 하나지만 슬퍼하는 사람은 의외로 많지 않았다. 중원제일가라는 명성 외에 위지세가 사람들 대부분은 암중에 묻혀 살았기에 그 존재조차 몰랐기 때문이다.

다만 방대한 무림사의 기록이 위지세가의 파멸과 함께 소실된 것을 안타까워할 뿐이었다.

3

짙푸른 장강의 물결이 굽이굽이 흘러간다. 호북성을 가로지르는 장강은 그 폭이 좁게는 오백 장에서 넓게는 이천 장에 달해 배를 타지 않고서는 건널 수 없었다.

아직 해가 뜨지 않은 어슴푸레한 여명 속을 한 마리 말이 터벅터벅 걷고 있었다.

잘 씻겨진 은빛의 준마는 보기에도 날렵했다. 말을 타고 있는 청년 역시 말쑥한 복장이었다. 상투를 튼 머리 위로 문사건을 둘렀고, 하얀 장삼이 잘 어울려 풍류를 즐기는 문사처럼 보였다.

청년은 장강 변을 따라 이어진 한가한 소로를 따라 말을 몰아갔다.

그는 다름 아닌 환유성이었다.

하루 전만 해도 텁수룩한 수염과 누더기를 걸친 비렁뱅이의 모습이 이렇듯 깔끔하게 바뀌었던 것이다. 그를 이렇듯 변모시켜 준 사람은 백가장의 유일한 생존자인 백운려였다.

그녀는 생명을 구해준 보답으로 환유성이 원하는 만큼 술을 사주었다. 그 와중에 소식을 듣고 찾아온 그녀의 외조부는 환유성에게 금 삼백 냥의 거금으로 사례했다. 환유성은 거절했지만 백운려의 거듭된 애원이 귀찮아 받지 않을 수 없었다.

모처럼 술을 마시고 잠자리에 들었는데 뜻하지 않게 백운려가 찾아왔다. 그녀는 서슴없이 그의 품에 안겼다.

"이것도 인연이니 공자를 하룻밤 모시고 싶습니다. 소녀가 비록 처녀는 아니지만 난잡한 계집도 아닙니다. 소녀의 집안은 부유해 정절을 지키지 않아도 시집을 가는 데는 아무런 문제가 없지요. 다만 공자와의 인연을 평생 가슴에 담고 싶습니다. 대신 한 가지 부탁이 있습니다."

"무엇이오?"

"소녀의 손으로 공자를 씻겨 드리고 싶습니다. 공자의 본모습을 보고 싶어요."

환유성도 텁수룩한 수염이 귀찮기도 해서 순순히 그녀의 말을 따랐다. 과거였다면 권태가 앞서 그녀를 물리쳤겠지만 그는 마검노인과의 대결 이후 보다 인간적인 감성을 지니게 되었다.

그는 어렵게 결정을 하고 찾아온 여인을 슬프게 하고 싶지 않았다. 물론 오랫동안 여인을 품지 못한 본능적 갈증도 해소하고 싶은 마음이기도 했다.

양갓집 규수와 뜻하지 않은 하룻밤을 보내게 된 환유성은 새벽이 밝아오자 곧바로 객잔을 나섰다. 백운려는 절대 그를 붙잡지 않겠다고 약속했지만, 믿을 수 없는 것이 여인의 마음이기 때문이다.

깨끗하게 씻겨진 채 마구간에서 곤히 자고 있던 소추는 순순히 끌려 나왔다. 떠나고자 마음먹으면 밤낮을 가리지 않는 주인의 행보는 어제오늘만의 일이 아니기에 소추 역시 익숙해 있었다.

환유성은 행선지를 놓고 잠시 주저하다 섬서성 정군산으로 방향을 잡았다.

그의 손으로 반드시 해결해야 할 세 사람 중 한 명은 귀주 육반수에 있다. 하지만 천마성을 찾아가기가 너무 번거로웠다.

태양천과 월영궁을 비롯한 백도연합 삼천여 고수가 천마성을 향해 집결하는 중이라는 소식은 그도 이미 들은 바 있었다. 사람들과 어울려 부딪기는 일은 아직도 그에게 조금은 거북한 기분을 불러 일으켰다.

"정군산 유명협이라… 확실치는 않지만 옥잠화의 말이 틀리지 않다면 그곳에서 을주환과 마국왕을 만날 수 있을 것이다."

그는 섬서성에서 대면한 적이 있는 암흑마국왕을 뇌리에 떠올렸다.

스스로 만통신복임을 자처한 마국왕은 확실히 불가사의한 존재였다. 암흑마국의 무리들은 천하 도처를 휩쓸며 잔악한 살육을 일삼았지만, 마국왕은 그런 무리들의 수뇌치고는 사악함이 별로 느껴지지 않았다. 자신을 죽일 기회가 여러 번 있었지만 그는 관대하게 자신을 살려 주었다.

오찰밀 부락 외곽에서 오행대연공과 겨룰 때에도 영험한 천명신단까지 건네 대등한 대결을 배려하기도 했다.

"대체 그자의 정체가 무엇일까? 새황성존은 그자의 흉계에 말려들어 죽음의 위기까지 몰렸지만 그에 대해서는 결코 원한을 품지 않았다. 을주환은 죽이되 마국왕과는 겨루지 말 것을 당부하기까지 했다. 사부님도 마찬가지였어. 마국왕이 사악한 존재가 아님을 강조했다. 말씀은 하지 않았지만 마국왕의 정체를 알고 있었음이 분명해."

소추는 수풀을 헤치며 장강 변으로 내려서고 있었다. 갈수기라 장강의 강폭이 다소 줄어들어 강 주변으로 넓은 모래사장이 펼쳐져 있었다.

환유성은 강을 건널 만한 나룻배를 찾기 위해 주변을 두리번거렸다.

물론 그 혼자 몸이라면 너끈히 장강을 건널 수 있다. 별도의 신법을 수련하지 않았지만, 그는 절기라는 형식을 초월한 존재였기에 마음먹은 대로 몸을 날릴 수 있었기 때문이다. 아마도 그가 뜻한다면 소추를 탄 채로 장강을 건널 수도 있을 것이다.

문득 그는 강줄기를 따라 이동하는 한 떼의 상단(商團)을 보게 되었다.

커다란 돛을 단 십여 척의 범선이 물살을 가르며 미끄러지고 있었다. 공교롭게도 상단의 범선들은 환유성이 서 있는 모래톱을 향해 다가오고 있었다. 정박을 준비하는 중인 듯했다.

"……?"

범선을 살피던 환유성의 한쪽 눈에 이채가 반짝였다. 그의 입가로 메마른 웃음이 피어올랐다.

"굳이 신발이 닳도록 찾아다니지 않아도 되겠군."

상단의 범선들은 모래톱에 이르기도 전에 닻을 내리며 배를 멈춰 세왔다. 외견상 상단의 깃발을 휘날리고 있었지만 그들은 물자를 수송하는 상인들이 아니었다. 상당한 무술을 지닌 무림인들이었다.

검을 숨긴 상인 복장의 무리들이 신속하게 몸을 날리며 모래사장으로 내려섰다. 그들은 내려서기 무섭게 십여 명씩 조를 이루어 각기 다른 방향으로 이동했다.

이어 호화로운 범선 위에서 한 채의 교자가 날아왔다.

휘장이 둘러진 화려한 교자를 멘 열 명의 중년들은 능공허보를 펼쳐 허공을 날아오다 수면을 박차고는 재차 몸을 날려 모래사장 위로 내려섰다. 신법 하나만으로 절정급 고수들인 그들이 한갓 가마꾼에 불과하다는 것만으로도 그들을 부리는 자의 능력을 짐작케 해주었다.

교자를 멘 가마꾼들이 모래사장 위로 내려서는 순간 두 노인이 유령처럼 교자 좌우로 내려섰다.

두 노인은 쌍둥이인 듯 생김새와 수염, 복장까지 똑같았다. 각기 검고 붉은 얼굴색이 아니었다면 분간할 수 없을 정도였다. 검은 얼굴빛의 노인은 한 자루 도를 어깨에 멨고, 붉은 얼굴빛의 노인은 검을 멨다.

바로 암흑마국의 두 마상인 좌도귀상과 우검혈상이었다. 암흑마국의 최강 고수들인 그들이 호북성에서 모습을 드러냈다는 것은 참으로 예기치 못한 일이었다.

이때 교자 안에서 여인처럼 가는 음성이 흘러나왔다.

"좌우상은 각기 검대를 이끌고 은밀히 움직이시오. 육반수에서 만납시다. 백도연합이 천마성과 격돌하는 순간 기습을 가해 모조리 쓸어버리는 것이오. 물론 상황이 끝나면 천마성 놈들마저 모조리 죽일 것이오."

“알겠소, 태자.”

좌우상은 가볍게 목례를 하고 돌아섰다. 순간, 그들은 무엇을 발견했는지 심각한 표정을 지으며 교자를 막아섰다.

다각다각!

강줄기를 따라 펼쳐진 모래사장 위로 한 마리의 말이 질주해 오고 있었다. 말은 모래 위를 달리는 데에도 먼지 한 톨 일으키지 않았다.

일순 교자의 휘장이 펄럭이며 일제히 젖혀졌다. 교자 안에서 느긋하게 기대앉아 있던 화복 차림의 청년은 입을 쩍 벌린 채 다물지를 못했다.

화복청년은 다름 아닌 암흑마국의 태자인 을주환이었다.

“환, 환유성?! 저놈이… 어떻게 이곳을?!”

환유성이 소추를 몰아 다가서자 미처 떠나지 않고 있던 암흑마국의 검수들이 신속하게 교자 주변을 에워쌌다. 일부는 환유성 앞으로 내려서며 인간 방벽을 형성했다.

소추를 멈춰 세운 환유성은 을주환을 향해 한마디 던졌다.

“을주환, 네놈만 죽이겠다.”

을주환의 이마에 땀방울이 송골송골 맺혔다.

천하의 그 누구도 두려워하지 않는 그였지만 환유성의 존재는 공포 그 자체였다. 마국 최강의 고수였던 오행마상마저 격파한 그가 아니던가. 비록 자신의 주위로 마국쌍상과 삼백여 검수가 포진해 있지만 안심할 수 있는 상황은 아니었다.

그는 잠시 눈알을 굴리다 교자에서 내려섰다. 그가 한 걸음 내딛자 인간 방벽을 형성한 검수들이 좌우로 갈라졌다. 그는 떨떠름한 표정으로 입을 열었다.

"정말 인연이 깊구나, 환가야. 우리가 언제까지 이렇게 만나야 하는 것이냐?"

"나도 조금 귀찮기는 해. 나도 네놈의 낯짝을 보는 일이 정말 싫거든."

"그렇다면 오늘 네놈이 죽든 내가 죽든 결판을 내야겠구나."

"맞아. 그럼 다시 만날 이유가 없지."

소추의 등에서 내려선 환유성이 천천히 다가서자 소추는 알아서 멀찌감치 물러났다.

을주환은 바짝 긴장하며 좌우상에게 물었다.

"두 분께서 놈을 죽일 수 있겠소?"

얼굴빛이 검은 좌도귀상이 무거운 어조로 말을 받았다.

"어찌 된 일인지 놈은 지난번 오행마상과 대결할 때보다 훨씬 강해졌소. 당시의 무공 수위라면 우리 형제가 감당할 수 있겠지만… 지금은 장담할 수 없소."

을주환 역시 본능적으로 느끼고 있었지만 혹시나 하는 기대감으로 얼굴빛이 붉은 노인을 쳐다보았다.

"우걸혈상의 생각도 마찬가지요?"

"진정 이해할 수가 없는 일이오. 무공의 단계는 고도의 경지에 이르면 더 이상 진전을 볼 수가 없소. 그 한계를 깨뜨리려면 족히 수십 년은 수련을 해야 하오. 한데, 저자는 그러한 법칙을 넘어섰소. 눈에는 보이는데 느낄 수 없고, 아무런 기도도 감지되지 않는데 우리 형제의 피가 끓고 있소."

좌도귀상이 혼신의 공력을 운기하며 말을 받았다.

"이건 놈이 극한에 이른 무형심검을 터득했다는 증거요. 손에 검을 쥐고 있지 않지만 저자는 어떤 신검보다 강력한 심검을 지녔소. 놈을 제압할 수 있는 분은 오직 국왕뿐이오. 태자는 속히 피신하셔야겠소."

을주환은 절대적으로 의존하던 좌우상으로도 환유성을 쓰러뜨릴 수 없다 판단하고는 급히 뒤로 미끄러졌다.

"그럼 두 분만 믿겠소."

그가 달아나려 하자 환유성은 한 손을 치켜들며 냉막하게 외쳤다.

"네놈은 못 간다!"

순간 십수 장이나 멀리 떨어져 있는 을주환의 머리 위로 수십 개의 검형이 형성되었다.

그들 사이로 두 명의 개세고수가 있었지만 그들은 환유성이 도대체 어떤 수법을 펼쳐 자신들이 감지하지 못하는 가운데 을주환을 공격했는지 파악할 수가 없었다.

투명한 검형이 쏟아져 내리자 을주환은 기겁하며 간장검을 뽑아 휘둘렀다.

"파천탄류강!"

마국왕이 창안한 파천검법이었다. 태양천주의 의천검법과 맞설 만큼 뛰어난 검법 절기다.

차차창—!

날카로운 금속성이 터지며 절세신검인 간장검이 튕겨져 올랐다.

"크으윽, 이럴 수가!"

을주환은 호화로운 화복이 심하게 찢긴 채 비틀비틀 뒤로 물러섰다.

찢긴 옷 사이로 번들거리는 천잠보의가 드러났는데, 놀랍게도 천잠보의마저 일부 찢기며 붉은 피가 배어 나왔다.

손아귀가 터지며 멀리 날아간 간장검은 장강의 푸른 물속으로 깊이 잠겼다.

을주환은 너무도 가공할 환유성의 무공 조예에 넋이 빠졌다. 스스로 절세고수라 자부할 만한 실력을 지녔지만 환유성에 비하면 터무니없이 허약했다.

그는 주변의 검수들을 향해 발작적으로 외쳤다.

“죽여라— 죽여—!”

금검수와 은검수 수십 명이 환유성을 향해 날아들며 쾌검을 전개했다.

쐐애액—!

허공을 가르는 무수한 파공성이 귀신의 구슬픈 울음처럼 섬뜩하다. 검수들은 절정급 쾌검의 소유자들답게 쾌잔한 수법으로 환유성의 전신 사혈을 노렸다.

그러나 그들의 검은 환유성의 몸에 이르기도 전에 모두 폭발하고 말았다. 일부는 검과 함께 팔마저 분쇄되었다.

환유성은 손끝 하나 까닥하지 않은 채 수십 명의 마국 검수를 물리친 것이다. 그런 와중에도 죽은 자가 없다는 것이 예전의 그답지 않은 수법이었다.

좌도귀상과 우검혈상은 가늘게 전율했다.

“무형심검! 놈은 이미 마음만으로 검을 펼쳐 낼 수 있는 경지에 이르렀다.”

"설마… 누구도 터득하지 못했다는 검신의 경지에 올랐단 말인가?"

그들은 서로를 바라보다 가볍게 고개를 끄덕였다. 두 사람은 이형환휘 신법으로 날아들며 차갑게 외쳤다.

"모두 물러서라!"

"태자를 모시고 어서 떠나라!"

그들의 지시에 검수들은 을주환 주변으로 물러서며 철통같은 인간 방벽을 형성했다.

을주환은 주먹을 불끈 쥐며 울분을 터뜨렸다.

"젠장, 사부님은 왜 저 귀신같은 놈을 살려두었단 말인가!"

그는 씨근거리며 검수들과 함께 모래사장 위를 달려갔다.

환유성의 목표는 오로지 을주환이었다. 그는 한 손을 치켜들었다. 순간, 유령처럼 내려선 좌우상이 절묘한 합격술로 쾌도와 환검을 동시에 펼쳐 왔다.

"천공쾌살(穿空快殺)!"

"환우만패(寰宇萬覇)!"

빛살 같은 쾌도와 세상 가득 검형을 연출하는 환검의 위력은 실로 가공했다. 좌도귀상의 쾌도술은 그의 절대쾌검에 못지않았고, 우검혈상의 환검은 극검마왕의 신위를 능가했다.

경시할 수 없는 그들의 합공을 접하자 환유성은 을주환을 죽이려던 살초를 회수했다.

그는 한 발을 축으로 빙글 회전하며 양손을 검처럼 휘저었다. 마치 빈손으로 검무를 추는 듯한 유연한 움직임이었다. 커다란 날개를 휘저으며 창공을 비월하는 선학의 여유가 느껴진다.

최고조에 이른 극유(極柔)는 그 어떤 빠름과 강함도 제압한다.

환유성이 수련한 만상요결과 천원단서는 절기를 수록한 무서가 아니었다. 그것은 세상의 이치와 무예의 근원을 밝힌 심경(心經)이었다.

신묘한 절기를 원하는 자에게는 하등의 가치도 없는 심경이지만 선천적으로 무도(武道)의 기질을 타고난 환유성에게는 더없이 적합한 금과옥조였던 것이다.

그는 한쪽 눈을 잃은 대신 극한의 심안을 터득해 백 개의 눈을 지니게 되었다. 앞을 응시하면서도 뒤를 볼 수 있고, 상대를 직시하면서 배후의 움직임까지 간파할 수 있다.

좌도귀상의 쾌도가 아무리 빨라도 그의 심안을 넘어설 수는 없었다. 그의 심안에 비친 그들의 쾌도는 이제 막 쾌도를 배우기 위한 자의 느릿한 도법에 불과했다.

현란한 환상을 일으키며 내리 꽂히는 우검혈상의 환검 역시 마찬가지였다. 번갯불을 발출하며 날아드는 검강 속에서 그는 무수한 허점을 찾아낼 수 있었다.

그의 양손이 순간적으로 빛을 발하자 엄청난 폭음과 함께 좌우상이 동시에 튕겨져 나갔다.

콰아아―!

엄청난 모래폭풍이 피어오르며 사위를 휩쓸었다. 장강은 거대한 물기둥을 일으키며 건너편으로 밀려 나갔다.

십 장 밖으로 내려선 좌우상은 충격의 여파를 이기지 못하고 전신을 부르르 떨었다. 그들의 손에 쥐어진 칼과 검이 아직도 진동한다. 월영서시조차 제압하지 못한 그들의 합격술이 빛을 잃은 것이다.

환유성은 양손을 늘어뜨린 채 차분한 표정으로 서 있었다.

강자의 오만도 엿보이지 않고, 상대를 죽이고자 하는 살의도 느껴지지 않는다. 그는 바람이며 물이요, 구름이며 안개였다. 눈에는 보이되 만질 수도 없고 죽일 수도 없는 그런 존재였다.

좌도귀상은 길게 탄식했다.

"우리 형제는 일 갑자를 넘게 무공을 수련했고, 국왕의 지도를 받아 나름대로 심득을 얻었다. 국왕 외에는 누구도 우리 형제의 합격술을 이기지 못하리라 자부했지. 한데, 너와 같은 고수를 만날 줄이야……."

우검혈상이 말을 이었다.

"사정 봐줄 것 없다. 우리는 죽음을 두려워하지 않는다. 검신의 검과 대결할 수 있다는 것만으로도 우리는 영광이다."

환유성은 천천히 몸을 돌렸다.

"난 당신들을 죽일 이유가 없으며 아직 검신의 검을 지니지 못했소."

좌도귀상의 눈빛이 가늘게 빛난다.

"네가 강하다는 것을 안다. 하지만 도전을 회피한다는 것은 우리 형제를 무시하는 처사다. 강자로서 도전을 받아주는 것은 무림의 오랜 관례다. 우리 형제는 네가 진정 천하제일검인지 확인해 보아야겠다."

모래사장 위를 걷는 환유성의 발이 문득 멈춰졌다. 그는 아침 햇살로 훤히 밝아진 하늘을 올려다보았다.

마검노인의 말대로 이제 그는 천하인들의 도전을 받으며 살아야 하는 존재가 된 것이다. 자격을 갖춘 자들의 도전을 회피해서는 안 되는 것이 무림의 관례다.

자신기 검의 고수들을 찾아 도전을 벌였듯 그도 도전을 받아주어야 한다. 하기에 천하제일이란 명성은 영광과 위험을 동시에 갖고 있는 것이다.

그를 꺾기만 하면 일약 천하제일로 불릴 수 있으니 명예를 탐하는 자들에게 있어 그는 반드시 밟고 올라서야 할 산이었다.

환유성은 자신이 겪어온 행로를 곱씹으며 좌우상을 향해 돌아섰다.

"당신들 말대로 도전을 회피하는 건 지나친 오만이며 이기적 행위이니 도전을 받아주겠소. 나에게 이렇듯 번잡스런 일이 생길 줄 알았다면 난 진작 검신의 길을 포기했을 거요."

좌우상은 도와 검을 거꾸로 쥐며 정중히 포권의 예를 취했다.

"고맙네. 배분을 따진다면 우리 형제가 훨씬 높겠지만 무공의 단계를 논한다면 자네가 월등하니 우리의 협공을 인정해 주게."

"자네에게 패한다면 마국을 떠날 것이네. 설사 죽는다 해도 아무런 여한이 없네."

그들은 암흑마국의 패업과는 무관한 사람들이었다. 오로지 무를 수련하는 데 평생을 바친 무광(武狂)이었기에 천하 제패의 야망 따위는 없었다. 마국왕의 지도에 감격해 잠시 충성을 바치기로 했을 뿐이었다. 하기에 마국을 떠나는 데에도 주저함이 없는 것이다.

환유성은 손을 모아 그들의 포권지례에 마주 응했다.

"기꺼이 응하겠소."

좌우상은 가볍게 고개를 끄덕이고는 순식간에 몸을 감추었다.

신묘한 보법을 펼치는 순간 그들의 모습은 나타났다 사라지기를 반복했다. 때로는 여러 개의 잔상(殘像)을 남기기도 해 그들의 움직임은

종잡을 수가 없었다.

암흑마국왕의 절기 중 하나인 반천역행보법이었다. 무학의 상도를 벗어나는 기괴한 보법이기에 그들의 움직임을 예측하기는 거의 불가능한 일이었다.

환유성은 굳이 그들의 움직임을 쫓는 데 주력하지 않았다. 그는 눈앞에 펼쳐진 장강을 지그시 응시하기만 했다. 모래바람 속에서 도기와 검기가 번득였지만 그는 천년거석처럼 요지부동이었다.

좌우상은 전력을 다해 보법을 펼치며 기회를 노렸다.

앞서 한 번 격돌을 펼친 적이 있기에 보다 신중했다. 상상도 못할 무형심검의 위력에 잠시 물러섰지만 그들의 자부심은 아직 꺾이지 않았다.

그것은 그들과 같은 초고수들이 갖는 당연한 오기였다.

아무리 강한 상대라도 인간인 이상 약점이 있기 마련이며 기회가 주어진다면 그 약점을 공격해 승리를 쟁취할 수 있기 때문이다. 그들의 쾌도와 환검은 충분히 그럴 능력이 있었다.

좌우상의 보법은 절정에 달했다. 일각이 넘는 대치 속에 그들은 환유성의 오 장 이내까지 접근했다. 환유성의 손에 반검이 쥐어져 있지 않다는 것이 그들이 갖는 유일한 행운이었다.

다시 일각이 흐르면서 좌우상은 상당한 자신감을 갖게 되었다. 공허하게만 느껴지던 환유성의 존재가 조금씩 감지되었기 때문이다. 눈으로 볼 수 있고 오감으로 느낄 수 있는 상대라면 벨 수 있다. 그것은 가슴 떨리는 희망이었다.

'아직 검신지경은 아니다. 이길 수도 있다!'

두 사람은 피를 나눈 쌍둥이라 굳이 말을 하지 않아도 느낌과 생각을 같이할 수 있는 능력을 지녔다. 몸은 나누어져 있지만 마음과 정신은 하나이기에 그들의 합격술은 가히 천하제일이었다.

"천지분합(天地分合)!"

두 사람의 힘찬 외침이 동시에 터졌다.

순간 그들의 도와 검이 육십 년 심득을 펼쳐 냈다. 자신을 보호하기 위한 일말의 여력도 남기지 않았다. 그들은 일초의 승부에 모든 것을 걸었다. 명예와 영광, 두려움과 욕망 따위는 잊은 채 자신의 절기를 도와 검으로 펼치는 데만 주력했다.

초극의 상대와 대치하는 동안 그들 자신도 한계를 넘어서는 힘을 지니게 되었다. 평생토록 염원하던 극도(極刀)와 극검(極劍)의 단계에 이르렀으니 무도로 논한다면 이는 초극무도에 준하는 경지였다.

환유성은 내심 놀라움을 금할 수 없었다.

쾌도와 환검이 혼합된 좌우상의 합공은 너무도 완벽한 조화를 이루었기에 그의 심안으로도 언뜻 간파할 수가 없었다.

좌우상의 공격은 무수한 섬광이 혼합된 빛의 공격이었다. 두 가지 색의 물감이 혼합되면 전혀 다른 색깔을 띠듯, 쾌도와 환검이 어우러진 그들의 공세는 그가 여태껏 접해보지 못한 새로운 절기였다.

온몸의 피가 싸늘하게 식어가는 위기 속에서 그는 본능적인 전율을 느껴야 했다. 그 스스로 자부했던 초월의 단계에 완전히 이르지 못함을 절감한 것이다.

'이들의 도검은 전혀 새로운 조화다. 오행상생의 조화와는 또 다른 위력을 지녔어. 이것은 하늘과 땅이 만나는 최고 수준의 천지조화다!'

환유성은 눈부신 빛의 공세 속에서 전혀 상상치 못한 깨달음에 이르
게 되었다. 그가 동정호에서 순간적으로 보았던 검신의 검을 뽑을 수
있게 된 것이다.

"차앗!"

맑은 외침 속에 그는 무형의 검을 손에 쥐며 빛의 공세를 내려쳤다.
강렬한 빛의 세계가 걷히며 칠흑 같은 어둠이 드러난다. 급기야 어둠
마저 베어지며 현실의 세계가 보인다.

꽈― 꽈꽝―!

세상이 뒤바뀌는 대폭발과 함께 수백 수천의 섬광이 유성의 폭발처
럼 사위로 비산되었다.

이 장 깊이로 패인 모래사장이 동심원을 그리며 확산되면서 화산이
터진 듯한 거대한 구덩이를 형성했다. 장강은 태풍을 만난 듯 요동치
고 수십 개의 물기둥이 십 장 높이로 치솟아올랐다.

휘이이잉……!

심한 모래바람에 한 치 앞을 분간할 수 없었다. 한순간 태양은 빛을
잃었고, 하늘 위로 자욱한 황색 구름이 형성되었다.

환유성은 거대한 분화구처럼 파헤쳐진 구덩이 위에 둥실 떠 있었다.
문사건이 찢겨지는 바람에 긴 머리카락이 얼굴을 간질이며 휘날린다.
백운려가 마련해 준 깔끔한 장삼마저 심하게 훼손되었다.

그의 안색은 백지장처럼 창백해졌다. 너무도 강력한 충돌의 여파로
기혈이 솟구쳐 목구멍까지 솟아올랐다.

그는 진기를 운기해 들끓는 기혈을 겨우 가라앉히며 거대한 모래 구
덩이를 내려다보았다.

좌우상은 병기를 쥔 팔이 분쇄된 채 모래 속에 처박혀 있었다. 그들의 도와 검은 흔적도 없이 사라져 버렸다. 환유성이 최후의 순간 자신의 부상을 감수하며 검을 거두지 않았다면 그들은 이미 한줌 핏물로 화했을 것이다.

좌우상은 가까스로 목숨을 건졌지만 부상이 너무 심했다. 속히 치유하지 않으면 과다한 출혈로 곧 죽게 될 상황이었다.

"크으윽… 천지분합을 깨뜨리다니!"

"진정… 검신에 이르렀단 말인가?"

좌우상은 떨어져 나간 팔을 감싸 쥐며 참담한 표정을 지었다.

환유성은 깃털처럼 내려서며 그들에게 다가섰다. 하지만 그들을 도우려 해도 방법이 없었다.

좌검귀상이 그의 의도를 알고는 고개를 설레설레 저었다.

"동정을 베풀 필요는 없네. 자네와 겨루었다는 것이 영광이니까."

"우리 형제는 자네 덕분에 국왕이 전수해 준 천지분합을 깨달을 수 있었네. 죽어도… 여한이 없어."

환유성은 기분이 울적해졌다.

암흑마국의 삼상(三相) 모두가 그의 손에 쓰러졌지만 그는 어떠한 통쾌감도 느낄 수 없었다.

천하인 모두가 두려워하는 마국의 수뇌들이지만 그들은 을주환과 같은 사악함이 없었다. 과연 무엇이 마(魔)이고 무엇이 정(正)인지 혼란스러울 정도였다.

이때 하늘 저편에서 청아한 울음소리가 들려왔다.

끄―아―악―!

허공에 메아리치는 맑은 울음소리가 채 끝나기도 전에 거대한 그림자가 장강 변 모래사장 위로 날아들었다. 그것은 전설 속의 단정학이었다. 천 년을 넘게 살아 세상의 이치를 터득한 영물이다.

단정학의 등에 타고 있던 노인이 훌쩍 뛰어내린다. 까마득한 백 장 높이였지만 노인은 깃털처럼 가볍게 바람을 타고 내려왔다.

노인은 바로 만통신복을 자처한 암흑마국의 국왕이었다.

마국왕이 거대한 구덩이 아래로 내려서자 좌우상은 극심한 부상에도 불구하고 몸을 일으키려 애썼다.

"구, 국왕."

"부끄럽소이다, 국왕."

마국왕은 가볍게 소매를 저었다.

"너희는 최선을 다했다. 그동안 노부에게 보여준 충정이 고맙구나. 이제 자유롭게 살아라."

어떻게 조치를 취했는지 좌우상의 팔에서 흐르던 피가 순식간에 멈추었다. 마국왕은 다시 두 개의 환약을 날려 둘의 입에 넣어주었다.

"……."

환유성은 묵묵히 그가 하는 양을 지켜보기만 했다.

마국왕은 거대한 분화구 형태의 구덩이를 둘러보고는 혀를 찼다.

"쯧쯧, 모양이 좋지 않군."

그가 양손을 크게 휘젓자 어마어마한 변괴가 전개되었다.

쿠구구궁……!

깊이 패인 구덩이 전체가 솟아오르기 시작한 것이다. 파헤쳐진 구덩이 안으로 모래를 끌어들여 본래의 형태를 만들어가는 그의 능력은 무공의 범주를 벗어난 신선의 선술이었다.

오래지 않아 모래사장은 예전의 모습을 갖추게 되었다.

마국왕의 신묘한 조치와 영단으로 겨우 회복된 좌우상은 급히 부복 배례를 했다.

"감읍할 따름이외다, 국왕."

마국왕은 가볍게 고개를 끄덕였다.

"천지분합의 절기가 절전되는 것이 아깝구나. 마땅한 후계자를 찾아 전수한다면 너희의 절기가 훗날 천하를 빛낼 것이다."

"명심하겠소이다, 국왕."

좌우상은 거듭 고개를 조아리고는 서로를 의지한 채 걸음을 옮겼다. 저만치 걸어간 그들은 환유성을 돌아보며 목례를 보냈다.

좌우상이 사라지자 마국왕은 천천히 환유성 앞으로 다가섰다.

"허허, 어떠하냐? 노부의 점괘가 틀리지는 않았지?"

"……."

환유성은 입을 다문 채 묵묵히 마국왕을 직시하기만 했다.

그의 눈빛은 형용할 수 없는 충격과 놀라움, 의혹으로 혼재돼 있었다. 그의 입술이 몇 번 달싹거렸지만 그는 끝내 입을 열지 못했다.

마국왕은 그의 심중을 헤아린 듯 나직한 웃음을 흘렸다.

"허허, 네 표정을 보니 노부의 정체를 파악한 것 같구나. 하기는 이제 알 때가 되었지."

갑자기 마국왕의 몸에서 우득우득 뼈가 어긋나는 기괴한 음향이 들려왔다. 그의 형체가 변하기 시작한 것이다. 이내 그의 환체변용이 멈추며 진견목이 드러났다.

유난히 큰 두개골은 비스듬히 일그러졌고, 눈은 기괴한 짝눈이었다. 얼굴빛도 한쪽은 희고 한쪽은 거무튀튀했다. 체구도 기형으로 한쪽 팔은 길고 한쪽 팔은 짧았다. 더군다나 허리까지 꾸부정한 꼽추였으니 세상 사람들의 비웃음과 손가락질을 한 몸에 받을 만큼 흉측한 골상이었다.

환유성의 입술이 파르르 떨린다.

"쌍뇌… 천기자……?"

마국왕의 흰 얼굴 쪽 눈에서 회한 어린 괴로움이 배어 나왔다.

"그렇다. 노부가 바로 암흑마국의 국왕인 쌍뇌천기자다."

제102장

검신(劍神)의 탄생

1

　벽소군은 쌍뇌천기자의 죽음을 알려 천하에 커다란 슬픔을 안겼다. 제자로서 사부의 부고를 거짓으로 고했을 리는 만무한 일이니, 쌍뇌천기자가 이렇듯 멀쩡하게 살아 있다는 것은 사부가 제자를 속였음이 분명한 사실이다.

　벽소군은 황산 검각에서 무너진 천기동부를 보았을 뿐 쌍뇌천기자의 시산을 직접 보지는 못했다. 쌍뇌천기자가 남긴 유서를 보고 사부의 죽음을 아무런 의심 없이 받아들인 것이다.

　그녀의 지혜가 아무리 뛰어나다 해도 어떻게 쌍뇌천기자의 죽음을 의심할 수 있겠는가?

　그런 생각을 갖는 것 자체가 불경스런 일이었으며, 또한 쌍뇌천기자가 거짓으로 죽음을 가장할 아무런 이유도 없었던 것이다.

환유성은 깊이 숨을 들이키고는 차갑게 내뱉었다.

"내가 가장 경멸하는 자는 사람을 속이는 자들이오. 한데, 당신은 세상 모든 사람들과 하늘을 속였으며, 당신이 가장 사랑하는 제자마저 속였소. 당신이 어떠한 의도를 품었던 간에 당신은 세상을 속인 악인이오. 내 아내가 이런 당신을 위해 오랫동안 슬픔에 젖어 있었던 것을 생각하면 분노를 금할 수 없소. 어떤 변명을 하든 당신은 결코 용서받을 수 없을 것이오."

쌍뇌천기자의 거무튀튀한 얼굴 쪽 눈에서 섬뜩한 혈광이 발출되었다. 그것은 인간의 눈이라기보다 악귀의 눈에 가까웠다.

"네게 노부를 용서할 자격은 없다. 노부는 스스로 죄를 알고 있기에 어떠한 용서도 바라지 않는다. 다만 노부의 저주받은 몸을 탓할 뿐이다."

그는 모래 위에 털썩 주저앉으며 손끝으로 바닥을 몇 곳 찍었다. 그러자 아름드리 수목과 같은 모래기둥이 연속적으로 솟아올랐다. 크고 작은 서른 여섯 개의 모래기둥이 솟구치면서 주변의 경관이 삽시간에 변모하였다. 장강과 모래사장이 사라졌을 뿐만 아니라 하늘마저 모습을 감추었다.

보이는 것이라고는 칠흑 같은 암공과 별처럼 허공에 박혀 있는 서른 여섯 개의 발광체뿐이었다.

환유성은 이것이 진법에 의한 환상임을 간파했지만 쌍뇌천기자의 경이적인 능력 앞에 또 한 번 놀라지 않을 수 없었다. 어떠한 기물도 사용하지 않은 채 내가진기로 모래기둥을 세워 진법을 펼칠 수 있다는 것은 누구도 상상할 수 없던 일이었다.

“구천투암진(九天透暗陣)이라는 것이다. 외부에서는 우리의 존재가 전혀 보이지 않는다. 넓디넓은 모래사장만 보일 뿐이지. 이 정도면 누구의 방해도 받지 않고 너와 대결을 벌일 수 있을 것이다.”

“세상을 속인 죄가 너무 커 부끄럽소?”

“앉거라. 널 올려다보면서 얘기를 할 수는 없지 않겠느냐?”

“난 당신 같은 사기꾼과 마주 대하고 싶지 않소.”

환유성이 냉담하게 거부하자 쌍뇌천기자의 거무튀튀한 손이 바닥을 가리켰다.

“앉아!”

순간, 환유성은 양어깨에 산악을 걸머멘 듯 엄청난 중압감에 시달렸다. 그의 전신을 짓누르는 무형의 압력은 도저히 대항할 수 없는 하늘의 무게였다.

환유성은 이를 악물며 양손을 치켜들어 무형의 하늘을 떠받쳐 올렸다. 감당할 수 없는 무게에 두 팔이 부들부들 떨렸다. 두 발이 어둠 속으로 파고들어 간다. 짓누르는 압박감에 심장이 터질 듯 요동쳤다.

“이익!”

환유성은 무형의 하늘을 밀어내려 했지만 그럴수록 압박감은 더 심해졌다.

쌍뇌천기자의 붉은 눈이 가늘어진다.

“소용없다. 네 눈에는 무형의 하늘로 보이겠지만 그것은 하늘이 아닌 대지다. 인간의 보잘것없는 힘으로 어찌 대지를 밀어낼 수 있겠느냐?”

“내가… 당신 같은 사기꾼의 말을… 믿을 것 같소?”

너무도 힘겨운 무게에 환유성의 전신 혈관이 일제히 튀어나왔다. 이런 상황이 조금만 더 진행되면 그의 의지와 관계없이 심장부터 터질 것이다.

그를 지켜보던 쌍뇌천기자는 설레설레 고개를 저었다.

"정말 고집스런 녀석이군. 하기는 그런 정신력이 없었다면 어떻게 인간 한계를 넘어서는 검신지로에 이를 수 있겠는가."

무형의 하늘을 떠받치고 있던 환유성은 문득 깨닫는 바가 있어 산악 같은 무게를 떠받치고 있던 두 팔을 내렸다. 순간, 그의 몸이 사라지며 눈부신 광채를 발하는 한 자루 검으로 화했다.

암공을 향해 검이 치솟는 순간 진세가 세차게 요동쳤다.

콰— 콰콰쾅!

수천 개의 우레가 동시에 울려 퍼지는 굉음과 함께 무형의 하늘이 찢겨져 나갔다. 겨우 중압감에서 벗어난 환유성은 본래의 모습으로 돌아왔다.

이를 지켜보던 쌍뇌천기자의 입에서 무거운 침음성이 흘러나왔다.

"으음, 마침내 터득했구나. 검신의 검!"

환유성은 냉담하게 말을 받았다.

"검신은 무림사에 존재한 적이 없었으니 누구도 검신의 검을 보지 못했소. 당신이 세상의 모든 것을 알고 있다는 쌍뇌천기자이지만 보지 않은 것까지 알 수는 없을 것이오. 내가 만일 진정한 검신이었다면 생각만으로 당신을 죽였어야 옳소."

"세상에서 가장 믿을 수 없는 것이 눈에 보이는 것이다. 그것은 너도 충분히 느끼고 있을 텐데?"

“물톤 틀린 말은 아니오. 하지만 난 검신의 경지에 오르지 못했으니 당신의 판단은 잘못된 것이오.”

“그렇다면 실망이군. 노부는 네가 검신에 오르기를 원했기에 모든 배려를 해주었다. 그래야 검신의 검을 볼 수 있고 그 검과 대결할 수 있을 테니까.”

“그 말은 검신조차 이길 자신이 있다는 거요?”

환유성의 도전적인 어조에 쌍뇌천기자는 희미한 미소를 머금었다.

“검신을 이길 수는 없다. 네가 노부를 죽일 수 있다면 검신이 되었음을 네 스스로 느끼게 될 것이다.”

“당신은 세상의 모든 무공을 알고 있지만 수련하지 않았다 들었소. 한데, 왜 무공을 수련하게 된 것이오? 왜 제자까지 속이면서 죽음을 가장했소? 암흑마국을 창건해 천하를 집어삼킬 야욕을 가졌다면 왜 진작에 천하를 지배하지 않았소?”

“넌 자신의 일 외에는 무심하다 들었다. 그런 무심이 있었기에 남들보다 빠르게 무도를 성취할 수 있었던 것이지. 한데, 왜 그런 번거로운 의혹을 품는 것이냐?”

“난 당신을 죽일 것이오. 당신이 천하를 제패하려 하기 때문이 아니라 간악한 술책으로 새황성존을 암습한 그 추악함 때문이오. 난 성존의 도움을 받았고 이제 그 신세를 갚아야 하오.”

새황성존 율한추의 존재가 거론되자 쌍뇌천기자의 어린아이처럼 맑은 한쪽 눈에서 고통의 빛이 어른거렸다. 그는 길게 탄식했다.

“한츠에게 암습을 가한 일은 노부에게 있어 평생 가장 후회스러운 일이었다.”

"이제 생각하니 성존은 당신의 정체를 이미 간파했던 것 같소. 삼천공의 절학과 천마혈경의 마공을 동시에 전개할 수 있는 사람이 당신 외에 또 있겠소? 하기에 간악한 제자인 을주환은 죽이되 당신과는 절대 맞서지 말라 했소."

"그래, 그는 짐작했을 것이다. 살초를 날리는 순간 그는 노부의 정체를 알아채고는 몹시 놀라워했지. 노부도 그의 눈빛을 보고 그것을 알 수 있었다. 하기에 그를 죽일 수 없었지."

쌍뇌천기자는 잠시 입을 다물었다가 시선을 들어 환유성을 직시했다.

왼쪽 눈은 더없이 맑았고 오른쪽 눈은 극악한 마귀의 혈안이었다. 너무도 상반된 눈빛에 환유성은 몹시 혼란스러워졌다. 하지만 그는 독안(獨眼)이기에 쌍뇌천기자의 왼쪽 눈만을 응시하며 마음을 안정시킬 수 있었다.

"이제 조금 알 것 같소. 당신은 무공을 수련하지 않았어야 했소."

"정확히 보았다. 노부는 선천적으로 두 개의 뇌를 갖고 태어나는 바람에 지독히도 고통스런 두통과 함께 광기에 젖는 일이 잦았다. 남들보다 뛰어난 두뇌를 지녔지만, 이것은 축복이 아니라 하늘이 내린 형벌이었다. 우리 위지세가의 추악한 패륜에 대한 징계였지."

2

위지세가는 본래 무림과는 무관하게 학문을 즐기는 문사 가문이었다. 한데, 이백여 년 전 한 무림인을 구해주는 바람에 본의 아니게 무림의 공적으로 몰리게 되었다. 그들이 구한 무림인이 흑도의 살성이었고, 그가 악마지공을 수련했기 때문이다.

위지세가는 하루아침에 멸문지화를 당했고 어린 남매만 살아남게 되었다. 세상의 눈을 피해 살게 된 어린 남매는 세상에 대한 한과 저주를 품으며 마침내 부부의 연을 맺는 패륜 행위를 저지르게 되었다.

이 후 그들 혈족은 무림사를 기록하는 사관(史官)으로 무림계에 발을 들여놓게 되었다.

그들의 목표는 무림계의 철저한 말살이었다.

그들의 혈관에 흐르는 세상에 대한 증오와 저주는 그들을 더욱 폐쇄적으로 만들었기에 그들은 순수 혈통을 고수했다. 혈족만이 비밀을 지키고 가문의 유지를 받을 수 있었기 때문이다.

외견상 그들은 무공을 전혀 수련하지 않은 문관임을 내세웠지만 그들 중 일부는 비밀리에 무공을 수련했다.

그들은 사관이란 직분을 이용해 수많은 문파의 비밀을 알아내고 기록으로 남겼다. 그 외중에 그들은 숨겨진 비급과 무서를 취득해 자신들만의 절기로 발전시켰다.

그러나 그들의 혈족은 뛰어난 두뇌를 지녔을 뿐 무예에 적합한 후예를 배출할 수 없었다. 순수 혈통을 고집해서인지 상당수가 요절을 했고, 정신 장애를 일으키는 경우도 많았다.

팔십 년에 걸쳐 다섯 세대를 이어오는 동안 위지세가는 나름대로 기반을 잡았지만 세상을 향한 복수는 결코 이룰 수가 없었다. 대신 저주와 한은 더욱 깊어갔다.

그런 와중에 쌍뇌천기자가 탄생하였다.

선천적으로 두 개의 뇌를 갖고 태어난 쌍뇌천기자는 그야말로 문일지천(聞一知千)의 대천재였다. 어떤 어려운 서책도 한 번 보면 모두 해독했고, 눈에 보이는 모든 사물을 근원적으로 파악할 수 있었다.

위지세가의 사람들은 마침내 세상을 향한 복수를 펼칠 수 있다 생각하며 모두 기뻐했다.

하지만 쌍뇌천기자는 태생적으로 무공을 익힐 수 없는 체질이었다. 몸의 반신에서 피가 거꾸로 흐리기에 그런 몸으로 과연 얼마나 살 수 있을지도 의문이었다. 더군다나 한 번 광기 어린 발작을 하면 부모와 형제조차 알아보지 못했다.

결국 그는 한 덩이 혈육만 남긴 채 황산 검각에 천기동부를 세우고 은거하게 되었다.

당시는 사상 최강의 천마대제가 천마제국을 세워 천하를 피로 씻는 혈란의 시대였다. 천마대제는 몸소 쌍뇌천기자를 찾아와 천마제국의 총상이 되어줄 것을 요구했다.

쌍뇌천기자는 천기를 읽을 수 있는 현자였기에 천마제국의 몰락을 예견하며 그의 요구를 거부했다. 천마대제는 자신의 요구를 거부하면 위지세가를 멸문시키겠다고 협박을 가했고, 결국 쌍뇌천기자는 천마혈경의 요결을 해독해 주는 조건으로 이를 무마시켰다.

그의 예견대로 백도의 성웅인 삼천공이 등장하면서 천마제국은 종말을 고했다.

여기에 한 가지 비밀이 숨겨져 있었다.

축융무존에게 축융벽력탄의 제조법을 넌지시 일러준 사람이 바로 쌍뇌천기자다. 그는 삼천공의 피 끓는 의협심을 이용해 그들과 천마제국의 동귀어진을 꾀한 것이다.

삼천공과 같은 백도의 의협이 세상에 남게 되면 위지세가에 위협이 될 수 있었기 때문이다. 결국 무림의 영원한 성웅이라는 삼천공조차 쌍뇌천기자의 계책에 희생된 셈이다.

천마제국이 몰락한 후 쌍뇌천기자는 천하인들이 존경하는 현자로 추대되었다.

위지세가는 비로소 육반산의 명당에 자신들의 장원을 세워 암중에서 천하를 주도하는 힘을 갖추는 데 주력했다.

그들은 가문의 목표를 다소 수정했다. 무림계의 말살을 꾀하는 무모한 복수보다 천하를 자신들이 원하는 세상으로 만들어 선조들의 한을 풀자는 것이었다.

위지세가의 순수한 혈족들은 대대로 비밀을 유지하며 때를 기다렸다.

마침내 사십 년 전 그들이 그토록 고대하던 기재가 탄생했다. 사내가 아닌 것이 흠이지만 무공을 수련하는 데 적합한 백년지재였다.

그녀가 바로 십절예화로 불리게 된 위지운설이다.

그러나 그녀 역시 위지세가의 혈통을 받아 치명적인 약점을 가졌으니, 여인으로서 너무 추악한 모습을 지닌 것이다. 아무리 뛰어난 자질과 지혜를 지녔어도 추녀의 몸으로 천하를 장악하는 데는 어려움이 많았다.

그런 상황에서 그녀는 요동에서 온 절세기재를 만나게 되었다. 아직 천하에 그 이름이 알려지기도 전이었다. 그의 독창적인 검법은 갓 만들어졌지만 천하를 진동시키기에 충분했다.

그에게 매료된 위지운설은 그를 위지세가의 사람으로 만들기로 결심했다. 그녀는 그에게 청혼을 제의하며 천하의 권좌를 약속했지만 그는 이미 앞날을 약속한 여인이 있다며 거절했다.

위지운설은 부친인 위지군에게 이 사실을 털어놓았지만 위지군은 그가 혈족이 아니라는 이유로 받아들이지 않았다. 하지만 위지군 역시 청년을 만나보고는 혈족이 아닌 타인과의 혼인을 처음으로 승낙했다.

그들 부녀는 청년을 옭아맬 방법을 고민하다 쌍뇌천기자를 찾아가게 되었다. 쌍뇌천기자는 과거의 일부를 지우고 새로운 기억을 주입시키는 악마적 비법을 가르쳐 주었고, 그들 부녀는 청년에게 그 비법을 펼쳤다.

비극적인 결혼은 천하인들의 축하 속에 성대히 거행되었고, 위지세가는 마침내 야망을 이루게 되었다.

데릴사위가 된 태양천주 단목휘의 혁혁한 전공으로 위지세가는 당당히 중원제일가로 천하에 우뚝 서게 된 것이다. 그러나 위지세가 사람들이 숙원을 풀고 감격에 도취해 있는 사이 쌍뇌천기자에게 엄청난 변화가 생겼다.

쌍뇌천기자는 백 년의 노력 끝에 몸의 반신에서 거꾸로 흐르는 피를 바로 돌게 만들면서 무공을 수련할 수 있는 체질로 변모한 것이다.

천하의 모든 무공을 기억하고 있는 그는 순식간에 개세고수가 될 수 있었다. 또한 그에게는 단정학이 있었기에 천하인들의 이목을 속이고 어디든 갈 수 있었다.

그는 속성으로 터득할 수 있는 무공에 주력했는데, 그 대부분이 마공이었다.

그는 금지된 악마지공 중 세 가지를 익혔고, 천마혈경의 마공에도 심취했다. 이러한 극마지공으로 그는 점차 마성에 물들게 되었다. 만일 그가 두 개의 뇌를 갖고 태어나 자연스럽게 양심신공을 터득하지 않았다면 천마대제를 능가하는 고금제일마가 되었을 것이다.

그는 한 몸에 마성과 선성(善性)을 동시에 지니게 되면서 커다란 혼란 속으로 빠져들었다. 마성에 의한 파괴적 욕망이 부풀어 오를수록 이를 제어하기 위한 선성이 강해지고 간헐적으로 광증이 도지기도 했다.

그가 새황성존을 죽이게 된 것은 마성에 의한 파괴와 살육의 본능 때문이었다.

마지막 순간 선성이 마성을 제압하여 새황성존을 벼랑으로 밀치는 것으로 마무리를 지었지만 선성이 그를 지배하고 있을 때는 자신의 엄청난 과오에 눈물을 흘리며 번민해야 했다.

세상에 알려지기로 그의 제자는 벽소군 하나뿐이었지만 숨겨진 제자가 또 하나 있었다. 바로 암흑마국의 태자인 을주환이 그의 마성에 의해 키워진 제자였다.

벽소군이 그의 선성의 계승자라면 을주환은 마성의 대리인이었다. 그는 한쪽으로는 파괴를 일삼고 다른 한쪽으로는 이를 막는 방책까지 세웠으니 당대의 엄청난 변란은 모두 그에 의해 비롯된 것이었다.

하지만 선성보다 마성이 강하기에 그가 정(正)과 마(魔) 양쪽으로 펼쳐 놓은 배려가 암흑마국 쪽으로 기울어가자 그는 심각한 고민에 빠지게 되었다. 그러던 중 그의 눈에 띈 인물이 바로 요동에서 건너온 인간 사냥꾼 환유성이었다.

만일 환유성이 정의로운 인물이었다면 쌍뇌천기자의 마성은 훗날의 위협이 두려워 환유성이 성장하는 것을 두려워했겠지만 당시 환유성의 존재는 회색이었다.

그의 검이 마검이 될지 의검이 될지는 쌍뇌천기자조차 예측할 수 없는 상황이었다.

결국 자신의 내부에서 대결하던 선악의 심성은 이 회색의 검수를 벽소군과 맺어지게 하는 데 모두 동의했다. 그가 마검이 된다면 마성의 승리이고, 의검이 된다면 선성의 승리다.

쌍뇌천기자는 점괘를 통해 환유성의 행로를 짐작하고는 자신의 위급함을 가장했다. 그를 구하기 위해 벽소군은 귀심동으로 향했고 쌍뇌천기자의 안배대로 그녀는 환유성을 만나 연을 맺게 되었다.

이 모든 계획과 행동은 그 혼자에 의해 이루어졌다.

그의 마성에 의해 키워진 을주환이 아는 것은 그리 많지 않았다. 철저한 악으로 훈육된 을주환은 그저 암흑마국을 관장하면서 천하를 제패하는 데 주력할 뿐이었다.

그의 본가인 위지세가도 이런 내막을 모른다. 하기에 위지운설은 상상도 하지 못한 위협에 골머리를 앓아야 했다.

이런 와중에 창건된 천마성은 또 하나의 변수였다.

이 갑자라는 오랜 삶이 다해가면서 그도 이제는 아는 것보다 모르는 부분들이 더 많아졌다. 세상을 굽어보는 신처럼 천하를 자신의 뜻대로

좌지우지하던 그였지만 자신의 본가인 위지세가의 괴멸만은 막지 못
했다.

악으로써 악을 징계하려는 하늘의 심오한 이치를 어찌 거스를 수 있
겠는가.

3

쌍뇌천기자의 인생 회고(回顧)와 같은 기나긴 비사를 듣는 동안 환
유성은 거듭된 충격에 한동안 입을 다물 수 없었다.

태양천주의 기억을 말살한 위지세가의 사악함은 접어두고라도 쌍뇌
천기자의 가공할 책략은 도저히 인간의 것이 아니었다.

하나의 몸속에 자리한 마성과 선성의 대결을 이해하기란 쉬운 일이
아니다. 만일 그가 아닌 다른 사람이 쌍뇌천기자의 비사를 들었다면
충격을 이기지 못해 피를 뿜고 쓰러졌을 것이다.

환유성은 쌍뇌천기자의 머리를 쪼개 과연 그가 인간인지를 확인하
고 싶었다. 하지만 아직도 풀 수 없는 의혹이 너무 많아 절로 피어오른
심검을 거둬들였다.

"기분이 몹시 더럽소. 당신같이 사악한 악인이 날 키웠다는 사실에
속이 뒤집힐 것 같소. 어쨌든 대략적인 사실을 알게 돼 머리는 개운하
오. 하지만 아직 몇 가지 궁금한 게 있소."

"노부의 마성이 강해지고 있어 오래 얘기하기는 힘들다. 간단히 물

어라.”

“회색의 검수라서 날 선택했다면 나의 내력에 대해 조금은 알고 있으리라 믿소. 내 어머니에게 반검만 남기고 떠나간 아버지가 누구인지 알고 있소?”

쌍뇌천기자의 맑은 왼쪽 눈이 조금씩 흐려지고 있었다.

“물론 알고 있다.”

순간 환유성의 주먹이 절로 꽉 쥐어졌다.

찾기를 포기했고 그의 기억 속에서 지우려 했던 존재지만 그래도 끊을 수 없는 것이 핏줄의 인연이다. 물론 쌍뇌천기자가 그것까지 알고 있으리라고는 별로 기대하지 않고 한 질문이었다.

그는 짧게 숨을 들이켰다.

“정녕… 내 아버지를 알고 있단 말이오?”

“이미 죽었다.”

쌍뇌천기자의 짤막한 답변에 환유성은 그만 맥이 탁 풀렸다. 순간적으로 부풀었던 가슴이 유리 상자처럼 산산조각이 나고 말았다.

“이미 돌아가셨단 말이오?”

“그렇다.”

쌍뇌천자의 오른쪽 붉은 눈이 점차 강렬해진다. 오른쪽 입꼬리에 새겨지는 미소가 보기에도 섬뜩하다.

환유성은 본능적인 위기를 직감하며 빠른 어조로 물었다.

“한 가지만 더 묻겠소. 소군의 내력은 어떻게 되는 거요?”

쌍뇌천기자의 몸이 둥실 떠오른다. 왼쪽 반신의 흰 얼굴과 흰 손마저 조금씩 붉게 물들어간다.

“산서 벽가장의 후예다. 노부는 쌍둥이 남매를 데려다 키웠다. 그래야 내 뇌리 속의 마성과 선성이 그것을 허락하기 때문이다.”

환유성의 등줄기로 식은땀이 주르륵 흘렀다. 그는 이를 악물며 외쳐 물었다.

“쌍둥이 남매? 그, 그렇다면 을주환과 소군이 친남매란 말이오?”

“사실이다.”

“어떻게… 어떻게 그런 극악한 짓을!”

“동등한 조건을 갖추어야 선악의 대결이 형성될 수 있으니까.”

환유성은 숨을 멈추었다. 상상도 못할 충격에 머리가 터질 것만 같았다. 어지간해서는 흔들리지 않는 고도의 정신 수양을 거친 그였지만 이번의 충격은 너무도 컸다.

선성의 계승자인 벽소군과 마성의 대리인인 을주환!

그들은 자신들이 쌍둥이 남매지간인 줄도 모르고 여러 번 서로를 죽이려 했다. 만일 벽소군이 을주환에게 사로잡혔다면 능욕을 당했을 수도 있는 일이었다. 한 핏줄을 타고 태어난 남매로서 도저히 해서는 안 될 만행이 자행될 뻔했던 것이다.

환유성은 싸늘한 분노에 젖어 토막토막 끊어 내뱉었다.

“당신은… 죽어야겠소.”

쌍뇌천기자의 흰 얼굴 부위가 고통스럽게 일그러진다.

“노부의 마성은 그것을 용납치 않는다. 이제 선성이 제압되면 노부는 마귀가 될 것이다. 마성은 네가 더 성장하기를 원치 않기에 반드시 널 죽이려 할 것이니 최선을 다해 노부를 죽여라. 반드시 죽여야 하며 네가 죽어서는 안 된다. 너의 죽음은 단순히 너 하나의 죽음으로 끝나

지 않는다. 네가 회색 속에서 흰색을 선택한 만큼 진정한 선악의 대결
은 너에 의해 결정될 것이다.”

그는 붉게 물든 오른손을 들어 선성이 깃든 왼쪽 손과 몸의 혈맥을
제압했다. 그러자 그의 전신이 붉은 광채로 뒤덮였다. 너무도 강렬한
빛이기에 마주 직시할 수조차 없었다.

환유성은 스르르 눈을 감았다.

이곳은 쌍뇌천기자가 펼친 진세 안이다. 쌍뇌천기자는 행동에서 자
유로울 수 있지만 그는 다섯 걸음조차 옮길 수 없다.

그는 심안을 통해 혈광체를 응시하며 정신력을 집중시켰다. 그의 손
이 가볍게 쥐어진다.

‘보이지 않지만 쥘 수 있다. 이것은 나의 검이다. 항상 마음의 검집
속에 담겨 있기에 언제든 꺼내 쥘 수 있다.’

무형의 검을 손에 쥐자 그는 아주 차분해졌다. 이글거리는 마기가
무형심검과 충돌하며 불꽃을 일으킨다.

진검을 버려야만 얻을 수 있다는 검신의 검!

그는 동정호에서 처음으로 환상을 보았고 마검노인과의 대결에서는
자신의 의지와 관계없이 검신의 검을 펼쳐 냈다. 그리고 잠시 전 좌우
상과의 대결에서 비로소 의도한 대로 검신의 검을 손에 쥘 수 있었다.

혈광체에 휩싸인 쌍뇌천기자의 입술 새로 송곳니가 도드라진다. 눈
에서 번갯불이 피어오르고 코에서 푸른 연기가 뿜어졌다.

“카카카! 수라파천마공(修羅破天魔功)!”

진세 안의 암공이 시뻘겋게 타오르며, 수천 수만의 악귀들이 호곡성
을 발하며 폭풍처럼 날아들었다. 오대악마지공 중 가장 공포스럽다는

파멸의 악마지공이 펼쳐진 것이다.

일명 악마의 분노로 불리는 수라파천마공!

만일 그것이 진세 안이 아닌 현실 속에서 펼쳐졌다면 삼백 장 이내의 모든 생명체는 순식간에 파괴되었을 것이다. 세상을 멸절시키기 위해 악신에 의해 창조되었다는 악마지공은 시공을 뒤틀며 환유성의 전신으로 쏟아져 내렸다.

콰류류류—!

환유성은 눈을 감고 있었기에 사납게 할퀴어대는 악귀상들의 끔찍한 환상을 피할 수 있었지만 고막을 강타하는 호곡성에 머리 속이 터질 것만 같았다. 마화(魔火)는 무쇠라도 녹일 듯 이글거리고 연속적으로 터지는 뇌성벽력에 천지가 요동친다.

수라파천마공이 전신으로 내리 꽂히는 순간 환유성은 눈을 번쩍 떴다.

도저히 인간의 눈이라고는 생각되지 않을 만큼 맑다. 흑백의 분명한 눈은 태양처럼 폭발하는 혈광체를 직시하고도 흔들림이 없다.

"차앗!"

힘찬 외침과 함께 그는 혈광체를 향해 보이지 않는 검을 내리그었다.

일 수유의 정적…….

광란하던 악귀상과 요란한 뇌성벽력마저 씻은 듯 사라지고 사나운 폭풍마저 잠들었다. 태초의 고요처럼 모든 것이 평온하다. 이어 흰 빛이 길게 형성된다. 하늘과 땅을 단숨에 베어버릴 거대한 섬광이 번득인다.

꽈— 꽈꽝—!

수천 개의 화산이 일시에 터지는 듯한 굉음과 함께 구천투암진이 폭발하며 환유성이 현실 속으로 모습을 드러냈다.

동심원을 그리며 퍼져 나가는 대폭발에 의해 장강의 물줄기가 백 장 밖으로 밀려 나갔다. 강변의 거대한 모래사장은 삼 장 깊이로 파헤쳐진 채 검붉은 진흙을 드러냈다. 실로 통천가공할 파괴의 현장이었다.

“우욱!”

환유성은 피 화살을 뿜으며 뒤로 튕겨졌다.

십 장 밖으로 밀려난 그는 모래 더미 속으로 푹 파묻혔다. 전신의 피부가 모두 타버린 듯 고통스러웠다. 그는 가슴을 두드리며 숨을 고른 후 모래 속에 파묻힌 몸을 끄집어냈다.

그는 손과 몸을 살펴보았지만 느껴지는 아픔과는 달리 외상은 그다지 심하지 않았다. 순간적인 충격을 이기지 못하고 피를 토했지만 혈맥이 뒤엉키는 내상을 입은 것도 아니었다.

그는 주변으로 시선을 돌려 쌍뇌천기자를 찾았다.

쌍뇌천기자는 모래 속에 반쯤 박힌 채 시체처럼 누워 있었다.

깊은 검흔이 정수리부터 미간을 거쳐 목과 가슴까지 길게 그어져 있었다. 신검으로도 벨 수 없는 극마지체를 연성했지만 검신의 검에는 그도 어쩔 수 없었던 것이다.

베어진 혈선을 타고 붉은 피가 배어 나오기 시작했다. 거무튀튀한 반신으로 피가 젖어들자 피부색이 희게 변한다. 극마지공이 소멸되면서 본래의 모습을 되찾은 것이다.

"……."

환유성은 물끄러미 그를 내려다보면서 형용할 수 없는 감정에 젖어 들었다.

쌍뇌천기자는 분명 만악의 원흉이며 숱한 살육을 일으킨 사악의 근원이다. 반대로 벽소군과 환유성을 통해 마의 세력을 견제한 세상의 구원자이기도 하다.

환유성은 막상 죽어가는 고금의 대천재를 대하자 비감한 마음을 금할 수 없었다.

"천기자 어르신……."

반쪽의 흉물스런 모습이 씻기자 그림 속 신선과 같은 풍모가 드러났다.

쌍뇌천기자는 피 섞인 기침을 토해내며 힘겹게 눈을 떴다.

"쿨럭, 해냈구나……. 마성이 보다 강하게 노부를 지배했지만… 결국 선의 승리다. 아니, 네 의지의 승리라고 해야겠지."

"아니오. 천기자 어르신의 승리요. 최후의 순간 마성이 제어되는 바람에 내가 무사할 수 있었소. 결국 천기자 어른의 머리 속에서 전개된 선악의 대결에서 선이 승리한 것이오."

"대견하구나. 모든 검을 터득해야 하고… 그렇게 애써 터득한 검을 모두 버려야만 검신지경에 오를 수 있는데… 네가 그것을 해내다니……."

"어르신……."

환유성은 그 앞에 조용히 무릎을 꿇었다.

"어르신께서는 제게 마검 사부님을 점지해 주셨습니다. 하지만 두 분 모두 제 검으로 베었습니다. 왜 이래야 했습니까?"

"검신은 새로운 경지다. 무림사에 전무후무한 그 세계를 열려면 누군가 그 길을 열어야 한다. 너무도 험란한 길이기에 혼자서는 갈 수 없다. 하기에 사공인이 너의 디딤돌이 되었고 노부가 그 문을 여는 데 일조한 것이다."

환유성은 감격에 젖어 절로 눈물이 배어 나왔다.

"왜 하필 저입니까? 왜 저를 위해 그런 희생을 감수하시는 겁니까?"

쌍뇌천기자는 가쁜 숨을 몰아쉬며 힘겹게 입을 열었다.

"천하에서 오직 너만이… 그럴 능력이 있으니까……. 사공인은 스스로 그것을 원했다. 노부 또한 네 아버지에게 지은 죄를 속죄하기 위함이다."

그의 눈에서 생기가 말라가고 있었다. 그는 자애로운 눈빛으로 환유성을 올려다보며 입술을 달싹였다.

"내 허리춤을… 살펴보아라."

피로 물든 장삼 자락이 들춰지자 비단으로 감싼 길쭉한 물건이 보였다. 비단을 끌러 내용물을 보는 순간 환유성은 숨이 턱 막혔다.

동강난 한 토막의 검이었다. 검의 중간서부터 검극까지 두 자 길이의 검날이 그의 눈을 아프도록 찔렀다.

"이것은……?"

"네 반검의 또 한 부분이다."

"이것을 어찌 어르신께서 지니고 계십니까?"

"아직도 모르겠느냐? 네 아버지가 누구인지를 깨닫지 못했단 말이냐?"

“······.”

검날을 손에 쥔 환유성은 지그시 입술을 깨물었다. 뜨거운 피가 끓어오르며 전신의 팔만 사천 모공이 일제히 열렸다.

“그분이… 그분이 제 아버지란 말씀이십니까?”

그가 충격과 혼란에 젖어 부르짖자 쌍뇌천기자는 긴 한숨과 함께 스르르 눈을 감았다.

“참으로 고통스런 삶이었다……. 이제야 검각에서 영원한 잠에 들 수 있겠구나…….”

그 말을 끝으로 그는 영면에 빠졌다.

두 개의 뇌를 갖고 태어나 세상의 축복과 하늘의 형벌을 동시에 받은 쌍뇌천기자는 그렇게 회한 어린 생을 마감했다.

이전에도 없었고 이후에도 없을 전무후무한 대천재는 절반의 실패와 절반의 승리를 남긴 채 소멸되었다. 그의 악행만 본다면 천하의 지탄과 저주를 받을 만큼 끔찍한 삶이었지만, 그것을 막기 위한 노력과 안배를 감안한다면 그는 세상 사람들의 존경을 받기에 충분했다.

단정학은 쌍뇌천기자의 시신을 등에 태운 채 하늘 높이 솟아올랐다. 주인을 잃은 슬픈 울음소리가 창천 하늘을 진동시킨다.

두두두―!

계곡과 내를 가로지르는 소추의 질주는 흡사 빛살과 같았다. 발말굽을 한 번 놀릴 때마다 십수 장씩 달려가는 모습은 질풍이며 섬광이었다.

　동강난 검날을 손에 쥔 환유성은 비로소 모든 사실을 깨닫게 되었다.

　"자네에게는 무도(武道)의 기운이 느껴지네. 무도란 무술과 구분되는 상승의 분야인데 자네는 아마도 선천적으로 타고난 듯하네. 그것은 혈통일 수도 있겠지."

　수년 전 한해에서 마검노인이 한 말이다. 이후에도 그의 혈통에 대해 거론한 사람들이 꽤 있었다.
　또한 안새의 야시장에서 단목비연을 처음 보았을 때 그는 형용할 수 없는 친숙감에 젖게 되었다. 그녀와 산동에서 하룻밤을 보냈지만 어떤 욕정도 느낄 수 없었다. 어머니는 달라도 한 아버지의 핏줄이라 서로 통했기 때문이다.
　한 번도 대면한 적이 없는 태양천주의 죽음에 그는 절로 격분해 오만 군병이 에워싼 중산왕부로 뛰어드는 것을 주저하지 않았다. 자신이 도전해야 할 상대를 앞서 쓰러뜨린 분노 때문만은 아니었다. 태양천주를 위한 복수는 자식으로서 당연히 해야 할 도리였던 것이다.

　"소문에 의하면 환 대협의 반검이 천하의 신검과 보검보다 뛰어나다 하더군요. 잠시… 볼 수 있을까요?"

　위지운설이 자신의 반검에 대해 비상한 관심을 가진 것은 자신의 신분에 대한 의혹 때문이었다.

세찬 바람이 그의 몸을 스치고 갔지만 그의 피는 식을 줄을 몰랐다.

너무도 엄청난 충격과 감동은 오래도록 그의 피를 뜨겁게 데울 것이다.

"아버지… 태양천주 단목휘… 그분이 내 아버지였을 줄이야!"

제103장

하늘의 검, 인간의 검

1

둥―둥―둥―

추적추적 내리는 봄비 속에 울려 퍼지는 북소리는 탕마대전의 개전을 알리는 신호였다.

육반산 아래 위치한 천마성 주변에 포진한 삼천여 백도연합의 정예는 우렁찬 함성과 함께 마침내 탕마멸사의 기치를 높이 세우며 공격에 나섰다.

높은 목대 위에서 진영을 내려다보던 벽소군은 삼각 깃발을 번쩍 치켜들었다.

"제일대 출진!"

그의 신호에 따라 북이 울리자 이백여 월영궁 제자가 파쇄궁노를 앞세운 채 천마성 성곽에서 백 보 안으로 진입했다.

천마성의 대응은 너무도 조용했다.

성곽 위로는 천마성을 상징하는 깃발만 펄럭일 뿐이었다. 천마성주를 비롯해 수뇌급인 군사 악중뇌와 천마사존, 천마총령, 순찰총감, 총호법 악중요 등 누구도 모습을 드러내지 않고 있었다.

평소의 벽소군이었다면 포위망을 형성한 채 좀 더 신중하게 형세 판단에 주력했을 것이다.

하지만 그녀는 천마성과 암흑마국의 동맹이 파기되었다는 천마성의 선언을 믿지 않았다. 물론 마도의 동맹이 깨졌을 수도 있겠지만 을주환같이 교활한 자가 이런 호기를 놓칠 리가 없다고 판단했다.

'다소의 희생을 감수하는 한이 있더라도 천마성부터 괴멸시켜야 한다.'

이것이 그녀가 서둘러 천마성 공략에 나선 이유였다.

피피핑—

월영궁 제자들의 파쇄궁노가 일제히 천마성 안으로 쏘아졌다. 백보 밖의 철판도 관통한다는 위력적인 궁노는 호선을 그리며 천마성 성곽과 누각 안으로 파고들었다.

벽소군이 궁노를 앞세운 이유는 두 가지다.

하나는 마병들을 자극시켜 모습을 드러내기 위함이며 다른 하나는 본대가 천마성 가까이 진입할 때까지 기선을 제압하는 데 있었다.

월영궁 제자들은 파쇄궁노를 장전하면서 천마성에서 오십 보 안까지 들어섰다. 이번에는 궁노를 발사하지 않고 대기했다.

"제이대, 제삼대 출진!"

벽소군의 영에 따라 북이 울리자 이천에 달하는 백도연합의 정예가 일제히 천마성 성곽을 향해 달려갔다.

"와아아—!"

제이대는 맹주인 강무영과 일월도성이 이끌었고, 제삼대는 무아성승과 태청성검이 지휘했다. 일차 목표는 성곽을 점령해 교두보를 확보하는 데 있었다.

제이대의 정예들은 별다른 방해를 받지 않고 성곽 위로 올라섰다.

비찰각의 정보가 정확하다면 천마성 마병들은 천오백 정도다. 한데, 그 많은 마병들은 여전히 모습을 드러내지 않고 있었다. 천마성 내부에는 빽빽하게 세워진 전각들이 늘어서 있어 시야를 확보하는 데 다소 어려움이 많았다.

제이대의 정예들 태반이 성곽 위로 올라섰을 때였다.

피피핑—!

성곽 밑에서 무수한 화살과 암기가 폭출해 올라왔다. 지하로 통하는 철판이 일제히 젖혀지며 처음으로 천마성 마병들의 반격이 시작된 것이다.

마병들의 기습에 수십 명이 속절없이 죽었지만 정예들은 용기를 발휘해 화살과 암기세례를 뚫고 천마성 안으로 내려섰다. 일부는 세 곳의 성문을 활짝 열어 제삼대의 정예들을 성안으로 진입시켰다.

차차창!

퍼퍼펑—!

요란한 폭음과 함께 천마성 내부 곳곳에서 격전이 전개되었다. 전각과 창고, 정원과 연못 속에 숨어 있던 마병들이 속속들이 모습을 드러내며 정예들과 혈전을 벌이기 시작한 것이다.

벽소군은 목대 위에서 솟구쳐 허공을 딛고 선 채 천마성 내부에서 펼쳐지는 산발적인 전투를 내려다보았다. 그녀는 자신의 예상과 달리 복잡한 전투가 전개되자 미간을 잔뜩 찌푸렸다.

'어렵군. 양측의 전력상 평지에서 대규모 접전을 벌이면 백도연합의 승산이 확실해. 물론 교활한 악중뇌가 그런 싸움을 벌이지는 않겠지. 결국 악중뇌는 은폐물과 지형을 이용한 산발적인 전투를 선택한 거야.'

적진에서 펼쳐지는 산발적 전투는 백도연합에게 있어 아주 불리했다.

마병들은 자신들의 본거지라 은폐에 능하고 지형지물에 익숙해 기습을 전개한 후 달아나기가 용이하다. 하기에 이런 혼란스런 전투에는 어떤 전술과 진법도 통하지 않는다. 그저 조심하면서 마병들과 접전을 벌여야 하기에 전투는 길어질 수밖에 없었다.

성곽 위로 올라선 월영궁 제자들은 파쇄궁노를 잔뜩 당기고 있었지만 양측이 뒤엉킨 혼전이라 궁노를 발사할 수가 없었다. 산발적 전투를 통해 위력적인 파쇄궁노를 무력화시켰으니 악중뇌의 작전은 성공한 셈이다.

월영궁 제자들을 지휘하던 한매와 청란은 검을 뽑아 들었다.

"궁노를 포기한다! 모두 검으로 싸워라!"

그나마 전투다운 전투는 넓은 연무장에서 펼쳐지고 있었다. 천마영주인 단순마검과 순찰총감인 혈혈파파가 오백 마병을 지휘해 본격적인 전투에 나선 것이다.

이때 갑작스레 정예들의 측면 일각이 무너지기 시작했다.

"카카카, 모두 죽여주겠다!"

천마사존마저 출동한 것이다. 폭풍마왕, 적염마왕, 벽력마왕이 정예들 속으로 뛰어들어 가차없는 살상을 전개하고, 윤거를 타고 미끄러지는 천잔투광이 투살천광을 발하자 수십여 정예의 눈알이 터지며 쓰러졌다.

백도연합 측에서는 일월무성과 태청성검, 무아성승이 급히 출동해 천마사존과 대적했다.

강무영은 천마성주 풍요원이 언제 나타날지 몰라 함부로 대전에 임할 수가 없었다. 게다가 천마성의 군사인 악중뇌조차 아직 모습을 드러내지 않고 있어 초조함을 금할 수 없었다.

'벽 궁주가 일천 정예와 함께 후방을 맡아 암흑마국의 기습에 대비는 하고 있지만 막상 마국의 무리들이 합류한다면 어려운 싸움이 되겠군.'

우내사성과 대적하던 천마사존은 몇 초식을 겨루기도 전에 급히 뒤로 물러섰다. 언뜻 보기에도 의도적인 퇴각으로 보였다.

'암흑마국의 지원 병력이 올 때까지 시간을 벌겠다는 의도로군. 함정과 은폐물이 많아 백도연합의 피해가 너무 크다.'

강무영은 나름대로 고민하다 중대한 결정을 내렸다. 그는 탕마수좌를 불러 지시했다.

"자네는 무상께 점진적인 퇴각을 말씀드리게."

"퇴각이란 말씀이십니까? 놈들의 기습이 완강하지만 한두 시진 후면 승부를 결정지을 수 있는 상황입니다."

"그렇지가 않아. 급히 퇴각해야 할 상황은 아니니 각 조별로 방어를

하면서 퇴각하도록 하게. 놈들의 의도를 알면서 지구전에 휘말릴 필요가 없네. 차라리 천마성과 암흑마국이 규합한 상태에서 대적할 방책을 논의하는 것이 낫겠네."

"알겠습니다, 맹주."

"난 먼저 군사에게 가보겠네. 여태 천마성주와 악중뇌가 보이지 않는다는 것이 수상쩍어."

강무영은 어기충소 신법으로 꼿꼿이 솟구쳐 올랐다. 허공에서 한 바퀴 빙글 회전한 그는 양팔을 활짝 펼치며 의천비공술을 펼쳤다. 그는 삽시간에 전각 너머로 사라져 갔다.

강무영의 우려는 적중했다.

어디서 나타났는지 천마성주와 악중뇌가 이끄는 천마성 오백 마병이 후방에 배치된 백도연합 제 사대를 향해 기습적인 공세를 펼치기 시작했다.

"모두 죽여라― 한 놈도 살려두지 마라!"

악중뇌는 발작하듯 외치며 마병들을 독려했다.

오백 마병은 백도연합의 공격이 전개되는 순간 위지세가 사람들이 파놓은 지하 통로를 통해 천마성을 빠져나온 것이다.

물론 삼 할의 병력이 빠지면 천마성을 수호하는 데 어려움이 많다. 하지만 철저하게 준비된 은폐물과 함정, 기관 매복을 적절히 이용하면 이천여 백도연합을 상대하는 데 무리가 없다는 것이 악중뇌의 계산이었다.

벽소군은 삼각 깃발을 휘둘러 일천 정예를 지휘했다.

"당황하지 말고 진세를 펼쳐라!"

학이 양 날개를 편 듯한 학익진이었다. 이런 진형은 수적인 우위를 가져야만 펼칠 수 있다.

오백 마병이 중앙으로 돌진해 오자 학익진 좌우로 벌려 선 정예들이 일제히 달려들었다. 그 바람에 오백 마병은 퇴로가 차단된 채 겹겹이 포위되고 말았다.

벽소군은 날렵하게 몸을 날려 마병을 지휘하는 악중뇌 앞으로 내려섰다.

"악 군사, 당신답지 않은 무모한 돌격이군요."

악중뇌는 포위망에 갇혔지만 별반 우려하는 기색이 없어 보였다.

"벽소군, 넌 아직 미숙하구나. 네 병법 지식이 노부보다 뛰어날지 모르지만 싸움은 풍부한 대전 경험이 있어야 돼. 넌 본 성이 암흑마국과 합류하는 것이 두려워 섣부른 공격을 계획했지만 그것은 커다란 오판이다."

"암흑마국과의 동맹은 깨졌다고 당신 입으로 공표하지 않았던가요?"

"설마 너까지 그것을 믿지는 않았겠지?"

"물론이에요. 을주환이 상단으로 위장한 병력을 이끌고 장강의 물길을 따라 진군하고 있다는 첩보는 이미 입수했어요."

악중뇌는 주름진 머리통을 타고 흐르는 빗물을 소매로 훔쳤다.

"그렇다면 공격을 보류했어야 옳았다."

"난 천마성이 당당히 맞서리라 생각했어요. 물론 백도연합을 천마성 내부로 끌어들여 혼전을 꾀할 수도 있겠지요. 하지만 어떤 싸움을 벌이든 천마성은 승산이 없어요. 다만 한 가지를 이해할 수가 없군요.”

“무엇이냐?”

“당신이 외부로 나섰다는 것은 천마성 내부에 있는 일천 마병을 거의 버리겠다는 의도가 분명해요. 즉, 그들을 희생시켜 백도연합의 주력을 묶어놓으면서 시간을 벌겠다는 생각이겠죠. 천마사존과 천마영주, 순찰총감 모두 죽기를 바라는 것인가요?”

악중뇌의 쥐눈이 실낱처럼 가늘어졌다.

‘무서운 계집, 어린년이 어떻게 이렇게 똑똑할 수 있단 말인가?’

그는 휘하의 마병이 동요할까 두려워 차갑게 소리쳤다.

“닥쳐라! 네 이간책에 넘어갈 마병이 아니다!”

“아니, 틀림없어요. 한데, 왜 그런 무자비한 고육책을 펼치는지 모르겠군요.”

순간, 백도연합의 학익진 일각이 폭음과 함께 붕괴되기 시작했다.

“오호호호!”

천지를 진동시키는 요사한 웃음소리와 함께 핏빛의 광채가 내려서는 순간 일백여 정예의 몸이 참혹하게 찢겨져 나갔다.

벽소군은 너무도 가공할 마공의 위력에 가슴이 철렁 내려앉았다.

천하에 어느 누가 절정급에 이른 일백 여 고수를 단숨에 몰살시킬 수 있단 말인가!

“맙소사!”

그녀는 아직 천마성주의 마공을 직접적으로 대한 적은 없었다. 태양천을 침공할 때 구사한 능력으로 어느 정도 짐작할 뿐이었다. 한데, 천마성주의 마공은 그녀의 상상을 훨씬 뛰어넘을 만큼 공포적이었다.

원형의 혈광체에 둘러싸인 채 날아든 천마성주 풍요원은 완숙한 여인으로 변모해 있었다. 속살이 훤히 들여다보이는 망사의만 걸쳤기에 그녀의 관능과 색기는 인간 한계를 넘어설 정도였다.

은은한 붉은빛을 띤 피부색으로 미루어 혈강지체까지 연성했음이 틀림없다.

팔짱을 낀 풍요원의 부공술이 미끄러져 오자 벽소군의 호위를 맡은 소림의 백팔나한들이 급히 벽소군 앞으로 내려서며 진세를 펼쳤다.

풍요원은 도도한 미소를 지으며 몸을 멈춰 세웠다.

"호호호, 소림의 백팔나한진인가? 어디, 천하 최강이라는 그 위력을 견식해 보겠다."

마병과 함께 뒤로 물러선 악중요가 걱정스럽게 물었다.

"오라버니, 백팔나한진은 무적의 진세잖아? 성주의 마공이 아무리 뛰어나도 감당할 수 없을 텐데?"

악중뇌는 심각한 눈빛으로 진세를 직시했다.

"백팔나한진도 절대무적은 아니다. 과거에도 몇 번 격파된 적이 있었지. 백 년 전 천마대제도 소림을 찾아가 백팔나한진을 깨뜨린 적이 있다."

"성주의 마공이 천마대제만은 못하잖아?"

"아니, 그 이상이다."

악중요는 눈을 동그랗게 떴다. 그녀는 믿을 수 없는 듯 연신 눈알을 굴렸다.

"마, 말도 안 돼! 천마대제는 고금 최강의 마황인데 그를 능가한다고?"

"성주는 태음절맥의 소유자가 아니냐? 천마혈경을 칠성 이상 터득했으니 누구도 성주를 막을 수 없다."

"환가 놈과 다시 겨뤄도?"

악중뇌는 잔뜩 미간을 찌푸렸다.

"왜 갑자기 놈을 거론해 내 머리를 아프게 하는 것이냐?"

"그놈이 우리와 무슨 악연이 끼었는지 결정적인 순간에 꼭 나타나 훼방을 놓잖아?"

"놈이 와주기를 간절히 기원해라. 성주는 지난번 놈과 대결했을 때보다 훨씬 강해졌다. 당시는 대전 경험이 부족해 패했지만 지금은 완벽하다."

악중요의 표정이 봄꽃처럼 환해졌다.

"호호, 정말 기대되는군. 성주의 손에 놈이 쓰러지면 내가 차지할 거야. 어떻게든 살려서 놈과 하룻밤을 보내야겠어."

그녀가 혼자 키득거리자 악중뇌는 한심한 듯 혀를 찼다.

"이것아, 정신 차려. 성주는 풍요원이며 곧 주화령이야. 갈수록 주화령의 마성이 성주의 정신을 더 강하게 지배하고 있어. 주화령에게 있어 환가 놈은 철천지원수인데 순순히 넘겨줄 것 같으냐?"

그는 전음을 통해 악중요에게만 자신의 심중을 털어놓았다.

"잘 들어. 이번 싸움에서 모두가 죽게 된다. 백도의 위선자들은 물론이고, 천마성의 마병들뿐 아니라 구원군으로 나선 마국의 무리 모두 성주의 손에 죽게 될 것이다."

"뭐, 뭐라고?!"

"벽소군 저 어린 계집이 간파한 대로 천마성에 남겨진 무리는 그저 희생양일 뿐이다. 천마성주는 과거 백마성주의 딸인 풍요원이 아니라 중산왕의 딸인 주화령이다. 주화령의 마성은 풍요원의 육신을 거의 지배했다. 그녀는 무림계를 완전히 말살시킨 후 자신의 휘하를 새로 키울 생각이다. 기존의 백마성과 천잔방, 악인궁 무리들을 믿을 수 없기 때문이지."

"그럼 우리도 죽는 거야?"

"천마성주는 내 머리를 필요로 하고 있다. 그녀가 아무리 불세출의 마공을 지니고 있다 해도 혼자서는 새로운 세상을 만들 수 없으니까."

악중요는 너무도 무서운 음모에 이를 딱딱 마주쳤다.

"무, 무서워. 악 오라버니는 그것을 알고도 동의했단 말이야?"

"어쩌겠냐? 내가 거부한다면 나와 네가 함께 죽을 텐데. 너 같으면 어찌하겠느냐?"

"뭘 어떻게 해? 우리부터 살고 봐야지."

두 악인 남매가 얘기를 주고받는 사이 중원 최강의 백팔나한진이 발동되었다.

규모로 논한다면 포달랍사의 철나한불멸대진이 무림 최대의 진법이지만 정교함과 완벽한 조화를 논한다면 백팔나한진이 앞선다. 특히 불문(佛門)의 진법이라 마공을 제압하는 데는 아주 위력적이다.

풍요원은 육각봉을 거머쥔 채 진세를 좁혀오는 나한들을 쓸어보며 살기 어린 미소를 머금었다.

"오호호, 생각보다 시시하군."

그녀가 천천히 우수를 치켜들자 산악이 붕괴되듯 백팔나한진의 공세가 전개되었다. 은은한 뇌성과 함께 범패(梵唄)가 울려 퍼지는 가운

데 금빛 광휘가 비산하며 풍요원을 향해 폭풍처럼 몰아쳤다.

풍요원은 한 바퀴 빙글 회전하며 허공 가득 핏빛의 장인을 새겼다.

"천마파뢰멸!"

지축을 뒤흔드는 뇌성벽력이 터지는 순간 핏빛의 섬광이 폭출하며 백팔나한진의 금빛 광휘를 압도했다. 철벽 같은 진세가 요동치며 나한들의 얼굴이 공포로 물들었다. 세상이 피로 물든 가운데 귀곡성과 함께 악귀들이 달려든다.

콰— 콰쾅—!

어마어마한 굉음과 함께 진세가 깨지며 나한들이 천지사방으로 튕겨졌다.

단 일 초의 마공으로 백팔나한진이 격파된 것이다. 진세를 이룬 나한들 중 절반은 가슴에 핏빛의 장인이 새겨진 채 절명했고, 살아남은 나한들도 극심한 내상을 입은 채 바닥으로 나뒹굴었다.

실로 가공할 천마혈경의 마공절기였다.

"으으, 이럴 수가!"

"인간이 아니다!"

"마녀가 악마가 되었어!"

백도연합의 정예들은 새파랗게 질린 채 주춤주춤 물러섰다. 너무도 가공할 상대 앞에 전의를 상실한 것이다. 천마성 마병들조차 자신들의 성주가 펼쳐 낸 악마적 절기에 경악하고 말았다.

풍요원은 유령처럼 몸을 움직여 벽소군 앞으로 내려섰다. 그녀의 모습에 주화령의 영상이 짙게 피어오른다.

"호호호. 벽소군, 네년에게 이런 날이 올 줄은 꿈에도 생각지 못했을 것이다. 널 당장 죽이지는 않겠다. 환유성, 그 원수 놈과 함께 세상에서 가장 고통스럽게 죽일 것이다!"

벽소군은 그녀의 전신에서 뿜어지는 마기에 숨이 턱 막혀왔다. 월영서시가 전수해 준 삼천공의 절학을 수련했지만 아직 그 성취는 미흡했다. 그녀의 능력으로는 도저히 감당할 수 없는 상대였다. 하지만 환유성의 영향을 받아서인지 그녀는 어떤 공포와 두려움도 직시할 수 있는 정신력을 지녔다.

"천마성주, 그 어떤 마(魔)도 정(正)을 능가한 적이 없었다. 그것이 세상의 순리다."

"그렇다면 내가 세상을 바꾸겠다. 세상의 모든 질서와 법칙을 바꾸겠다. 누구도 감당할 수 없는 천마의 마력으로 마도천하를 이루겠다!"

풍요원은 손가락을 갈퀴처럼 세워 내리찍었다.

"천마의 힘은 무한하다!"

벽소군은 급히 어장검을 뽑아 들며 월영검법으로 맞섰다.

어장검에서 검화가 허공 가득 피어올랐다. 그녀 나름대로 터득한 만상검결이 배합된 월영검법은 유연하면서 강력했다. 환검과 패검이 결합된 신비로운 검법이었다. 그러나 풍요원의 마공절기는 모든 것을 파괴할 수 있는 절대적인 힘을 지녔다.

콰아앙!

엄청난 폭음과 함께 벽소군의 월영검법은 대번에 격파되었다.

"아악!"

벽소군은 외마디 비명과 함께 분수처럼 피를 뿜으며 십 장 밖으로 튕겨졌다. 천하에서 다섯 손가락 안에 들 만큼 절세적인 무공을 지닌 그녀조차 풍요원의 일초를 받아내지 못한 것이다.

"벽 군사!"

강무영이 적시에 내려서며 그녀를 부축해 안았다.

"괜찮으시오, 군사?"

벽소군은 손바닥으로 가슴을 누르며 솟구치는 기혈을 억제했다.

"맹주… 피하셔야 합니다. 도저히 감당할 수 없는 악마가 되었습니다."

"퇴각을 명했으니 우내삼성께서 곧 당도할 거요. 내가 마녀를 막을 테니 일단 물러서 전열을 재정비하시오."

풍요원은 허리를 꺾으며 요사한 웃음을 터뜨렸다.

"오호호! 피한다고? 단 한 놈도 살아 돌아가지 못할 것이다! 모조리 죽여 버릴 것이다!"

순간, 추적추적 내리는 빗속을 뚫고 간드러진 음성이 흘러들었다.

"호호홍. 맞는 말씀이오, 풍 성주. 오늘이 백도연합의 제삿날이오."

상황은 더 악화되었다.

을주환이 암흑마국의 일천 검수를 이끌고 장내로 들어선 것이다. 백도연합의 정예들은 침통하게 가라앉았다.

천마성으로 들어간 주력 부대가 귀환한다 해도 이제 승부를 예측하기 힘들다. 터무니없이 강한 천마성주를 과연 강무영이 감당할 수 있을지도 의문이었다.

을주환은 악중뇌 옆으로 내려서며 간특한 웃음을 흘렸다.

"호호홍, 시간 맞춰 오느라 땀 좀 흘렸소."

"예상보다는 늦었군."

"어쩔 수 없었소. 장강 변에서 재수없게 반검무적을 만났지 뭐요?"

"뭐, 뭐야, 환유성을 만났다고!"

악중뇌의 외침에 장내의 모든 시선이 을주환에게 쏠렸다. 이미 천하 제일검에 오른 환유성의 향방에 모두가 관심을 표명했다. 그의 거동 여하에 따라 세상의 운명이 바뀔 수 있었기 때문이다.

을주환은 섭선을 펼쳐 우산처럼 머리 위에 쓰며 거드름을 피웠다.

"놈은 이미 죽었을 거요. 국왕 사부님께서 친히 나선 이상 놈이 살 아난다는 건 불가능한 일이지."

풍요월이 유령처럼 그 앞으로 내려섰다.

"정말이냐, 환유성이 정말 죽었어?"

"뭐, 내 눈으로 본 것은 아니지만 세상 누구도 국왕 사부님의 적수가 될 수 없소."

그의 확신에 찬 답변에 백도연합의 정예들은 그만 절망하고 말았다. 그가 나서줄지는 알 수 없지만 그의 존재는 백도의 유일한 희망이었다. 한데, 그마저 죽었다면 암흑 천하는 결정된 것이나 다름없는 일이다.

"오, 환랑……."

벽소군이 충격을 이기지 못하고 비틀거리자 강무영이 얼른 그녀의 손을 쥐었다.

"심기를 굳게 가지시오, 벽 군사. 환 형은 절대 죽지 않았소. 우리가 숱하게 보아온 일이 아니오? 마국왕이 환 형과 대결했다면 죽은 자는 마국왕일 것이오."

그러자 을주환이 간드러진 웃음을 터뜨렸다.

"호호홍! 국왕 사부님은 이미 신의 경지에 오르신 분이다. 누가 감히 그분의 옷자락 하나 건드릴 수 있단 말이냐?"

그의 오만이 풍요원의 심기를 건드렸다.

"흥! 그것이 사실이라면 너희 국왕부터 죽여야겠군, 감히 내 복수를 방해하다니!"

풍요원의 독기 어린 안광에 을주환은 가슴이 서늘해졌다. 그는 한 걸음 물러서며 애써 호의적인 미소를 지었다.

"풍 성주, 일단 백도의 쓰레기들부터 치웁시다. 연후 천하 권좌를 놓고 천마성과 암흑마국이 승부를 벌이는 것은 자연스런 일이오. 뭐, 우리가 결합한다면 세상을 함께 공존할 수도 있겠지만."

"호호호, 공존이라고?"

풍요원은 손가락을 뻗어 그의 미간을 찍었다.

"공존은 없다. 있다면 굴복뿐이지."

을주환은 두려움과 공포에 젖어 와들와들 떨었다.

"왜, 왜 이러시오, 풍 성주?"

"두려워할 것 없다. 난 널 죽이지 않아."

"물론… 그러셔야지."

"넌 절대악(絶對惡)이야. 나조차 지니지 못한 사악함을 지녔지. 그 사악함을 모두 뺏을 때까지 널 살려주겠다."

몸을 돌린 풍요원은 악중뇌에게 지시를 내렸다.

"악 군사, 모두 죽여요. 한 놈도 남기지 말고."

악중뇌는 공손히 손을 모았다.

"당연한 분부시오, 성주."

그는 오백 마병을 향해 외쳤다.

“죽어라!”

동시에 을주환도 암흑마국의 일천 검수에게 영을 내렸다.

“모두 쓸어버려라!”

“와아아!”

천마성과 암흑마국의 일천오백 마병이 해일처럼 밀어닥쳤다. 한껏 기세가 오른 그들의 공세는 모든 것을 휩쓸 폭풍 그 자체였다.

결전을 각오한 백도연합의 정예들은 최악의 상황으로 몰리면서 손발이 어지러워졌다.

죽음이 두려워서가 아니었다. 희망이 사라졌기 때문이다. 그들 모두가 죽더라도 광명을 지킬 수 있다면 영광스럽고 명예로운 희생일 수 있겠지단 지금의 대결은 그저 덧없는 죽음일 뿐이었다.

강무영은 그늘에 묻힌 백도연합의 정예들을 향해 사자후로 외쳤다.

“두려워하지 마시오! 우리 모두가 죽는다 해도 의와 협은 결코 스러지지 않소! 또 다른 협사와 의인들이 우리의 뒤를 이을 것이오. 어둠을 밟고 태양이 솟듯이 천하의 평화는 피로써 얻어질 때 비로소 소중하게 지켜질 수 있소! 주저앉지 마시오! 굴복하지 마시오. 오랜 세월 광명이 앞설 수 있었던 것은 꺾이지 않았기 때문이오! 앞선 열협들이 정의를 위해 몸을 던졌듯이 우리도 이 영광스런 현장에 있는 것이오! 우리의 희생은 끝이 아니라 곧 시작이오!”

대지를 진동하는 사자후에 백도연합의 정예들은 비로소 정신을 가다듬을 수 있었다. 자신들의 죽음이 끝이 아닌 시작이라면 절망이 아니라 희망인 셈이다.

“와아아아!”

대함성과 함께 전의를 되찾은 백도의 정예들은 일제히 병기를 뽑아 들며 마병들을 향해 부딪쳐 갔다.

강무영은 주먹을 불끈 쥐며 선두로 나섰다. 백도연합의 맹주이기 때문이 아니었다. 그는 누구보다 의와 협을 중시하며 사악함을 원수처럼 대하는 열협이었다.

"파극뇌!"

그의 양손에서 눈부신 발광체가 피어올랐다. 그의 손에서 발출된 발광체는 급격히 확산되며 마병들의 머리 위로 내리 꽂혔다. 일세를 풍미한 태양천주의 절학이었다.

순간, 붉디붉은 섬광이 날아들며 파극뇌와 정통으로 부딪쳤다.

꽈— 꽝—!

어마어마한 굉음과 함께 붉고 푸른 강기의 파편이 비산하며 우박처럼 쏟아져 내렸다. 대혼전을 벌이던 마병들과 백도의 정예들이 삽시간에 떼죽음을 당했다.

"호호호! 넌 내가 상대해 주마."

핏빛 강기에 휩싸인 풍요원이 허공을 가르며 강무영을 향해 날아들었다.

강무영은 막사벽혈검을 뽑아 들며 힘차게 솟구쳤다.

"의천비마락!"

절정의 의천검법이 전개되자 풍요원 역시 태아검을 뽑아 들고 천마혈경의 절대마검인 구겁천마검법으로 맞섰다.

차차차창—!

대혼전장의 상공에서 대적하는 두 사람의 대결은 천신과 마신의 충돌이었다.

풍요원은 엄청난 공력이 담긴 극강의 패검이었고, 강무영은 파공성도 일으키지 않는 정검(靜劍)이었다. 일검이 부딪칠 때마다 뇌성벽력이 터지고 일검이 교차할 때마다 대지가 갈라졌다.

벽소군은 둘의 격돌을 올려다보며 간절히 기원했다.

'환랑, 어디 계시는 겁니까? 정녕 마국왕의 손에 운명하신 겁니까? 살아 계시다면 제발 도와주세요. 천마성주는 태음절맥을 타고난 절대마녀입니다. 당신의 검만이 마녀를 제압할 수 있습니다. 부탁이에요, 환랑.'

상공에서 펼쳐지는 대격돌은 순식간에 십여 초가 교환되었다.

풍요원은 예상과 달리 쉽사리 강무영을 제압하지 못하자 분통을 터뜨렸다.

"으으, 믿을 수가 없구나. 네 검이 어떻게 태양천주보다 더 강해질 수 있단 말이냐?"

"내 검에는 사부님의 고귀한 의혈이 서려 있다. 너의 마성이 아무리 강해도 사부님의 정기를 결코 능가할 수 없다."

"호호호, 그래? 그렇다면 위대한 마의 힘을 보여주겠다."

양손으로 태아검을 움켜쥔 풍요원은 극한의 천마진기를 운기했다. 지독히도 강렬한 혈광에 하늘의 태양마저 빛을 잃었다. 본래의 태양은 사라진 채 세상을 멸절시킬 사악한 태양이 떠오른 것이다.

"구겁파천폭!"

풍요원의 폭갈이 터지며 태아검이 활활 타올랐다. 검극에서 십 장에 달하는 검기가 피어오르며 부챗살처럼 갈라졌다.

강무영은 짧게 숨을 들이키며 막사벽혈검을 불끈 쥐었다.

그는 느낄 수 있었다. 풍요원의 극강패검은 자신을 훨씬 압도한다. 천원단서를 통해 태양천주의 절기를 새롭게 터득했지만 그의 검은 아직 인간의 한계를 뛰어넘지 못했다. 그러기 위해서는 아직도 상당한 시간과 수련이 필요하다.

강무영은 무도를 익혔기에 검의 이치를 순식간에 깨달을 수 있었지만, 그는 세상의 모든 검수들처럼 차분하게 단계를 밟아가야 한다. 십 년 후의 그라면 능히 풍요원의 극강패검과 대적할 수 있겠지만 지금 그의 능력으로는 너무도 역부족이었다.

그의 검법 조예가 부족해서가 아니다. 풍요원의 마력이 그의 정신력과 의기를 훨씬 능가하기 때문이다.

번쩍―!

하늘과 땅을 일시에 가를 섬광이 뿜어진다.

천신이 내려치는 도끼날처럼 거대한 핏빛 섬광이 강무영을 향해 내리꽂혔다.

강무영은 차분한 심정으로 이에 맞섰다. 죽음을 직감했지만 한 치의 두려움도 없었다. 그는 최선을 다했고, 부끄럽지 않은 대결을 펼쳤다.

순간, 그의 막사벽혈검에서 웅후한 검명(劍鳴)이 울려 퍼졌다. 검 전체가 서기를 발하며 강무영의 온몸도 희뿌연 서기로 감싸졌다.

'이럴 수가! 어디서 이런 힘이 전해지는 걸까?

강무영은 용솟음치는 기력과 함께 상쾌한 기분에 젖었다. 동시에 그는 자신이 거인이 된 듯한 환상에 사로잡혔다.

십 장도 넘는 거대한 몸은 가벼우면서도 힘이 넘쳤다. 자신을 향해 내리 꽂히는 풍요원의 검이 또렷하게 보인다. 지독히도 빠르고 강하지만 자신을 벨 정도는 아니라는 자신감이 들었다.

"의기천추(義氣千秋)!"

강무영은 무의식 속에서 의천검법의 최후 절초를 전개했다.

하늘 가득히 섬광이 피어오른다. 한줄기 둔탁한 폭음과 함께 태아검에서 뻗어 나온 핏빛 광채가 빛을 잃었다. 놀랍게도 태아검이 동강난 것이다.

"크흐윽!"

전신이 피투성이로 화한 풍요원은 고통스런 신음과 함께 봄비로 질척하게 젖은 진창 속으로 처박혔다. 검을 쥔 손아귀가 파열돼 허연 뼈까지 드러나 보였다.

그녀는 사악한 눈빛을 발하며 와들와들 떨었다.

"이럴 수는 없어. 내 검이 베어지다니? 어떻게… 어떻게!"

강무영은 막사벽혈검을 거두며 깃털처럼 사뿐하게 내려섰다. 그의 장삼 앞자락이 대각선으로 길게 베어졌지만 그다지 큰 부상은 없어 보였다.

혼전 속에서 지켜보던 백도의 정예들은 가슴 벅찬 감동의 함성을 터뜨렸다.

"와아아― 맹주께서 마녀를 쓰러뜨렸다!"

"오, 백도의 승리다!"

"맹주께서 신검을 터득하셨다!"

반면 천마성 마병들은 충격을 금치 못했고, 암흑마국의 검수들 역시 혼란에 젖고 말았다.

정작 경악을 금할 수 없는 사람은 풍요원의 천마검법을 파훼한 강무 영이었다.

절체절명의 위기 속에서 풍요원의 마검을 막아냈지만 그 힘이 어디 서부터 전해졌는지 이해할 수가 없었다. 신비로운 힘은 아직도 그의 체내에서 용솟음치고 있었다.

그는 순식간에 인간 한계를 넘어서는 검선의 경지에 이르게 된 것이 다.

두두두—!

조금씩 잦아드는 봄비 속을 뚫고 한 필의 준마가 질주해 오고 있었 다. 준마는 본래 은빛이었지만 수천 리를 단숨에 주파하면서 피 같은 땀으로 흠뻑 젖어 있었다.

마상의 인물을 보는 순간 벽소군은 이루 형용할 수 없는 격동에 젖 어 털썩 주저앉았다. 눈물이 터진 봇물처럼 쏟아진다. 그녀는 두 손을 모으며 자신의 기원을 들어준 천지신명께 거듭 감사의 축원을 올렸다.

"오오, 환랑!"

장내로 들어선 환유성은 고삐를 잡아채며 소추를 멈춰 세웠다.

그의 등장과 함께 일 수유의 정적이 흘렀다.

이천 수백 명이 격돌하던 혼전이 일시에 멈춰졌다. 모든 사람의 시 선이 환유성의 동작 하나하나에 집중되었다. 모두 석상처럼 굳어진 채 숨조차 크게 쉬지 못했다.

환유성은 소추를 세워두고는 벽소군에게 다가섰다.

"그 꼴이 뭐야?"

그는 진창 속에 주저앉아 있는 그녀를 일으켜 세웠다.

“왜 또 우는 거야? 내가 죽기라도 했나?”

벽소군은 무너지듯 그의 가슴에 안겼다.

“흑··· 환랑! 왜··· 왜 이제야 오신 거예요?”

환유성은 그녀의 어깨를 감싸 쥐고 떼어놓았다.

“만나자마자 날 또 타박하는군.”

“아니에요, 환랑. 소첩은 너무 기쁘고 감격스러워 꿈을 꾸는 것만 같아요.”

“우리가 이렇게 만나는 게 처음은 아니잖아?”

환유성은 덤덤하게 응수하고는 강무영에게 다가섰다.

“오랜만이오, 강 형. 같이 술 한잔하기에 딱 좋은 날씨로군.”

강무영은 번찬 감동에 젖어 그의 손을 덥석 쥐었다.

“이지야 알겠소. 환 형이 내게 신비로운 힘을 주입해 준 것이로군. 그것이 혹시··· 검신지기(劍神之氣)가 아니었소?”

“무슨 말을 하는지 모르겠군. 마녀의 검을 격파하는 것은 강 형의 능력이오.”

환유성은 우정 어린 미소를 짓고는 풍요원을 향해 돌아섰다.

강무영은 그의 사려 깊은 배려에 가슴이 뜨거워졌다. 그는 비로소 모든 의혹을 해소할 수 있었다. 아직도 그의 체내에서 용숫음치는 신비한 힘의 근원을 확실히 깨닫게 된 것이다.

그의 의천검법이 최고조에 이를 수 있었던 것은 수백 장 거리를 격하고 주입시켜 준 환유성의 경이적인 검신지기 덕분이다. 그것은 단순한 격체진기가 아니라 깨달음의 힘이었다.

환유성이 자신의 검을 통해 풍요원의 검을 파훼시킨 것은 자신의 명예를 위한 안배였다. 백도연합 맹주로서의 위엄과 자존심을 상하게 하지 않으려는 우정 어린 배려였던 것이다.

을주환은 환유성이 등장하는 순간부터 와들와들 떨고 있었다.

잠시 전까지 세상을 오시하던 자부심은 씻은 듯 사라졌다. 죽음에 대한 공포와 두려움으로 얼룩진 그의 모습은 참담하게 일그러져 있었다.

"마, 말도 안 돼… 국왕 사부님이 놈을 살려주었단 말인가?"

그로서는 자신의 사부가 죽었다고는 꿈에도 생각할 수 없는 일이었다. 그에게 있어 사부는 무적이며 불멸의 신이었기 때문이다.

환유성은 핏물로 얼룩진 풍요원 앞으로 다가섰다. 풍요원의 두 눈에서 원독 어린 살기가 줄기줄기 뿜어져 나왔다.

"으으, 이 원수! 네놈이… 네놈이 또 날 방해하다니!"

"주화령, 네가 요원의 몸을 지배하더니 이제 요원의 정신마저 말살했구나."

"너의 살을 씹고 피를 마신다 해도 내 원한은 씻을 수 없다. 이런 한을 품고 어찌 내가 죽을 수 있겠느냐!"

"죽어야 할 네가 죽었을 뿐이다. 한데, 무슨 한이 있을 수 있겠느냐?"

"내 가문을 망치고 아버님과 날 죽인 네놈을 어찌 용서할 수 있단 말이냐!"

풍요원은 피를 뿜듯 외치며 양손을 치켜들었다. 그녀의 전신이 시뻘겋게 물들며 무수한 악귀의 형상이 피어올랐다. 금지된 마공인 악마지공의 현상이었다.

"모두 물러서요!"

벽소군의 다급한 외침에 백도연합의 정예들은 일제히 백 장 밖으로 피신했다. 악중뇌와 악중요 역시 마병들과 함께 물러섰고, 을주환은 검수들을 이끌고 더 멀리 달아났다.

악마지공이 펼쳐지자 풍요원은 인간이 아닌 악귀로 화했다.

머리카락이 철사줄처럼 곤두서고 코와 귀에서 녹색의 연기가 뿜어졌다. 그녀 주변으로 어른거리는 수천의 악귀상들은 아가리를 쩍 벌린 채 몸부림을 쳤다.

악중요는 악중뇌의 소매를 쥔 채 벌벌 떨었다.

"뇌 오라버니, 대체 뭐야? 저게 악마지공이야?"

"틀림없다. 오대악마지공 중 하나다."

"성주가 악마지공으로 환가 놈을 쓰러뜨릴 수 있을까?"

악중뇌는 침통한 모습으로 말을 받았다.

"아직도 느끼지 못했더냐? 놈은 자신의 힘으로 성주의 마검을 격파할 수 있는 데도 불구하고 강무영의 검을 통해 마검을 베어버렸다. 그런 능력을 지녔다면 놈은 이미 인간이 아니다."

"인간이… 아니라니?"

"신이다. 놈은 검신의 경지에 오른 게 분명해."

입을 꽉 벌린 악중요는 그만 할 말을 잃고 말았다.

송곳니까지 길게 도드라진 풍요원은 처절한 외침과 함께 악마지공을 발출했다.

"겁황마극염!"

콰류류류—!

　불꽃을 피워내는 수천의 악귀상이 아우성치며 날아든다. 일명 악마
의 불꽃이라는 악마지공이었다.
　그 위력은 과거 주화령이 펼쳤을 때보다 세 배는 강했다. 태음절맥
을 타고난 풍요원은 어떤 마공도 극한까지 터득할 수 있는 능력을 지
녔던 것이다.
　환유성은 한 손을 쳐들며 가볍게 움켜쥐었다. 그만이 볼 수 있고 그
만이 휘두를 수 있는 검신의 검을 쥔 것이다.
　"요원으로 돌아와라!"
　그는 폭풍처럼 쇄도하는 악마지공을 향해 검신의 검을 내리그었다.
　퍼억!
　가볍고 둔탁한 폭음이 흐르는 가운데 끔찍한 악귀상들이 씻은 듯 사
라졌다. 모든 것을 태워 버린다는 악마의 불꽃조차 온기로 화해 흩어
졌다.
　"아아악!"
　처절한 비명과 함께 풍요원의 피부가 거미줄처럼 쩍쩍 갈라졌다. 혈
강지체가 깨진 것이다. 그것은 그녀가 터득한 천마의 마력이 소멸되었
음을 의미한다.
　카우우우!
　풍요원의 몸이 세차게 전율하며 핏빛의 영상이 처절한 몸부림 속에
피어올랐다. 천마환령전혼대법을 통해 풍요원의 몸속으로 스며든 주
화령의 마성이 소멸되는 순간이었다.
　"으음……."
　마력을 상실한 풍요원은 빗물속으로 풀썩 쓰러졌다.

그녀의 모습이 예전의 청초함으로 변화되었다. 풀잎처럼 연약하고 어린 사슴처럼 연민을 불러일으키는 본래의 모습으로 돌아온 것이다.

교활한 을주환은 이미 십 리 밖으로 달아나고 있었다. 암흑마국의 태자라는 명예와 자존심 따위는 아무래도 좋았다. 작금의 상황에서는 사는 것이 우선이었다. 그가 도주하자 암흑마국의 검수들 역시 천지사방으로 흩어졌다.

벽소군이 환유성 옆으로 내려서며 다급히 외쳤다.

"마국의 태자가 달아나고 있어요!"

"알아. 하지만 그자를 죽일 수는 없어. 당신 또한 그를 죽여서도 안돼."

"왜요?"

"놈을 사로잡아서 끌고 와. 그러면 이유를 말해 주지."

"……?"

벽소군은 눈을 동그랗게 뜬 채 멍하니 그를 응시하기만 했다. 천하의 재녀인 그녀였지만 을주환이 핏덩이 시절 헤어졌던 자신의 혈육임을 짐작한다는 것은 불가능한 일이었다.

환유성은 넋이 빠져 있는 악중뢰 앞으로 다가섰다.

"당신은 왜 달아나지 않았지?"

악중뢰는 참담한 표정을 지으며 어렵사리 입을 열었다.

"살고… 싶어서다."

"그렇다면 을주환처럼 진작 달아났어야 하는 것 아닌가?"

"노부가 십 리를 달아난들 네 검을 피할 수 있겠느냐? 넌 마음만으로 노부를 죽일 수 있지 않느냐?"

"……?"

"네가 노부를 죽이지 않으리라는 것을 안다. 과거의 너였다면 을주환은 물론이며 풍 성주조차 살려두지 않았을 것이다. 한데, 넌 두 사람 모두 죽이지 않았다. 그것은 네가 더 이상 사람을 죽이지 않겠다는 의도라 생각한다. 그들을 죽이지 않았다면 나 같은 늙은이를 죽여야 할 이유가 없겠지."

환유성은 잔잔한 웃음을 터뜨렸다.

"하하, 당신의 두뇌가 아깝군."

그 옆으로 두 사람이 내려섰다. 강무영은 정기 어린 눈빛으로 악중뇌와 악중요를 직시했다.

"반검무적은 당신을 용서할 수 있겠지만 난 당신을 살려둘 수 없소. 당신의 사악한 술책에 너무도 많은 사람이 피를 흘렸소."

악중뇌는 길게 한숨을 내쉬었다.

"네가 날 죽이겠다면 어쩔 수 없지."

빗물 속에 쓰러져 있는 풍요원을 안아 든 환유성은 악중요에게 그녀를 건넸다.

"당신들이 이 여인을 어떻게 키울지는 운명에 맡기겠다."

풍요원을 가슴에 안은 악중요가 주르륵 눈물을 흘렸다.

"저, 정말 살려주는 겁니까?"

"마성이 사라진 천마성주는 더 이상 주화령이 아니다. 그저 연약한 소녀인 풍요원일 뿐이지. 그녀가 날 죽이지 않았으니 나 또한 그녀를 죽일 수 없다."

환유성은 강무영을 향해 돌아서며 그답지 않게 부탁을 했다.

"강 맹주, 난 차마 풍요원을 죽일 수 없구려. 그녀가 마녀가 된 것은 주화령 때문이었소. 이제 악녀의 마성이 소멸되었으니 그녀는 예전의 소녀로 돌아올 것이오. 그녀는 연약하기에 누군가 돌봐줄 사람이 필요하오. 아마도 악인궁 남매 외에는 가엾은 소녀를 맡아줄 사람이 없을 것 같소."

벽소군은 그의 관대함에 눈물을 글썽거렸다. 너무도 변모한 그의 모습에 감격을 금할 수 없었다.

악중뇌와 악중요를 직시하던 강무영은 길게 탄식했다.

"강 형에 의해 천하의 광명이 지켜졌소. 강 형이 악을 용서한다면 나 역시 용서할 수밖에 없소."

그가 한 걸음 물러서자 악중뇌는 비분에 찬 눈물을 흘렸다.

"환우성, 노부는 너의 관대함에 고마워하지 않는다. 두 번씩이나 네게 구차한 구명을 받았다는 것이 부끄럽구나. 노부가 이 아이를 어떻게 키울지는 아직 모르겠다. 태음절맥을 타고난 천년지재이니 너보다 더 뛰어난 고수로 성장할 수도 있다. 어쩌면 네 심장에 칼을 꽂을 수도 있을 것이다."

환유성은 빗물을 모두 뿌려내고 바람에 날려 흘러가는 구름을 응시했다.

"어서 가는 게 좋겠어."

악중요는 행여 그의 심정이 바뀔까 두려워 한 손으로 악중뇌의 소매를 이끌었다.

"뭐 해? 가랄 때 어서 가자고."

두 악인마저 사라지자 천마성 마병들은 모두 병기를 던지고 흩어졌다. 백도연합의 정예들은 굳이 그들을 추살하지 않았다. 이미 싸움은 끝난 것이다.

환유성은 소추를 불러들여 훌쩍 올라앉았다. 놀란 벽소군이 소추의 고삐를 거머쥐었다.

"어디를 가시게요?"

"음, 꼭 만나볼 사람이 있어."

그가 가볍게 박차를 가하자 소추는 힘차게 말굽을 놀렸다. 멀어지는 그를 바라보며 벽소군은 밝은 미소를 지었다.

'이제는 이별을 슬퍼하지 않습니다. 당신이 소첩을 떠나지 않으리라는 것을 확신하니까요.'

■ 대단원

아버지와 아들

따사한 봄 햇살을 받으며 한 대의 마차가 북상하고 있었다. 드넓은 동정호를 옆에 낀 길은 짙푸른 버드나무가 길게 늘어져 있어 보기에도 정취가 있었다.

마부석에 앉은 청수한 모습의 중년인은 신록으로 우거진 산수를 감상하며 천천히 마차를 몰았다. 깨끗한 백삼 차림에 문사건을 둘렀는데 온화한 풍모는 마치 세상을 달관한 선인처럼 느껴진다.

마차 안에서 여인의 부드러운 음성이 흘러나왔다.

"휘, 여기가 어디죠?"

중년 문사는 마부석과 통해 있는 작은 창을 열며 답했다.

"이런, 내가 마차를 서툴게 몰아 당신이 깼구려."

"아니에요. 아주 달게 잤어요."

"당신은 부상이 심해 한동안 요양해야 하오. 이 참에 모든 시름을 잊고 편안히 산수나 감상하시오."

"휘……."

마차 안의 여인은 복받치는 감동 때문인지 말끝을 흐렸다.

전신을 검은 천으로 감싼 여인은 마차 안에 마련된 침상에 편히 기대앉아 있었다. 늘씬한 교구와 달리 얼굴은 추악하기 짝이 없었다. 심한 화상을 당했는지 얼굴 전체가 쭈글쭈글하고 벌겋게 변색돼 있었다.

누구도 이 여인을 보고 과거의 중원지화요, 천하제일미인 월영서시 한소소라고는 생각지 못할 것이다.

마부석에 앉아 손수 마차를 몰고 있는 중년 문사는 바로 태양천주 단목휘였다.

그는 예전보다 훨씬 젊어졌고 몸에서 풍기는 분위기도 달라져 그를 보고 단목휘임을 알아챌 수 있는 사람은 흔치 않을 것이다. 게다가 그는 이미 세상을 떠난 사람이기에 그를 측근에서 보아온 사람이라도 그저 태양천주와 유사한 정도로만 생각할 것이다.

한소소는 벽력탄의 폭발로 심한 내외상을 입어 절대적 안정이 필요했다. 단목휘는 열흘 동안 그녀를 간병하며 그녀의 몸과 마음을 치유했다.

절대완미의 미모를 지닌 한소소에게 있어 아름다움을 상실했다는 것은 죽음보다 더한 고통이었다. 자신의 추악한 용모를 동경에 비춰볼 때마다 그녀는 심한 상심과 비탄에 빠져 자결까지 결심했다. 하지만 단목휘는 그녀의 심경을 돌려놓았다.

그는 이십 년 동안 추한 용모의 아내와 살아왔던 사람이다. 그것이

자의든 타의든 그는 여인의 미추(美醜)를 따지지 않는다. 그는 한소소와 평생을 함께할 것을 약속했다.

한소소는 그의 진심에 감동해 겨우 상심의 바다에서 헤어나올 수 있었다. 강호를 은퇴한 후 사랑하는 정인과 함께 천하를 주유하는 삶은 그녀의 비밀스런 꿈이었는데 그것이 현실로 이루어진 것이다.

그녀는 단목휘의 첫 여인은 되지 못했지만 마지막 여인이 되었다는 데 행복해했다. 그의 첫 여인이 오래전에 죽었다는 것도 그녀가 마음을 놓을 수 있는 이유 중 하나였다.

두 사람은 도란도란 얘기를 나누며 늦은 신혼(新婚)을 치른 부부처럼 다정한 시간을 보냈다.

두 줄기 길이 만나 네 가닥으로 변한다.

두 사람을 태운 마차가 막 갈래 길을 지날 때였다. 한 필의 준마가 느리지도 빠르지도 않은 걸음으로 역시 갈래 길을 지나고 있었다. 거의 동시에 교차 지점으로 들어서자 말과 마차는 각기 멈춰 섰다. 서로에게 양보하기 위해서였다.

단목휘는 마상의 청년을 향해 고맙다는 목례를 취해 보였다.

"……?"

물끄러미 그를 응시하던 청년은 무엇을 느꼈는지 갑자기 눈을 커다랗게 떴다. 그의 독안에 새겨지는 단목휘의 영상이 태양처럼 그를 자극한 것이다.

청년은 다름 아닌 환유성이었다. 그는 와운장에 홀로 남아 있을 자신의 배다른 여동생을 찾아가는 길이었다.

그를 바라보던 단목휘 역시 감동에 젖었다.

두 사람은 잠시 서로를 응시하며 그렇게 있었다. 아무런 말도 하지 않았다. 그들은 처음으로 서로를 보게 되었지만 직감적으로 서로의 존재를 깨달은 것이다. 해야 할 말은 산과 같고 듣고 싶은 말은 바다와 같았지만 그들은 끝내 입을 열지 않았다.

환유성은 단목휘를 향해 가볍게 목례를 취해 보이고는 먼저 마차 앞을 지나쳤다. 그를 태운 소추는 힘찬 발걸음을 놀리며 동정호 변을 따라 형성된 길로 올라섰다.

단목휘는 그가 사라질 때까지 지켜보다가 비로소 마차를 움직였다. 작은 창이 열리며 한소소가 모습을 드러냈다.

"당신의 아들입니다. 반검무적, 아니, 천하제일검 환유성입니다."

"알고 있소."

"한데, 왜 아무 말씀도 하지 않은 겁니까? 그토록 보고 싶어하던 아들이 아닙니까?"

"내가 그 아이를 만나 무슨 말을 할 수 있겠소?"

단목휘는 나직이 한숨을 쉬었다.

"내가 하는 모든 말은 그 아이에게 변명밖에 되지 않소. 그 아이의 엄마는 내가 다른 여인과 결혼해 태양천의 주인이 되었다는 것을 알고 있었소. 한데도 그녀는 그 아이에게 내 이름조차 말해 주지 않았소. 나를 미워해서가 아니라 유성 때문에 내가 곤란해지기를 원치 않아서였소. 그에게 있어 아버지란 그저 한번쯤 만나보고 싶은 존재일 뿐이오. 그리고 이제 만났소."

그는 유유히 흘러가는 흰구름을 올려다보며 말을 이었다.

"내가 한눈에 그를 알아본 것처럼 그도 날 알아보았소. 그가 잠시 놀라워했던 이유는 태양천주가 자신의 아버지라는 사실 때문이 아니라, 죽은 자가 살아났기 때문이오."

"그래도 말씀을 하셨어야 합니다. 부자 간의 만남이 이럴 수는 없습니다."

"아니오. 그 아이와 나는 이렇게 한 번 본 것으로 충분하오. 그 아이는 내가 다시 살아났음에도 불구하고 이런 사실이 세상에 알려지지 않은 이유를 알고 있소. 내가 원치 않고 있다는 것을 말이오. 하기에 절대 입 밖으로 발설하지 않을 것이오."

한소소는 창 너머로 손을 뻗어 그의 어깨를 쥐며 소리없는 눈물을 흘렸다.

"휘… 나중에 후회할 겁니다. 제발 마차를 돌리세요. 그도 그것을 원하고 있을 거예요."

"그렇지 않소. 아주 짧은 시간이었지만 우리는 서로를 응시하면서 마음속의 말을 모두 주고받았소. 내가 느끼는 것을 그 아이도 느꼈고, 내가 아는 것을 그 아이도 알고 있었소."

"이심전심이며 염화시중(拈華示衆)이군요."

"저렇듯 훌륭한 청년으로 자라주었다는 것이 고마울 뿐이오."

"부자가 이대에 걸쳐 천하제일검이 되었으니 이는 고금에 없는 일입니다."

단목휘는 뿌듯한 미소를 지었다.

"그 아이가 검신의 검을 터득하였으니 정말 대견스럽소. 이제 나의 존재는 그 아이의 그늘 속에 묻혀질 것이오. 그러기를 진심으로 바라오, 그래야 나와 당신이 자유로울 수 있으니까."

두 사람을 태운 마차는 느릿느릿 고갯마루를 넘어갔다.

환유성은 호수 변 둑방에 서서 마차가 사라질 때까지 지켜보고 있었다. 심연처럼 깊은 눈에 형용할 수 없는 감동이 배어 나온다. 그는 마상에서 내려서더니 마차가 사라진 방향을 향해 정중히 절을 올렸다.

"아버지, 처음이자 마지막으로 올리는 절입니다. 이런 만남을 위해 그동안 우리가 만나지 못했군요. 연아는 제가 잘 돌보겠습니다."

소추의 등에 오른 그는 와운장을 향해 천천히 달려갔다. 그의 모습은 버드나무 잎새 사이로 점점 멀어져 갔다.

〈제10권 완결〉

10권이라는 적지 않은 분량을 완독해 주신 독자제현께 진심으로 감사드립니다.

본래의 구상으로는 위지세가가 괴멸을 가장해 최후의 반격을 노리는 것으로 계획했는데, 주인공의 무공이 너무 강해지면서 필자 스스로 한계를 느껴 이쯤에서 이야기를 접게 되었습니다.

나름대로 검(劍)에 대한 다양한 이야기를 담고자 노력했지만 검신(劍神)이라는 제목에 너무 치우쳐 필자가 읽기에도 머리가 뜨거운 전투 씬이 과도하게 서술된 것이 아쉽습니다. 웬만한 독자 분들은 이미 눈치 채셨을 것입니다. 주인공 환유성과 태양천주의 인물 설정은 고구려 유리태자와 동명성왕의 고사에서 인용한 것임을 말입니다.

무협에 굳이 민족주의를 담고자 의도한 것은 아니지만 한(韓)족인 요동 출신의 주인공으로 대륙을 종횡하며 조금은 고대사의 아픔을 위로해 보고 싶은 것은 사실이었습니다.

작품을 진행하면서도 나름대로 마지막 반전을 위해 몇 가지 복선을 안배했는데 돌이켜 보면 조금은 미흡함이 있었습니다. 예견된 반전은 반전일 수 없으니까요.

차기 작품은 〈이매전사(魑魅戰士)〉입니다.

검신과는 전혀 성격이 다른 분위기라 독자제현께서 어떻게 평가할지 모르겠습니다.

주인공의 직업은 장의사이며 병기는 삽입니다. 제목에서 시사되듯 무수한 책략과 귀계(鬼計)가 난무해 무공보다는 심계에 밝은 자가 우선입니다.

무공만 믿다가는 퇴출(?)되는 무림계의 처절함을 그려보았습니다.

끝으로 검신 집필에 많은 도움을 주신 '고무림' 회원들과 출간하는 동안 교율에 애써주신 청어람 편집진께 진심으로 감사를 드립니다.

—청산.